刘建东◎著

声音的集市

SHENGYIN
DE
JISHI

中国文史出版社

图书在版编目（CIP）数据

声音的集市 / 刘建东著. -- 北京 ：中国文史出版
社，2022.10
　　（锐势力·名家小说集）
　　ISBN 978-7-5205-3697-4

　　Ⅰ．①声… Ⅱ．①刘… Ⅲ．①中篇小说－小说集－中
国－当代②短篇小说－小说集－中国－当代 Ⅳ.
①I247.7

中国版本图书馆 CIP 数据核字(2022)第 168677 号

责任编辑：全秋生

出版发行：中国文史出版社
地　　址：北京市海淀区西八里庄路 69 号　　邮编：100142
电　　话：010－81136602　　81136603　　81136606（发行部）
传　　真：010－81136655
印　　装：廊坊市海涛印刷有限公司
经　　销：全国新华书店
开　　本：787 毫米×1092 毫米　　1/16
印　　张：15.25　　字数：238 千字
版　　次：2023 年 1 月北京第 1 版
印　　次：2023 年 1 月第 1 次印刷
定　　价：58.00 元

目 录

CONTENTS

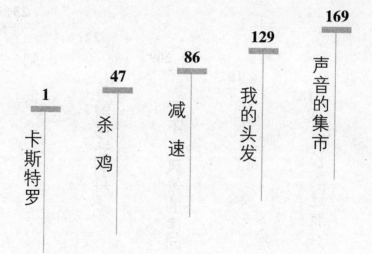

卡 斯 特 罗

那一夜的月光似水一样在装置间流动，高高低低的塔、密密麻麻的管线就那么飘浮着，轻轻地，少了许多白日间的凡俗，倒是有了一番仙境之惑。这是冬日里难得的一个月夜。他们从蒸馏塔底爬到塔顶，用了半个小时，师傅老庄的喘息声很急促，老庄解嘲说："真的老了，再过两年，我就是想爬，也爬不上来了。"站在塔顶，寒风一吹，凉意袭人。

陈静扶着师傅，安慰他："师傅，您还有股年轻人的朝气。我还不如您呢。大汗淋漓的。"她说的确是实话，夜色其实掩盖了她死灰般的脸。他们站在塔上，看着延伸向黑夜深处的星星点点，工厂像是孩子一样，日渐魁梧了，只不过，它的身体是躺在大地上的。作为师傅庄子长的徒弟，已经是二十五年前的事了，陈静无限感慨地说："二十五年了，师傅，我生不如死呀。"

老庄问："你还记恨着我呢？"

"师傅，我从来没有记恨过您。我恨的那个人从来都不是您呀。这您应该知道呀。"陈静幽怨的声音仿佛能穿越时空，回到二十五年前的那个夜晚。

师傅显然不想回首往事，这对一个行将退休的人来说，是残酷的，"过去的就让它过去吧。"师傅安慰徒弟说。

"二十五年前，您也是这样安慰我的。"陈静说。

老庄不再作答，他似乎已经想不起二十五年前的那个夜晚，他只记得，那个时候的陈静爱漂亮，爱打扮，扎着一个马尾辫，额头高高的，总喜欢往她的安全帽上贴一些动物的招贴画。可是现在，岁月已经把她变成了一个不修边幅的甚至有些邋遢的中年妇女。他指着灯光装点下的繁华厂区："你看看，这是未来，未来多好啊。我们还是应该把眼光向远处看，向未来看。别老停留在过去，老跟过去较劲。"

"可是我看到的只有过去。"陈静说，"遭遇不同，我们看到的风景是不一样的。您觉得下面的风景好，我咋一点感觉都没有啊。师傅，您不用劝我了，我不想再浪费我的生命了，我犹豫了二十五年，痛苦了二十五年。我不能让这种痛苦持续下去。"

回到地面上，那种仙境的感觉就失去了，仿佛是掉到了那光的河流之中，他们也倒成了那混沌河水的一部分了。操作室里的光是平面的，打在师傅的脸上，师傅的脸显得局促，平淡了。陈静问师傅："师傅，您还没有回答我的问题呢，那上面的字迹到底是不是他的？"

老庄叹了口气，谨慎地说："还是让我再看一遍吧。"

陈静拿出三张彩色照片，让师傅辨认。一张是一个绿皮笔记本的全貌，笔记本是最普通的那种，九十年代的流行样式，四个角磨损了，边也卷起来，封面上潦草地写着"某某饭店记账本"；第二张上写着"餐费二百八十元"，签名像是堆在一起的乱草，依稀可以分辨出是"欧阳自强"四个字，时间是一九九五年；第三张的餐费是八百四十元，欧阳自强四个字龙飞凤舞，越发难以辨认，时间是二〇〇六年。陈静盯着师傅的脸，想从他的表情中猜测字迹的真伪："是不是呀？到底是不是呀？"她紧张的情绪感染了师傅，师傅的手一松，手机险些掉到地上。师傅额头上都出了汗。师傅有气无力地说："是他的。"

陈静长出了口气，有些兴奋地说："师傅，我要的就是您这句话。他从二十岁跟您学徒，除了学徒那两年，在您身边工作也有二十年吧。您说没错，那肯定是对的。"

老庄还要说什么，陈静没容他张嘴，便快速转身离开了，操作室里只留下师傅失落的表情。陈静是今天晚上才风尘仆仆地坐了二十几个小时的火车赶回厂里的，没有回家，直接来到了厂里，她的肩上，还背着一个大大的旅行包。本来，她远在内蒙锡林郭勒盟赛汉塔拉镇，每个月，俄罗斯的原油都会经过中蒙边境的铁路来到这个极北的小镇，再从这里汇入祖国的铁路网，运到石家庄，作为厂方代表，她在那里已经工作了十年。十年间，驻在那里的工作人员换了一茬又一茬，没有人能在那极北的寒冷之地坚持多久，只有她，像是一株北方的白杨，似乎要永远扎根在那里。而这三张照片，却让她心潮起伏，倒了好几次火车，连夜赶回了厂。她的脸上，山雨欲来的亢奋掩盖住了旅途的劳累和疲惫，仿佛是又一次人生的起点。她告诉师傅老庄，她要休假，把几年的年休假都连在一起。

　　把她从千里之外召唤回来的照片，是新去赛汉的人带去的，原油科的人把赛汉叫作发配之地，这次来的老江四十多岁了，满脸大胡子，他解嘲说，如果再配一杆长枪，就和去沧州的林冲一样了。他丝毫没有在意，这句话会对陈静有什么影响。在他们看来，陈静享受这个苦差事，她喜欢待在那里，就像他们不喜欢那里一样，青菜萝卜各有所爱，这就是他们的解释。铁打的营盘流水的兵，像老江这样的就是流水的兵，他们往往值守一年就被新人换走，而陈静却是那铁打的营盘。老江拿出三张照片纯粹是当成一个笑话的，他告诉陈静，这个有些破旧的小本子现在是一个抢手货，这是一个欠款本，欠款人是一个人，欧阳自强。老江绘声绘色地讲着这个记账本的事："我没见过这个小本子，我看到的只是这三张照片。但是三张照片背后的内容却很丰富。据说，这是欧阳自强从当段长开始，到副主任、主任期间，在翔龙大酒店吃饭时打的白条，翔龙大酒店以前叫美自在饭店，目前是厂区附近最好的饭店了，我们班组聚会什么的都去那儿。到现在，他欠的钱都没有还，他当副厂长后，就把欠账推给了车间，可是继任车间主任许绍金是个偏头，他对饭店老板说，冤有头，债有主。谁吃的饭你去找谁。这下好了，欧阳副厂长从此就对许主任恨之入骨，总是在大会小会上挑他的刺，而这本账也就一直推到现在。"

"那还不是一本账，和以前有什么不同？"开始看到照片的陈静并没有在意。

　　老江捂着一个电热宝，抱怨道："你们这个破地方怎么这么冷。"

　　每个新来的人都会抱怨这么一句，好像这是陈静的地盘，而不是他们的。陈静听得多了，也就习惯了，并没太计较。

　　老江接着说："可是这几天，这个小本子突然间就火了起来，炙手可热，成了一个文物，有许多人都想以高价收购它，价格也正在以火箭的速度上升。现在，已经没有多少人关心这个小本子上真实的欠款数目，他们关心的是那个写出那些数字的人，那个主管生产的副厂长欧阳自强，告诉你吧。他刚刚去中央学校进修，据可靠消息，一年后，当他从中央学校回来后，会接替快要退休的赵厂长。"

　　"我怎么听着像是一出戏。"陈静说。

　　"人生不就是一出戏嘛。不定什么时候这出戏就在上演呢。我他妈的来这个破地方待一年就是一出悲剧。"老江时刻都在拿工作的环境说事，"你可不知道，这个小本子被人们传得可神奇了。"

　　"要它何用？"陈静不解地问。

　　老江说："你是在这寒冷的地方待得太久了，思想被大雪冻住了，比我们都落伍十年似的。当然有用啊，捞取升官发财的机会呀。它是一块敲门砖。当然，也许会有人用它来陷害欧阳，不想让他来当这个厂长。"

　　就是老江的最后这句话，在陈静早已冰冻的思想里搅起了波澜，她彻夜难眠，在天亮之前，做出了人生中最重要的一个决定，立即去火车站买票回厂。老江一脸茫然地说："你就舍得把我一个人扔到这里呀？你不知道我不习惯，不喜欢呀？这么冷，我怎么去工作？怎么适应这里的生活？可怜呀，我真成了发配的林冲了，要是再有个陆虞侯什么的，我的小命岂不丢在这里了。"

　　坐在火车上的陈静，怀里揣着老江带来的三张照片，心里想着的不是孤独地待在内蒙赛汉的老江，而是欧阳自强，一个她今生最痛恨的人。

老庄最初也没有把那个小笔记本放在心上，他忧心的是徒弟陈静的精神状况。在他带过的众多徒弟中，陈静是最让他放心不下的一个，也是他觉得最无法面对的那个徒弟，他觉得有愧于她。二十六年前，陈静和欧阳自强都从石油中专毕业分到了厂里，同一年成了他的徒弟。欧阳自强办事灵活，嘴巴甜，上下级关系都处得很好；陈静单纯，认死理。现在想来，可能正是两个人不同的性格，决定了他们各自迥异的命运。

　　本来，陈年的那些伤痛早就被庸常的琐事所淹没了，那个远走他乡的徒弟陈静，也似乎早就从他的视线中消失，他甚至不记得上次见到的徒弟是什么样子的。只是偶尔，会收到她从内蒙古寄来的一瓶草原白。如今，随着她突然出现，她脸上洋溢出的亢奋，目光中透露出非常明确的目的。他才突然意识到，其实伤痛从来就没有治愈过，它像是顽固的苔藓，在心灵最柔软的那个地方潜伏着。

　　他可以忘记确定的时间，可以忘记具体的原因，可以忘记陈静的悲伤和沮丧，但是老庄永远不会忘记徒弟所表现出来的强大的无助。她竭力要躲藏起来。她那句不断重复的问话现在回荡在他的耳畔，像是刀子割着他的皮肉，"我该怎么办？"这是陈静二十五年前的迷茫和悲伤。欧阳自强欺凌了她，她的第一个反应就是来讨师傅的主意，因为在年轻的她眼里，师傅就是通向整个世界的一把钥匙。

　　"我犯了错。不能原谅自己。"老庄自言自语地自责道。他还没有感觉到，这时候已经是黑夜散去，白昼正开启新的一天，他下了夜班，此刻正坐在自己家里的沙发上，沙发冰凉。女儿庄小妹问他："咋了爸爸？装置出事儿了？"

　　老庄急忙说："没事，想起以前的事。你咋还不去上班？"

　　"不急。"女儿的表情比平日舒朗许多，她试探着问，"爸爸，我听说欧阳哥要当咱厂的厂长，是不是呀？"

　　"没影的事，你别听他们胡说。"老庄催促女儿，"你赶快上班去吧，都快迟到了。"

　　女儿磨蹭着，欲言又止，说道："那我走了。早饭已经热好了。"

看着女儿有些落寞的背影，老庄叹了口气。知女莫如父，老庄看出了女儿的犹豫，也知道她要说什么，女儿在厂劳动服务公司工作了十几年，身份始终是临时工，多年来，这是她的一个心病。她的生活因此而并不如意，匆匆找了个工人结了婚，女婿是污水车间的倒班工人，不仅长相丑陋，且酗酒成性，每天喝了酒就打女儿。按女儿的想法，都是她低微的身份造成的，丈夫看不起她。虽然女儿的抱怨并不全合理，虽然女儿也从来没有抱怨过他，但是老庄内心有着深深的愧疚感。伴随着这个工厂从无到有，他的徒弟无数，有许多已经成了中层和高层领导，这其中就包括欧阳自强。但是为了女儿的工作去央求徒弟们，老庄不想干，也做不出来。所以，就苦了女儿了，尽管女儿拼命地掩饰生活的艰辛，他还是时常能从她的遮掩下看到被打的痕迹。

　　送走女儿，草草吃了点饭，刚躺下没多久，便被急躁的敲门声惊醒，是陈静。她似乎还是夜晚时分的打扮，头发乱糟糟的，老庄惊讶地说："你还没有回家？"

　　"这不重要。"陈静摇摇头，在她看来，没有什么比那个小本子重要的了，"到现在我都没见到它。我心里空空的，反而有些害怕。师傅，在这个世上，我最信任的就是您，您能不能陪我去见一下那个饭店的老板？"

　　听她这么说，师傅老庄脸有些发热，他不知道徒弟的这句话是真心的还是一个巨大的讽刺。他记得十年前当她想要远远地离开这个伤心之地时，她也是这么说的："师傅，在这个厂里，我最信任的人只有您一个，您能把我调到原油科，让我去当一个驻在人员，到内蒙古去吗？我不怕离家太远，不怕那儿有多冷。"那是他唯一的一次去张口求人，他无法拒绝，那时候的陈静就是一棵即将枯萎的树，必须要挪一下地方，她焦虑，彻夜无眠，眼窝深陷，憔悴不堪，一下子老了十岁。

　　他们骑着两辆自行车去饭店。老庄感觉身体轻飘飘的，到底是快要退休的人了，不中用了。他早就打算好了，退休后帮女儿带小外孙，再养一条听话的哈巴狗。

"师傅，不管多难，我都要得到那个小本子。"陈静说。她的口音似乎都有些改变了，硬硬地。

"然后呢？"师傅从一开始便委婉地表达了他的忧虑，但是他无法去劝说她放弃。

陈静冷冷的声音让师傅打了个寒战："我要阻止他登上事业的顶峰。"

师傅说："一个记账本太普通了，我们生活里到处都是。没什么大不了的。"

"难道这不是他个人的污点证据吗？这种德行的人能管理一个这么大的厂子吗？师傅，厂子可是国家的，不是他一个人的。"陈静气愤难平。

"不起什么作用的。就算传言是真的，他从党校回来就能接班，如果真是这样，我们想拦也拦不住，更何况一个小小的本子。"师傅以一个过来人的眼光分析道。

陈静执拗地说："善有善报，恶有恶报。我拿到本子就去纪委举报他。"

师傅叹了口气，不再接话。

陈静说："师傅，您觉得是我做得过分吗？"

老庄没有回应，他感觉这次从内蒙古回归的徒弟是挟带着北方的寒风而来，凛冽，刺骨。

说话间已经到了翔龙大酒店。

酒店老板叫脱松林。行政处老脱的儿子，他老子以前和老庄做过邻居，算是看着他长大的。这小子皮，不好好念书，打架闹事，后来开饭店，倒慢慢走上正途。脱松林见了面礼貌地喊老庄"叔叔"，把他们让到一个包间里，沏水泡茶。老庄看了看包间里的装饰，他还是几年前来过一次，感觉大不如从前了，有一种凋敝之气。坐下之后，脱松林意味深长地看着师傅："庄叔，您老是无事不登三宝殿，也是为了欧阳厂长那个记账本吧？"说完他含笑看着老庄。老庄被他点中了穴位，脸一下子就红了，倒显得一世的沉稳都付之东流了："哪里哪里，我只是过来了解了解。"

坐在一旁的陈静急忙替师傅圆场："是我请师傅过来的，师傅对你那破本子才没兴趣，是我。我想要它。"

脱松林看了一眼陈静，觉得陌生："恕我眼拙，您是？"

老庄忙说："这是陈静，二十多年前是我的徒弟。现在内蒙古原油驻在处工作，怪不得你不认识她。"

寒暄之后，陈静直截了当地伸出手："拿来吧。"

"什么呀？"脱松林故作惊讶地问。

"记账本呀。我来这儿又不是请客吃饭的。"陈静很不客气地说，既然是生意，她觉得就得按生意场上的规矩办，丁是丁，卯是卯。

脱松林笑了笑："哪有这么简单的事，如果都像您这样，我这就是有一百个，一千个记账本都给不清。"

陈静盯着他："我知道，没有免费的午餐。你说条件吧。"她摆出一副舍我其谁的姿态。

"这可不好说。"脱松林的笑容立即就消失了，很为难地摊开双手，"我是个生意人。我不像你们，你们有工作，有国家给你们做后盾，我不一样呀。我就像是无根的浮萍一样。我得靠我的智慧来获取生存的资本，如果资本多，我就能把浮萍变成一艘船，如果运气好的话，这艘船上我还能装得东西多一点。"

"那总有个标准吧。不管你开多少价，我都志在必得。"陈静坚定地说。

脱松林仔细地端详着陈静，围着她转了两圈，摇摇头说："不像，不像。"

陈静问："什么不像呀？"

"你不像一个和这个记账本有缘的人。你说吧，我只和有缘的人谈条件。"

陈静想都没想："我不想说。你不能强迫我把自己的内心交给一个生意人，我想，我们之间还是只谈交易，别涉及隐私。"

脱松林说："好吧。我接受你的前提条件。但你也得遵守我的游戏规

8

则。因为不止你一个人想要得到它。我想听听你能给出的价格。"

"你总得让我看看真家伙吧。"

脱松林出去了一会儿，再进来时手上拎着一个皮包，崭新的黑色皮包。伸手从里面掏出一个皮夹，皮夹里才是货真价实的记账本，它和照片上的模样一致，静静地躺在一个透明的塑料袋里，根本不知道塑料袋外发生的任何事情。脱松林小心地用双手托着塑料袋里的宝贝，说："它现在比我自己家的老婆还金贵。"陈静想要抓到手里看看，脱松林手向后缩，"你只能隔着塑料看看。就是它，保真。"

"你把一棵白菜当成国宝了。"陈静调侃他。

脱松林笑了笑："在我眼里，它就是无价之宝。为什么当我想要卖掉它的时候，会有那么多人争先恐后，趋之若鹜。你不也是其中之一吗？"

陈静咬了咬嘴唇，她的眼圈还是黑的，长久的旅途在她的脸上写满了疲惫："你说吧。底价是多少。"

"底价是虚的。这是欧阳厂长十年间在我这里吃饭欠的钱，加起来也不过五万。"他顿了顿，仿佛想到了往事，"以前，我总觉得它是个负担，它几乎压得我喘不过气来。有多少年，它都在我的梦里出现，比恶魔还令我恐惧。可是现在不同了，都知道欧阳副厂长要成为欧阳厂长了。它再次出现我的梦里时，他妈的比一个春梦还令人兴奋啊。你们读书看报，世界形势、国家大事比我懂得多。经济不景气呀，国家都在搞刺激政策，我这小饭店如果不来点刺激，还真挺艰难的。"

"我给你十万。"

陈静的话没有吓住脱松林，倒吓到了师傅老庄，许久没有说话的师傅拉了拉她的衣袖："从长计议，从长计议。"脱松林却不露声色。

陈静却对师傅的劝阻不理不睬："如果不够，二十万总行了吧。"

脱松林模棱两可道："二十万，哈哈。生意是慢慢谈的，不急。我看陈姐是个爽快人。我们一定能够合作得很愉快。这样，我会把你的意见牢牢记在心上。你等我的电话好不好？我还有其他的事，要到市里办点事，就不陪庄叔和陈姐了。"说完，他把记账本小心地放进包里，伸手把他们向外请。

开端不能说是好是坏。走在回去的路上，陈静的心情并没有因为见到了那个真实的记账本而好转，相反，她的忧虑更加深重。陈静无限忧愁地问老庄："师傅，您说这个脱什么的，办事牢靠不？您是看着他从小长大的，您说说看。"

"说不好。他小时候吧，确实不是盏省油的灯，逃学、打架，砸老师家的玻璃，啥都干。老脱没少揍他。老脱一揍他，他就往我家跑。可现在，他好歹也是个老板，说话应该靠点谱吧。"老庄打了个哈欠，他太想躺下睡一觉了，现在，对他来说，夜班太漫长了。

陈静又说："师傅，这一次我又来到了十字路口，这个世上，您是我最信任的人，不管遇到什么困难，您无论如何不能不管我，您得帮我。"

老庄深呼吸了一口："我好像有三天没睡觉了。困死了。"

实际上，老庄并没有很快地进入梦乡，半个小时后，他重新出现在了翔龙大酒店，没想到的是，脱松林正在门口等着他，脱松林说："庄叔，我知道您会回来的。"

老庄被他说得有些不自然了："你怎么知道的？"

"我从您的眼神看出来的，在我和您那个徒弟说话期间，您的眉头紧锁，像是有很重的心事似的。您肯定有什么话当着您徒弟说不出口，我说得没错吧庄叔？"他含笑看着老庄。

老庄先是叹息，然后才说道："你料事如神，怪不得你把一个小破本子经营得那么好。你这点可不随你爸，你爸太实诚，一辈子也憋不出一个好主意。你说对了，我想求你件事，不要让我徒弟，就是小陈，拿到记账本。"

"为什么？不是您领她来的吗？"

"我就是担心这个，因为她内心充满了仇恨。"老庄忐忑地说。

脱松林的答复让师傅老庄无法安心，这让他在那个困顿的白昼迟迟无法入眠，耳边一直响着一番话。那个生意人说："庄叔，恐怕我让您失望了。我不是您，不是个情感动物，我也不是一个富有同情心、有职业操守和道德底线的人,我只认钱。谁给的钱多我就给谁。我的饭店需要这笔钱。"他顿了顿,"不过,庄叔,您要是想要这个记账本,看在您和我爸的老交情,看在您和我爸天天下象棋的分上,看在我小时候一挨打就能吃上您家酸菜粉的分上,我可以给您打折。庄叔叔,您要吗?"

老庄被他盯得有些窘迫,他急忙摆摆手说:"我要它干吗?我图个啥。"

他匆匆地离开了饭店。

告别边疆,回到内地的陈静一下子得到了太多的温暖和氧气,就像是加了催化剂的装置一样,玩命地向她的目标飞奔,她不像装置,快乐地制造出汽煤柴油,她生产的是内心的仇恨。而那个记账本,在她越来越狂乱的思想深处,已幻化成一朵艳丽的小花,在她的前方绽放。

她忙碌着,不是因为工作,而是为越来越急迫的内心。她在饭店、工厂、生活区之间来回穿梭,让老庄感觉到,她始终都没有休息过,她的眼睛一直红红的,头发也是乱蓬蓬的,尤其是那个鼓囊囊的黑包好像从来就没有离开过她斜斜的肩。

每天傍晚,她都会准时出现在师傅家的客厅里。

她说:"师傅,第一个想要那个本子的那个人是谁,您猜猜?"

在师傅接连猜测失败后,陈静才说出了谜底,"是你们车间的主任许绍金。"

许绍金就是欧阳的继任者。两个人从学徒工、技术员到副主任,几乎是齐头并进,一个负责设备,一个负责生产,但是在从副转正的过程中,欧阳成为最后的胜利者。他们像是两个奔跑者,一旦某个人被超越,注定就会成为一个落伍者,心虽不甘,却又无法改变命运的轨迹,失落因此会纠缠一生。许绍金就是那个落伍者。坐在沙发上的陈静俨然就是许绍金的代言人,把自己当成一个审判者:"他是个不折不扣的失败者。他从来都没承认过自己比欧阳矮一截,当他知道当年那个主任的位子不是他时,您知道他做了什么吗师傅?您不知道,您怎么会知道呢,他又没有把您偷偷地叫到设备间,他又没有偷偷摸摸地叫您去告发欧阳,说他曾经强奸过我。师傅，他怎么会知道当年我和欧阳之间的事呢，我到现在都不明白呢。"

她这句看似不经意的话说得老庄坐立不安，仿佛他是那个告密者，他认真地询问着自己的良心，除了他自己的内心，他说过吗？好在，陈静并不想知道答案，她完全沉浸在自己营造的气氛之中，那气氛让老庄感到压抑，呼吸不畅。她接着说："当时设备间的空气好凉啊，虽然那是夏天。我听到他说的话就像被装进了冰箱，成了一根硬邦邦的冰棒。我当时多么天真啊，师傅，您说过的，与人为善，您说当时我们俩都是您的徒弟，您不希望我们俩都出事，可不是吗，就是两个人呀。一个人会被唾弃，而另一个人也会终生受名声所累。我哭着拒绝了他，我告诉他，他说的事情根本没影，是对我的人身污蔑。就是那年夏天，师傅你记得不，我求您去找了当时的运销处长曹明亮，当时他还没有被判刑，正在春风得意，他做过您的徒弟，他给了您面子。我才能离开这里。想一想，曹处长是个不错的人呢。"

"我以为这一生你都不会回来了。"老庄无限感慨地说。

陈静想了想，边疆的生活就在她的眼前浮现："我本来是这么想的。我已经渐渐地习惯那里的生活，喜欢上寒风刺骨，喜欢上吃羊肉，喜欢上没有蔬菜的日子了。您不知道师傅，我刚去时，第一次喝酥油茶，吃羊肉，把我的胆汁都吐出来了。可是我看到了那三张照片。就像二十五年前一样，我的命运面临又一次转折。您说这个许主任，是不是也和我一样，看到了命运的转机？我和脱松林又见了面，我是想和他讨价还价，可是他却顾左右而言他。他主动向我说起了许绍金。他说，以前许绍金见了他都躲着，害怕他提欠款的事，虽然签字的人是欧阳，刚当上副厂长的欧阳，把球踢到了车间，一口咬定都是为了公事，为了车间，所以欠款理应由车间来承担。本来就憋了一肚子火的许绍金问前来讨债的脱松林，是我在你那儿吃的饭，喝的酒？脱松林想想说，好像有那么一两次，你在场。许绍金坚决不当这个冤大头，他说，是谁的字你找谁去。有好几年，脱松林都揣着小本子，从办公大楼到一联合车间，腿都跑细

12

了，没见到一个好脸，也没见到一分钱。但是那一天，饭店刚开门，他就看到了一联合车间主任许绍金的笑脸了，许主任大声说，脱老板，你今天撞大运了。"

"怎么了？"老庄问。

"破天荒地，许主任主动来要求把车间欠的账还上。许主任让他算算欠债的总数，两天之内去找他兑现，许主任特地嘱咐他，一手交钱，一手交记账本。"

"小脱拿到钱了？"老庄没想到许主任会这么爽快。

陈静说："哪能呢。小脱狡猾着呢，他知道没有天上掉馅饼的事，后来他知道了原因，真兴奋呀，突然意识到，他真的抓住了一个天上掉下来的大大的馅饼。"

老庄味同嚼蜡，他不知道那天晚上他吃的是什么晚饭。而他们的晚餐并没有吃完，便被电话打断了。他听到陈静说："师傅，电话都响半天了，您快去接呀。"

他们急匆匆地赶往老庄女儿庄小妹家路上，老庄几次都被马路牙子碰到，如果不是陈静扶住，他肯定会跌得头破血流。陈静安慰他说："师傅，您别着急，小妹不会有啥事的。"电话是外孙乐乐打来的，说他妈妈不见了，从家里跑了。赶到女儿家时，老庄觉得自己的视线很模糊，所以他看到的女婿是重影，女婿本身就胖，这一下，在他的眼睛里，女婿像是一摊烂肉倒在客厅的地上，外孙子坐在旁边哇哇大哭。不管他们怎么问，女婿和外孙都说不出个所以然来，老庄狠狠地踢了女婿几脚，他们走出庄小妹的家，老庄竟然六神无主地问曾经的徒弟："我们该咋办？"

当他们深一脚浅一脚地走在通往冬季麦田的土路上时，他们听到了乌鸦的叫声，乌鸦从路旁的一棵树飞向遥远的夜空。这更令老庄毛骨悚然，他的声音都变了："听到乌鸦叫，准不会有啥好事，你说小妹会不会出事呀？"

陈静说："师傅，没事的。小妹吉人自有天相。"

他们从生活一区，找到二区，走过子弟学校、俱乐部广场，绕过医

13

院、厂宾馆，向北，再向西走上没有路灯的乡间土路，麦子在寒风中和黑夜一个颜色，他们相扶着走过一块块麦田。他们觉得已经离炼油厂很远很远了，因为那个红红的火炬变得那么小，就像是一个小小的火柴头了，那个刺耳的哭声仿佛是一下子冲到了他们的隔膜里，震得他们惊出了一身的冷汗。然后，他们排除了恐惧，凝神静气，才辨别出那是人的哭泣之声，那哭声撕心裂肺，悬在半空中，迟迟降落不下来。

陈静哆嗦着问："师傅，是小妹的声音吗？"

老庄说："不知道。"

他们加快了脚步，那哭声更近了，越近，哭声反而丝丝拉拉的，像是从头顶掉下来，黏黏地缠在心头上。一个比黑夜黑的影子就在他们前方。这个时候，老庄不再犹豫，他喊了一声："小妹。"便扑向那团黑影，紧紧抱住了似真似幻的影子。

那是个多么令人神伤的夜晚啊，他们站在那个哭声环绕的地方，和那团影子交谈着，劝解着，他们像是与一团虚无在战斗，他们的话语似风一样绕过影子，和无边的夜晚融在一起，轻飘飘的，散去了。直到黑夜不知何时悄悄地撤退，他们疲惫不堪的眼睛忽然间看到了麦田的轮廓，麦田，仍然静静地躺在黑夜的怀抱之中，似乎是留恋着那份安宁和静谧。但是黑夜，毕竟在慢慢地一丝丝地离去，如同一个苟延残喘的垂危者，想要抓住那生的希望。小妹终于说话了："你们别劝我了，你们把话从黑夜说到了天亮，你们也说不到我的心坎里。告诉你们吧，我想得明明白白，决定离婚。我累了，我受不了了。他之所以那么嚣张，完全是因为我的身份造成的，他一喝醉就拿我的身份说事，他看不起我，把自己看成一个高高在上的人，不就是因为我是个临时工吗。爸爸，你别劝我了。没有用的。"此时，他们看到了小妹脸上的血迹，她的脸在天光之中，显得十分狰狞。

回到师傅老庄的家里，一夜未眠的陈静依然精神抖擞，继续向师傅讲述有关许绍金的事情："这一次，两个人正好反了个劲。许绍金变得更加积极主动，而脱松林反而不紧不慢。他像一个稳重的猎人，在等待猎物的到来。许绍金只要有空就会催促脱松林。两个人玩起了猫捉老鼠的游戏……"她听到躺在沙发上的师傅已经发出了响亮的鼾声，推了推师傅的胳膊，"师傅，师傅。"师傅依旧用响亮的鼾声回答她，她看到，曾经那么意气风发的师傅，此刻满脸的皱纹，他躺在沙发上，完全是一个垂垂老人。她叹口气道："唉，师傅呀。"她拿出被子盖到筋疲力尽的师傅身上，她觉得躺在沙发上的师傅像是一只被拍扁了的虫子。走出师傅家，她突然想到和许绍金还有一个约定，便骑上自行车向厂区奔去。

第二天的傍晚，陈静才见到师傅。师傅上了一个白班才下班，师徒俩像是有了某种默契似的，老庄已经做好了晚餐，陈静也不客气，抓起包子几口就吃掉了一个。喝了口小米汤，她才说出一句话："师傅，是不是我从赛汉回来后就没吃过饭？"

老庄摇摇头："在我印象里，你不仅没吃过饭，你还斗志旺盛，从来没有睡过觉。"

"我昨天去见了许主任。"陈静一边继续吃包子一边说，"他消息真灵通，居然知道我回厂了。我又不是一个大人物，怎么会让他神经那么紧张呢。肯定是因为那个本子。他一上来就试探我，像是老谋深算的间谍。他问我，回来有啥要求不，别跟我客气，尽管提。您想想看，我又不是你们一联合车间的职工了，我能向他提什么要求。我提任何要求都是无理的。我没有他那样的城府，我直截了当地告诉他，我是来复仇的。他嘿嘿笑了两声，瞧你说的，整得跟真的似的。你复啥仇。十几年前我让你告他，你瞅你当时那样子，吓得跟什么似的。我不想重提旧事，郑重地告诉他，此一时彼一时也，我打定了主意，要把欧阳置于死地。许绍金意味深长地说，当年你都没做到的事情，今天，也同样做不到。我问他为什么。他爽快地说，为啥，因为你根本没这个机会。我追问，那么说你有这个机会，你也想复仇？我知道，你一直对甘居人下而耿耿于怀，你没有一天不想着翻过身来，我说得对不对？许绍金显然是被我说破了心思，他声音提高了，说这个就没啥意思了，说点实在的，我是想劝你，收手吧，这浑水你蹚不得。我正告他，我蹚得了我得蹚，蹚不了

15

我也得蹿。他摇摇头，说我从来就没成熟过。师傅，您说我成熟了没有？"

老庄说："这要看从哪儿说了。你比如，有的人……"他还没有说完，陈静就站了起来，她心急火燎地说："师傅，我得走了。我浪费了二十五年的时间，已经没有浪费的资本了。现在时间对我太重要了。等我回来再聊吧。"

第二天车间生产调度会后，许绍金让老庄留了下来。在车间的调度办公会议室里，两个人都待在原来的座位上没有动。许绍金坐在最前面，老庄坐在靠后门的地方。许绍金没有说让他往前挪，所以他也没有动窝。"庄段长，我留下你来是想说说工作之外的事。"许绍金说，他低着头并没有看老庄，他面前是这个月的生产计划。

"你说吧，我听着呢。"

"听说你徒弟回来了。"他还没有抬头。

"哪个徒弟？"几十年来，他的徒弟有几十个。

许绍金似乎在一心二用，因为他在翻动着面前的生产计划："陈静。你应该知道他回来是干什么的吧？"

老庄说："是一些不着边际的事。"

"你不信？"这一次他停止了考虑生产计划，抬起头。

"我觉得不靠谱。"隔着有些远，老庄看不清主任的眼神，他只是感觉到主任说话的语气不那么坚定，和刚才开会时判若两人。老庄还是挺佩服许绍金的，和欧阳科班出身不同，他没上过正规的大学，凭毅力读完了电大，靠着自己拼命三郎的作风和过人的胆识，如今做到全厂最核心生产车间的主任，这是对他的努力的最好回报。

许绍金突然话锋一转："我昨天一宿没睡，想了整整一夜，所以今天特别想找个人说说心里话，开会之前我还不知道能和谁能说到一块儿，刚才开会时，我一眼就看到你，心里一下子敞亮了，我就知道，我最想说点心里话的那个人就是你，老段长。"

"好吧，我听着呢。"老庄说。在这个场合下，他总觉得有些不伦不类，每一次他们说的都是生产和设备的事，说的是装置的运行状况，说的是安全。可是这一次，气氛令人压抑。

许绍金闭目稍许，然后才说："我想和你谈谈一个人。这个人你太熟悉不过了。是的，是你的徒弟，老段长，你是八方炼油厂和一联合车间的元老，你桃李满天下，你的徒弟可能已经遍布全厂了吧？"

老庄颇感自豪地回答："是啊。他们如今在各个岗位上都是骨干。"

许绍金接着说："这就是你的贡献呀，不管到什么时候，厂子都不会忘记你这样勤勤恳恳而又默默无闻的奉献者。我相信你的徒弟也都会感激你的。今天我想说的这个人，你的徒弟，可能你已经猜到了，就是欧阳。我不管在你眼里他是个什么样的人，但是在我心目中，他的形象早就固定下来了，他贪婪、卑鄙、无耻，对不起老段长，我头一次背后说别人的不是。请你原谅。你还记得那一年催化加热炉事故吧。杨自新就是那次事故死的。现在每年我都匿名给他女儿汇点钱。我心里不安啊。其实内心应该受到谴责的应该是欧阳呀。大家都知道的事实是那次事故我受了处分，我比窦娥还冤，我是背黑锅了。那次事故真正的责任人是欧阳。那天夜里是我值班不假，可是那天晚上我因为去火车站接从东北来的老父亲，就和欧阳换了个班，这在以前也是很平常的事，我们两个副主任，谁有事了，互相替换一下很正常的。但是那天晚上十一点钟的时候就出了事，我刚把老父亲送回家就接到了欧阳从车间打来的电话，他让我赶快回车间。我回到车间立即投入了抢险中，根本没有想其他的事情。可是事后追究原因时，欧阳一口咬定那天晚上在厂里值班的是我，而不是他，他说他是听说车间里出事才主动从家里赶到抢险现场的。我是有口难辩，身上长满了嘴也说不清。事后，主任和我都挨了处分，只有欧阳把责任推得一干二净。这也为他以后的坦途铺平了道路，而我，不得不一直生活在那个处分的阴影中，事事落后于他。他也坦然接受了这一结果，没有半点愧疚。而我，很长时间里，我就觉得自己的人生是错误的，我都在不断地对自己产生怀疑，产生错觉，越来越觉得，那场事故的当值者就是我，我理应受到处分，所以当我看到杨自新的女儿时，我会萌生资助她的念头，一直到现在，除了我，没有人知道这件事，就是她本人也不知道。你是第二个知道此事的人。老段长，你怎么不说话呀？"

老庄有些尴尬地咳嗽了两声，三十多年来，除了工作，他还真的极少去想想人的问题，日子在向前飞奔，装置在日复一日地生产，而他和他的徒弟们，似乎只是日子和装置的一个个陪衬，是日子的一次阴晴圆缺，是装置管线中流过的原油。他们是不是浑浑噩噩的，是不是麻木的？所以他只能说："主任，你让我说什么好呢？"

坐在前方桌子后面的许绍金，悲戚而孤独，而横在他们俩之间的桌椅，是一些散漫的无聊看客。他说："老段长，有时候真的很羡慕你。你都修炼成那台德国烟机了，只知道日夜不停地为装置输送能量，全然不管身外之事。我不行呀，我心里难熬呀，悔恨、痛恨、嫉妒，日思夜想，夜想日思。他坐在主席台上，我却只能混在台下的人群中，听他夸夸其谈。我气不平啊！他说的每句话都比我有分量，我无法接受。他从主任升到副厂长那天，我摔了自己最心爱的一个景德镇瓷瓶。当听到他上完党校要成为厂长的传言后，不瞒你说，我咋觉得世界到了尽头。老段长，你说我是不是得抑郁症了，我看什么都不顺眼，看我的老婆不顺眼，看自己的孩子不顺眼，看你的徒弟从内蒙古回来也不顺眼。我看那些装置更不顺眼，它们就那么一动不动地在那里待着，却让这么多的人来伺候它，这多么不公平呀！我甚至想，我怎么可能把自己的一生都交给它们，它们是金属，是物，没有思想，不懂得感情。凭什么呀！"

那个上午，阳光从窗户间穿行而过，进了会议室里，反而畏缩不前，老庄看着爬在手背上的光线，像是穿越了无数的黑暗而来，历尽了苦难而来。"想开点吧。事情没有那么糟，你恨的人也不见得有那么坏。这些装置，我们看着它们从无到有，它们只是孩子呀，它们需要我们去爱它呀"。他不知道他的话起到了作用没有，他只是隔着横七竖八的桌椅，隐约看到了许绍金脸上的无辜。

但是那天晚上，当他卸下一天的工作躺在床上，会议室里的一幕清晰地重现，他突然有些寒意，因为在夜色中闪现的许绍金的痛苦更加逼真，也更加真切。而更加令他徒生恐惧的是，许绍金的面孔时而会被欧阳的那张脸所代替，他曾经的徒弟欧阳，却是那样地模糊不清。他的徒弟，确切地说，二十多年前的那个徒弟，和现今的副厂长欧阳自强，到底是个什么样的人呢？而他，在欧阳的成长之路上又扮演着一个什么角色呢？午夜时分的老庄想到这个问题时，冷汗淋漓。说实话，自从陈静与欧阳有了欺凌与被欺凌的关系之后，他与这个机灵过人的徒弟的缘分也走到了尽头。那年夏天，他清楚地记得，事情发生之后，欧阳痛哭流涕的样子，他央求师傅，救救他，就等于救了他一生。这个夜晚，老庄似乎还是能够听到，那个夏天的黄昏时分，一个男人无奈的叹息穿越时空而来，重重地击在他的心上。那个男人就是当时的老庄。他拿出一瓶老白干酒，三十多岁的他，抖得像一个老人。他的话不多："喝完这瓶酒，我们就此断了师徒关系。"欧阳绝望的眼神中透出了一丝的期待。两个人一人喝了半斤，喝完之后，欧阳说："我还能叫您一声师傅吗？"老庄没说话。欧阳犹豫了片刻，还是叫了一声"师傅"，那声音嘶哑，刺耳，像是蒸汽管线漏了气。等欧阳摇摇晃晃地走出大门，老庄，才感觉到两行清泪顺流而下。自此，师徒俩恩断义绝。

"另一个想得到记账本的人有点神秘。"陈静兴奋地说，她的脸色因为夹杂着亢奋、疲惫、期待等多种因素而红白黑相伴而生，脸也有些肿，她好像觉得自己又回到了二十多年前，她只是一个不谙世事、刚出校门的小姑娘，每天跟在师傅的屁股后面，什么不懂的事情都要问一问师傅。"是个年轻人，大概在三十岁左右，戴墨镜，提一只皮箱。他似乎不是炼油厂的人，住在宾馆里，厂宾馆，除了去翔龙大酒店就待在屋子里，行动非常诡秘。脱松林说他也不清楚那个人的目的，他对购买者的动机不会深究，他只是觉得那个年轻人是一个很大的威胁。因为年轻人警告脱松林，除了他，不要把记账本卖给任何人，否则后果自负。我头一次看到脱松林，一个投机分子也会郁闷而不安。看起来，他就像是我小时候看马戏里的小丑。他说他头一次感觉那个记账本还是个炸弹，不知啥时候就会爆炸。我提醒他，既然知道那是个不祥之物，还不如早点把它交给我，省得他夜里睡不着觉。这个脱松林，真的是个十足的拜金主义者，他嘿嘿笑笑说，我宁肯寝食不安，宁肯担惊受怕，宁肯冒着生命危险，也要卖个好价钱，打一个翻身仗。"

"你去见了那个年轻人？"老庄问。

"没有。"陈静说，"师傅，回来后我分析了一下那个年轻人的动机，我觉得有两种可能，一个可能是，那个年轻人是他的竞争对手雇来的，另一种可能或许和欧阳本人有关，他听说那个记账本重出江湖，便遥控指挥把这件事抹平。您说，哪一种更可靠？"

"事情也许没有那么复杂，也许你想得太多了。"老庄轻描淡写地说，"你心里老想着这一件事，就容易走到死胡同，就像在小河沟里游的鱼，永远不知道大海有多辽阔。"

陈静忧郁地看着老庄："师傅，我现在有些信心不足了，不像刚回来时，志在必得。"

"为什么？"

"您的态度。"陈静看着老庄，眼神很奇怪，像是第一次见到老庄，在观察他，在猜测他，"师傅，您知道，您的态度对我多重要，可是自我回来后，您连一句肯定的话都没说过，更别说鼓励了。"

老庄摇摇头，苦笑一下："你让我咋说呢？"

两个人都陷入了沉思，他们不约而同地想到了二十五年前的那个夜晚，想到了那个决定了两个人命运的夜晚，那天晚上，绝望的徒弟，和一个有些慌乱而极力想维护自己慌乱的师傅。他们的影子在车间昏暗的灯光里被拉得很长很长。老庄的回忆是模糊的，回忆在时间的磨损中断断续续，不甚清晰。而陈静，那天晚上，每一秒都逼真而精细地刻在她的脑海中。如果当时是师傅给了她命运的钥匙，如今，已经疲惫不堪的师傅，却再也无力给出一个明确的回答了。她突然觉得，眼前的师傅是多么地可怜。她知道，她已经无法再从师傅那里得到任何的建议了。

就是那天晚上，陈静说出了另一个令老庄瞠目的决定，她要把自己在生活区的房子卖掉："因为我知道，如果我不出大价钱，不下血本，我是比不过那些有更大野心的人的。脱松林也不会轻易撒手的。"

"那你住哪儿？"老庄无比忧虑地说。他看着自己的徒弟，一个沦落为中年妇女的人，她曾经的年轻在他的印象里似乎已经无影无踪了，好像从她做徒弟那天，她已经是这个样子了。

"房子不过是一个容身之所，我的心都居无定所，有它无它也无妨了。"陈静显然已经做出了最终的决定，所以她的表情很坦然。

"我可不这么想。你别犯傻，你一个人，从那么冷、那么远的地方回来，如果没有一个房子，一个属于你自己的家，你到哪里去？"老庄说到这里陡然间替陈静的未来捏了一把汗。

不管老庄怎么劝说都已经无济于事，陈静的信心如同赛汉的冰一样坚硬。她说："师傅，这是我们最后见面的时间了，这件事结束之后，我永远都不会回到内地了，我们也永远见不到了。"说到这里，她的眼睛里浸出了泪水，那泪水是穿越了时间，穿越了距离，长途奔袭而来。

一份共同的伤感在两个人的心际间流淌，这是难得的一次，两个人的心是相通的，默契在客厅里昏暗的灯光中流动。而那个令人感伤的夜晚，仍旧会有悲伤和沮丧接踵而来。它们随一个壮汉而来，这壮汉是庄小妹的丈夫林海。突然到来的林海令人意外地没有喝酒，没有丁点酒气的女婿反而让老庄感到不自然，看着极为正常的女婿，他警惕地问他来干什么，小妹在哪里？

林海未说话，先扑通一声跪在了地上，拽住了老庄的衣袖，一反常态地轻声说："爸，请您原谅我。"

老庄不知道怎么回事，他只是觉得有些奇怪，自从陈静回来之后，似乎一切事情都超出了常理，以前的女婿可不是这种态度，他对老庄虽然并没有太出格的不敬，但远称不上尊重。他漠然的态度早已经成了他们生活中的一种常态，老庄并不在意，他安慰自己，只要他对女儿好，只要他们生活得幸福美满，便无所求了。这份安于天命的想法有些许的转变，还是女儿决定要离婚之后。此刻，他看着女婿，也突然感觉到，这个女婿长得那么丑，那么蠢。他慌张地说："你要干什么？"

林海显然是有备而来，他拼命地挤着眼睛，还是没有挤出眼泪，索性干号了几声，然后说："爸，不管以前的我多混蛋，多无耻，多没皮没脸，都请您看在长辈的分上，原谅我，我不懂事，我混蛋。可是我从心底里是爱小妹的，爱乐乐，爱这个家的，我不想离婚呀。"建厂初期，刚从抚顺来这里工作的老庄，租住在附近一个叫邱头的村子里，租住的就是林海父亲的房子，所以才有了后来林海和小妹的这份姻缘。

老庄听他说这样的话，再看他时，就觉得他不那么丑了，他依稀看到了那个老实憨厚的老农民老林头了，不仅叹了口气："早知如此，何必当初呢。"

"我后悔了爸。请您劝劝小妹，别离婚。"他眼巴巴地盯着老庄。

此时老庄说了一句真心话："难道我想你们离婚吗？丢人呢。"

林海的脸一下子舒展开来，脸上的肉像是被推向两边："那您答应了？"

老庄信心不足地说："我试试吧。我那丫头我知道，脾气和她死去的娘一样倔。"

林海走后陈静才开口说话："师傅，您有把握吗？"

老庄摇摇头："没有，可是我也不忍心他们离婚呀。"

夜晚在屋子中游荡，夜色厚重地盖在老庄的眼皮上，一个思想淳厚而简单的老工人，一个被单调的工作环绕的人，脑子里一下子涌进来那么多的念头，这让一个等待退休的人应接不暇，他不得不去思考女儿的生活，她混乱生活的源头，身份？什么时候，他们同样在一个工厂工作，他们同时为这个工厂做出全部的奉献，但是他们被划分成了不同等级的人。突然，一个念头在他的脑海里一闪而过，这个念头快速地出现又消失，但还是吓得他出了一身的冷汗，他激灵坐了起来，而那沉重的夜色却没有四散而逃，它更汹涌地向他扑过来，牢牢地包裹住他的脸、头发、手，它甚至撕扯着他，把他分解成一种叫作黑的色彩。

多数的夜晚，是师徒两个的分水岭。夜晚，他们聚在一起，师傅倾听着徒弟的倾诉，分享着她的喜怒，而徒弟，也在真切地感受着师傅面对现实的家庭窘境；白昼来临，他们各奔东西，老庄去上班，陈静则有些漫无目的地寻找着奔向目标的线索。

　　进展是缓慢的，所以当师傅提出要去服务公司找女儿时，陈静坚决要求陪他一起去。她说："两个人的力量总比一个人强，我可以替您劝劝她呀。"

　　服务公司坐落在厂区的西北，生活区的正西，他们骑车要穿过大片的麦地，从厂北门经过，穿过油库，过地道桥。不远处，在微弱的灯光之下，一列列油罐车静静地停在那里。夜色因为寒冷的缘故而有了坚硬的感觉，好像能够敲击出清脆的声音来，其实，那是自行车与柏油路面摩擦的声音。路上人很少，不是交接班的时间，经过厂北门时，他们向厂区张望了几眼，陈静问师傅："您喜欢它吗？"

　　老庄想了想说："不知道。我这一生快走到头了，我在这里工作生活了三十多年，它就像是我身上的一部分，一根头发，一条手臂，一只眼睛，你喜欢不喜欢它都在那里，所以，说不上喜欢还是不喜欢。"

　　"我痛恨它。"陈静恨恨地说。

　　老庄没有接她的话茬。

　　服务公司主要生产编织袋，一走进狭窄的公司就闻到一股刺鼻的味道。女工宿舍在厂区的西北角，一棵巨大的槐树之后，槐树早就被寒风吹光了树叶，光秃秃的身影在浑浊的光线中形单影只。

　　"我不能回去。回去就是妥协，就是失败，就是对过去的背叛。"庄小妹态度坚决，不容有任何的回旋余地。

　　"那你也不应该住在这里，最起码你可以住你爸家呀。"陈静说。

　　"我就在这里，省得他去烦我爸，让我爸看得闹心。"庄小妹有气无力地说。其实她是个长相秀气的姑娘，但是此时的她，被生活所累，整个精神状态都极差，脸干燥，苍白，没有血色。

　　面对女儿，老庄反而没有了主意，路上想好的说辞此时都跑到了脑

23

外，他只是直愣愣地看着小妹，不知道说什么了。幸亏有一个强有力的帮手，陈静代劳了一切，内蒙古凛冽的寒风并没有麻木她的思想，她的思路开阔，有理有据，滔滔不绝，最后她说："你就是不看在你这个家的分上，不看在乐乐的分上，我师傅，你老爸，他很快就要退休了，你就不能让他有一个安详的晚年生活吗？"

庄小妹说："我正是替爸爸着想呢。我的婚姻生活一直不美满，我爸他嘴上不说，可他心里不高兴，不满意，我都明镜似的。我已经受够了，我没法再看林海趾高气扬的臭嘴脸，没法再听他霸道的语气，没法再看他鄙视我的眼神。姐姐，你饶了我吧。我早点结束这段屈辱的生活，对我是个解脱，对我爸也是啊。爸，您说对不？"

夜晚，在服务公司窄小的女工宿舍里，凝聚成一丝的无奈与无助，而他的思想，凝固成深深的自责，为什么，女儿会陷入这样的境地？

夜晚，在这个故事中不断地出现，这是一个可以吞噬所有情感与人性的时候，也是一个放大情绪的时机。当陈静搀着师傅，走出女工宿舍，走出服务公司的大铁门，他连回头看看那间透出微弱光线的宿舍的力气都没有了。陈静轻声问："师傅，您哭了吗？"

老庄感觉到自己说出了一句"没有"，可是这两个字并没有在夜色里跳跃，并没有被陈静听到。

如果说，去劝说女儿这样的场合，可以有徒弟陪同的话，那么，有一些场合，是要老庄一个人艰难地去应对的。

那天开完调度会，办事员小张就匆匆走到他面前，把他拉到一边，附耳小声说："庄段长，主任让你现在马上去一趟厂职工医院。"老庄此时才突然意识到，今天的调度会并不是主任主持的。他没有在场，这是极罕见的。他纳闷地问："去医院干什么？"小张神秘地说："你去了就知道了，职工医院的333病房。你现在就去，千万别耽误了。"

一路上，老庄都茫然不知所措，正是冬季生产的重要节点，天气预报说，一场大雪会很快到来，保温、防冻、防凝工作都要提前落实，主任跑到医院干什么去了。昨天见到他时还红光满面的，这一夜的工夫怎么就会进了医院？百思不得其解的老庄推开 333 病房的门，目光中的主任依然是红光满面，没有一丝病恹恹的样子。躺在病床上的主任见到他，立即坐起来，向他挥挥手，示意他坐到床边。

"你哪儿不舒服，主任？"老庄关切地问。

许绍金摇摇头，"这不重要。我没病，你知道我为什么躲在这里吧？"

老庄被问得一头雾水，他惊讶地说："主任你没病呀？没病你躺在这里干啥？"

许绍金咬着牙说："这正是我要问你的呀。为什么我没病还装病住进了医院，你应该知道原因呀。你没听说吗？"

老庄茫然地摇摇头。

"唉，看来你真是不知道。最近厂里有一个很大的谣言，是关于我的。"许绍金说，"人们说我为了把欧阳拉下马，要买下那个记账本子，把它交给厂纪委。就是昨天下午，我在生产处刚开完全厂生产调度会，走到办公大楼门口，就听到有人叫我。我回头一看，原来是纪委周书记，他让我到他办公室去一趟，我跟着他来到他五楼的办公室。他关上门，关上窗户，这才压低了声音和我说话。要知道，他隔壁就是欧阳的办公室。谁都知道，他和欧阳明争暗斗了好几年，毕竟欧阳是主抓生产的副厂长，所以始终是欧阳压周书记一头。我不喜欢周书记这样的人，我觉得他们都是白面书生，有心眼，有心机，心思重，脑袋里不知道在琢磨什么，当面一套，背后一套，爱算计人。不爽快，不像咱从车间里拼死拼活干出来的，说一就是一，从来不藏着掖着。你说是不是老段长？周书记悄悄对我说，听说你想扳倒欧阳？我说，没有的事，谁给我造的谣。周书记有深意地笑笑，你就别装腔作势了，这多没意思啊。我说我没装模作样啊，我说的就是实话啊。周书记拍拍我的肩头，兄弟，别说你说了这么多话了，就是你不说话，我往那儿一站，我都知道你心里想什么，你要干什么，你也不想想我是干什么的。不管我怎么说，周书记都认定我是铁定要和欧阳过不去。周书记有些兴奋地说，这回我看这个欧阳过不了你这个坎了，因为你和他共事那么多年，只有你能抓住他的要害，

25

给他致命一击。我反复强调说，我没想把欧阳怎么着。周书记却自说自话，你不用解释了，恐怕你说的话你自己都不信，一个记账本，真是老天有眼啊。周书记对我特别热情，还把他从古巴带回来的雪茄给了我一盒，上面有卡斯特罗的签名。他说，这盒雪茄，他一直珍藏着，连中石化的副总来，他都没舍得奉献出去。"

许绍金从床头柜上的皮包里拿出那盒古巴雪茄，他指着上面的签名对老庄说："你看看，这就是卡斯特罗的签名，据说，这盒烟值很多钱。"

老庄说："他把你当成了同盟。"

许绍金盯着老庄问："那你说我是不是他的同盟？"

老庄躲避着主任的目光，闪烁其词："我怎么会知道呢。"

许绍金说："是啊，我和你一样。我也不知道他怎么会对我那么殷勤，我都不知道该怎么去反驳他，怎么来处理这盒卡斯特罗。临走时，他紧紧握着我的手说，兄弟，我全力支持你，有需要我帮忙的，你尽管说。他的信任，和这盒卡斯特罗，就是我躲在这里的原因啊。老段长，我叫你来，是想叫你替我办一件事。"

"装置上的事？"老庄问。

"和装置无关。"许绍金突然变得忧郁起来，"我想让你替我查一查，到底是谁在给我造这个谣。你查清楚了，来医院告诉我。如果找不到这个造谣者，这个谣言就会像病菌一样在厂里传播，你想想有多可怕。我茶不思，饭不想，我自己的精神和身体反对，就是厂里也不答应呀。厂里把车间交给我，把重要的生产任务交给我，是让我把生产搞上去，保证装置的满负荷运转，为全厂带来效益，不是让我被谣言打败的。"

老庄不假思索地说："主任，这事我真干不了。你换个人吧。"

许绍金不容老庄推托："这事你想不想都得干，这也是工作。我不是为自己，是为了全厂的生产大计啊。老段长，请你支持我。我想了一夜呀。只有你才是我最信任的人，只有你能做好这件事啊。这盒卡斯特罗就算是我转赠给你的，你无论如何都要收下它。"

卡斯特罗是那么沉重，老庄并没有收下，他空着手从 333 病房出来，脑子里却满满的，全是迷茫。他甚至忘记了，自己是不是答应了主任，要替他查找那个谣言的散布者。

坐在沙发上向窗外张望，可以看到子弟学校的操场，学生们还在上课，操场上显得很冷清，只有零星的人在跑步和打篮球。老庄坐在那里并不自在，因为这是陈静的家，即使她已经回来一周，可是屋子里却没有一丝的人气，温度大概只有十六七度。屋子里乱糟糟的，也不像一个女人的房间。

"脱松林最近有些烦。"陈静像是脱松林的影子，在师傅和那个有些盲目的本子之间，这影子长长的，把老庄的视线占满了，"他开始有些不快乐，不兴奋。他说，已经有人要对他图谋不轨，搞威逼利诱，搞暗杀，他说得神乎其神，像是真的一样。但是，越艰险，越能显出他的英雄本色。真可笑，不自量力，他把自己标榜成英雄，说成是詹姆斯·邦德，如果他能称为英雄的话，我们都是伟人了。"

老庄问："你相信他的话？"

"半信半疑。毕竟，有很多人在惦记着那个过时的、破旧的、本来没有任何意义的小本子，这其中就包括我。"陈静说，"老脱的亲妹妹，脱松林的姑姑，有天把脱松林请到家，也想打那个本子的主意。因为她的儿子即将从石油大学毕业，她想以此作为资本，换取即将上任的欧阳的许可，把儿子分回炼油厂。姑姑摆了一大桌脱松林爱吃的菜，她本以为事情会很简单，一顿家宴便能搞定。但是脱松林丝毫没有念及血脉亲情，他告诉自己的亲姑姑，在机会面前人人平等，待遇平等，不搞特殊化。他说，我不是官僚，不会体制里的那一套。姑姑气得大骂他一顿，饭也没让他吃就把他赶出来了，临走时对他说，如果她哥还活着，也得被他气死。您说，这能让脱松林动心吗？他就是一个唯利是图的小人。您都不知道师傅，他把一个完全废物的小本子，炒成了国家文物。他真有本事。"

老庄想想说："唉，我倒不这么想，从小妹身上，我理解他的所作所为。小妹不就是因为身份和我们不一样，她的前途不确定，心里就不踏实，始终没有一个归属感和安全感。松林也是一样的，他和我们厂没有任何关系，如果说有关系的话，那就是他的生意要靠我们厂这些人来支撑。可是如果都像欧阳以前那样，白吃饭不给钱，就像是流动在管线中的油一样，如果油没了，装置还有什么用？"

"师傅，您什么时候都替别人着想。那您想过小妹没有？您怎么处理她的事呢？"

老庄仿佛被这句话逼到了墙角，他慌张地说："不知道。我脑子里乱成一锅粥。它比处理一起事故要难许多。"

"那您不打算管小妹的事了？"陈静追着问。

老庄觉得在这件事上，陈静比自己还要主动，他真的都有些惭愧了："自己的孩子。我咋会不管呢？但是能有什么好办法呢？"

陈静说："也许有呢。什么事儿，没到最后，是不能轻言放弃的。"

听徒弟的语气，像是有什么计策似的，老庄急忙问："你有啥法儿？"

陈静脸冲着窗外，她说："那个人，就那个中年人，戴线帽子那个人，他一直在跑。我每次向外望的时候，都能看到他，好像他从来没有停下来似的。"

老庄站起来，向外看了看，跑道上倒真有两三个人在跑，他不知道她说的哪个人，又坐回到沙发上。

陈静这时候才说："我感觉，只要听从内心的召唤，就能找到事情的突破口。"

老庄觉得徒弟今天话里有话，他再想开口问她，这时候有人敲门了。

他们今天是在等人。老庄替陈静找了一个想买房的人，一联合车间刚从济南炼油厂调过来的小金。他急于想买个房把家安下来。他们就在等他。

打开门，他们看到的确实是小金，但小金张嘴说的却是另一码事，他满头大汗，说："庄师傅，今天我们没法谈房子的事了，你快去学校吧。学校给车间打了电话找你，乐乐的老师打来的，说乐乐上吐下泻，让你去把他领回家。"

老庄匆匆忙忙向学校跑去,陈静跟在他后边,连声提醒他说:"师傅,您跑慢点。"好在陈静的家就在学校旁边,所以他们几分钟就来到了操场上,陈静还来得及向操场的跑道上看了一眼,那个人还在跑。她突然被那个人给吸引了,所以她掉了队,她站在跑道旁边,呆呆地看着那个中年人。中年人跑得并不快,匀速,不紧不慢。不一会儿他就跑到陈静身边了,头上是灰色的线帽子,手上戴着手套,神情淡然,他看都没看一眼这个专注的女人,慢悠悠地跑过去了。陈静看着他的背影,眼泪就无法抑制地爬满了脸颊。等她慢慢地平复了情绪,老庄已经抱着乐乐从教学楼里跑了出来。

在医院里,打着点滴的乐乐有气无力地说了得病的原委。这几天,他处在一个无人管的状态中,母亲住在厂里不回家,父亲三班倒,经常见不到面,难得见到一次还是醉醺醺的,不是打就是骂。他就是早晨吃了父亲昨天喝酒带回来的饭菜,老师一进教室,他就觉得胃里翻江倒海,眼睛里的老师像是一个纸人飘到了黑板上。

陈静问师傅:"老师怎么不给小妹和他爸打电话?"

老庄黑着脸,"打了,小妹说她公司里要求严,不让请假。他爸根本找不着,说是刚下了夜班,一准闷头睡觉呢。"

躺上病床上的乐乐拽了拽老庄的袖子,哭着说:"姥爷,别让我爸妈离婚。他们离婚了,就没人管我了。"

陈静听了鼻子酸酸的,便气鼓鼓地从病房里出来,她没有看师傅的样子,估计也好不到哪儿去。

敲了半天门,林海才揉着惺忪的睡眼,打着哈欠打开门,他大声说:"妈的谁这么讨厌。困死我了。就是装置都炸平了,也别想搅了我的美梦。"

陈静气不打一处来,伸手打了林海一个嘴巴,然后把他推进屋,而且还说了脏话:"你他娘的还是人不?自己的孩子都不管了。"

林海摸着被打的左脸,这才看清打的人是谁:"你管那么多闲事干吗？闲吃萝卜淡操心。"

陈静挥起手来："你要是不管乐乐。我还打你。你知不知道乐乐生病住院了？"

"这事我不管，你找他妈去。我要睡觉。"林海躲着陈静，害怕还打他。

那天上午，陈静苦口婆心，她成了一个有耐心的劝解者。她站在愁眉苦脸的丑陋的林海对面，看着他困顿的那张脸，她突然发现，那个遥远的赛汉其实就是昨天的事，她匆匆地坐上火车，经包头，过北京，不远千里的行程，以及回到炼油厂与脱松林、许绍金的钩心斗角，只是一眨眼的事。她似乎都能看见一个疲惫的女人行色匆匆的样子，那个人就是她自己，如今，当她去想其他人时，替别人着想时，她才发现，时间竟然是可以慢下来的，她甚至能够听到时间缓慢地从她的耳鬓旁流过，像是清晨的风。而林海，他脸上的那颗硕大而顽固的紫黑色胎痣，更像是他坚定的内心："我不能，我不能照你说的办。我只是个技校生，不像你们都上过大专大学的，我是个直肠子。我心里咋想的，就咋做了。她确实是个临时工，我妈天天念叨这件事，这是我妈的一个心病。她确实钱没我开得多。一想到这，酒劲就上来了，我就想骂她两句，打她两下。我就这德性，没办法。这是一种本能，跟吃饭睡觉一样。你总不能不让我吃饭睡觉吧？"

"如果你们俩颠倒过来呢？"

林海说："饶了我吧姐姐。如果真能颠倒过来，她打我，骂我，我都受着，一句怨言都没有。"

"那你还想不想破镜重圆？"

"陈姐，你可记住了。我们镜子还没破呢。你这不是咒我们吗。我给我爸说了，我都给他下跪了，我根本不想没有老婆。不管咋的，有老婆在，就有热被窝，就有热包子，就能说打就打说骂就骂。"

林海的话再次惹恼了陈静，她没有伸手，而是狠狠地踢了他几脚，骂了句："你就是贱。"

那天晚上，当她把林海的原话复述给老庄后，老庄沉默了良久，没有作声。"师傅，您是怎么想的？"她追问道。

老庄叹口气："随遇而安吧。"

卡斯特罗还在他的怀里，像是一块烧红了的隔热板，那是事故来临的前兆。这是许绍金出院后的第二天，他在医院里躲了五天，还是赵厂长跑到医院狠批了他一顿，才把他从医院里召唤到装置中。许绍金用手摸了摸胸前，衣服下的卡斯特罗灼热、跳动。已经有一段时间了，老庄发现，主任添了一个新毛病，每隔几分钟就要伸出右手，摸一下他的左胸，下意识，乃至是神经质的。现在，他们站在常减压到催化的管廊间，装置的轰鸣声像是一条超长而坚硬的银针，穿过膈膜，穿过整个身体，在心脏里回荡，在血液中奔流。老庄巡检结束要回操作间时，看到了站在那里的主任许绍金，他像是特意在那里等着他。老庄想躲开主任，已经来不及了，他只好喊了一句"主任"。他的声音立即就淹没在那强大的装置声响之中。

主任并没有移步到其他地方的意愿，因此，那个阳光充足的冬日上午，在老庄和许绍金之间的谈话，是对他们体力和脑力的一次超强度的考验。

他们的声音像是一滴水掉到了汪洋大海之中。

"我被自己打败了。"许绍金喊着说，"躺在医院病床上的我，不是被身体上的痛折磨着，而是心里的痛苦，它每天都像是虫子在咬着我。有两个想法停在我的脑子里，它们就像是那台德国造的烟气轮机的转子，在高速地旋转。一个是求我躲藏在医院里，远离那些谣言。另一个似乎更加理智，它让我正视现实。我躺在床上，每一秒钟都处在选择的境地之中，直到厂长把我吼醒了。厂长说，你的生命不是在病床上，而是装置上。"

"厂长说得对。"老庄随声附和道。

嘈杂的环境造就了那天的高谈阔论。老庄一直担心的是主任会问

31

他追查谣言的事，令他感到意外的是主任显然已经对谣言有了更正确的认识，他主动放弃了他的坚持，他说："不管它们了。谣言终究是谣言。谣言止于事实，止于智者。我知道，老段长，让你去追查那个造谣者是我的失策，我现在说声对不起。这是对你人格的不尊重。"他又摸了摸左胸口。

老庄如释重负，他说："主任，我们到一边说吧。这里声音太大了。"

许绍金这才意识到他们所处的环境是不利于谈话的，他抬脚就走，没有向操作室或车间院里走，而是上了催化塔。老庄只好跟着。许绍金走得很快很急，转眼就把老庄落到了后面。老庄紧赶慢赶，等他爬到塔顶时，许绍金像是等候多时，他说："你也太慢了。"

此时，声音跌落在了他们的脚下，他们犹如站在山巅之上，倾听着山脚下的大江翻滚之声，装置的声音从下卷上来，力道减弱了，轰鸣声小了许多，也有了距离感，畅通无阻的穿透力没有了。仿佛是声音自己从遥远的地方重新回到了他们的身体之中。

许绍金摸了摸他的左前胸，在那一瞬间，他脸上的表情惬意自如。"老段长，当年我做技术员时，跟在你的身后，一天要爬几次塔，每次都是你第一个到达。"

老庄感慨万千："炼塔这个东西很奇怪。刚进厂那阵，我还年轻，三十来岁吧。什么催化塔、常减压塔，还有焦化塔、加氢塔，除了百米火炬没爬过，我都登上过。在我心里，它们并没有实际的高度高，爬上爬下也已经成为习惯，就像爬个几层楼一样。可是一过了五十，在我心里，那些塔却在一天天地长高，现在，它们已经远远超过了实际的高度。所以我慢吞吞地，像个没用的老人了。"

"老段长，你得继续发挥余热呀，不能在功劳簿上睡大觉呀。即使这些塔在你心里长高了，你要是从心底里蔑视它了，它自然会又矮下去的。"许绍金摸着左前胸，"你还记得那天我给你说过的卡斯特罗雪茄吗？"

老庄急忙摆摆手，"你知道我是不抽烟的。"

"不是给你。"许绍金说，"是给另一个人的。"

"谁呀？"老庄疑惑不解。

"你徒弟。"

"陈静呀。她是女的，更不抽烟了。"此时的老庄，仍然对卡斯特罗的雪茄没有足够地重视，他轻描淡写地说。

许绍金就笑了："老段长，我看你对你这个徒弟还真是上心，你又不止这一个徒弟，你这一生，恐怕也有二三十个徒弟了吧。我说的那个徒弟此刻不在厂里。"

老庄此时才幡然醒悟："你说的是欧阳啊。怎么，你是想把雪茄送给他？"

"是啊，我给你假，几天都成，你去趟北京，把这盒卡斯特罗签名的雪茄送给他。"许绍金的手干脆放在了左胸的位置，像是在宣誓一样，显得那么庄重。

老庄仍然不明白主任葫芦里卖的什么药："就为了给他送一盒古巴雪茄？让我去一趟北京？"没有人知道他与那个徒弟，早就没有了师徒的名分。而他与徒弟欧阳，好像形成了某种默契，没有人再去提及此事。他们的师徒关系，好像从来就没有发生过，而喝酒断义的事，自然更不会有。

"当然，顺带我想请你给他捎句话。"许绍金略做停顿，似是在思索和斟酌，他的手离开左胸时，伸进了衣服里，从内兜掏出那盒雪茄，他的信心似乎更足了，"请你告诉他，请他安心在北京进修，不要有后顾之忧，厂里的事我会帮他摆平。"

看着那盒卡斯特罗，再看看许主任那张信任的脸，老庄的疑惑犹如流淌在管线中的原油奔腾不息，"我不明白……"他说的是真心话，眼前的许绍金，和调度会议室里那个忧心忡忡的人，和医院里那个装病的人，面貌一致，但微微笑容背后的那颗心，让老庄觉得似乎哪里有什么不对劲。

"你会明白的。"许绍金说，"你能明白你的徒弟陈静，就能明白我要你传递的话。"

"你是说，你不恨欧阳了，你原谅了他。你要替他把那个小本子的事扛下来？"老庄试探着问。

许绍金笑了，仿佛是觅到了一个知音，"我就知道你会明白的。"

"可是……"声音更加遥远，塔的高度似乎在增长。

"去吧。告诉你那个最有出息的徒弟。有我在，就不会让一个小本子兴风作浪。我会不惜一切代价，把它拿到手，把账还清，把本子销毁。这本来就是车间的事情，理应由车间来解决。"许绍金的笑容更加灿烂，也更加真实。那是内心与外表相互统一的表现。

塔上的老庄便觉得那铁的塔不真实了，它的高度，它的质量，都值得怀疑了，脚下也变得绵软了，身体好像失去了支撑，漂浮起来，继而，整个塔也庞大地漂浮起来，只有微笑着的主任许绍金，钉在原地不动。连自己说话的底气都不足了："你，你不痛恨他了？"

"痛恨。我比任何人都痛恨他。你想想看老段长，在我进步的道路上，始终有他这样一个巨大的阴影伴随着，我能不痛恨吗？可是这就是现实。现实是最无情的，不是吗？谁要是和现实过不去。那他永远都别想翻身。我接受，我不能和现实过不去，不能和自己过不去。"许绍金即使在说着他的恨，那笑容也没有消失。

其实，再说什么都是多余的，老庄，他以为自己安全地渡过了五十八年的生命，对人，对事，都有清晰的判断力了。此时，他已经无话可说，事后他忘记了接下来是如何与许绍金一起走下催化塔的，他只记得，当他被那熟悉的声音拉回到现实中时，身边的许绍金已经不见了，装置以轰鸣之声迎接着一个疑窦丛生的老庄。而他才发现，在他的手中，竟然有一盒亮闪闪、精美的雪茄。那是卡斯特罗。它怎么会到了自己的手里？难道自己答应了主任，要去把它捎给北京的欧阳，并捎去一句讨好的话语？他彻底地迷茫了。暂且放下北京，放下卡斯特罗，放下许绍金对欧阳的期待，他与那个徒弟，该如何面对面。欧阳会再叫他一声师傅，而他会坦然接受吗？

塔顶之后，老庄添了一个新的习惯，对于一个身外之物的过度忧虑。他无法把卡斯特罗揣在兜里，因为当他尝试那样做时，恐惧会从一缕烟味快速地蔓延，小虫子一样爬满他的全身。他只好把它放在家里，可是仅仅放了一天，他就浑身不自在，因为他时刻想着那盒卡斯特罗，恐惧在数里之外都能汹涌而来。最后他妥协了，想出了一个两全之策，他把工具箱里的工具全部倒出来，用干净的棉麻布包起卡斯特罗，放进工具箱里，再加上一把锁。他走到哪里都拎着那个铁灰色的工具箱，去开生产调度会，去巡检，上下班路上，就算是在家里，那个铁皮工具箱也必须放在能看得到、能够得着的地方。老庄一直在承受着来自主任许绍金的压力，不断地被催促着，何时动身，每一次，他都含糊其词，糊弄过关。在塔与塔之间，在长长的管廊间，在上下班的路上，他的步伐都显得犹豫不决，艰难地思索阻碍了他的速度。

卡斯特罗能够顺利到达北京？那句愚蠢的表白能够扭转许绍金的命运？这样的疑问一直停留在他随身的那个工具箱上，但是他又无法抛弃它，一旦它远离自己的视线，他就感觉到浑身不自在，恐惧就会悄悄地降临。

夜晚，当睡眠来袭，他的手紧紧攥着工具箱的把手，等待着困顿把他带入梦乡。这一次，在清醒的头脑里最后抵达的是主任许绍金，他变幻多端的人格，和他的笑容，不知道为什么，老庄想到许绍金突然转变的方向，竟然找到了意想不到的安慰，人啊，做什么都是可以原谅的，只要你自己原谅自己。想到此节，那个曾经一闪即逝的念头一下子又冒了出来，念头在他的脑子里停留的时间比上次要长许多。而这一次，冷汗没有降临，他也没有惊恐地坐起来，而夜色，似乎被工具箱里的卡斯特罗过滤了，变得温柔可爱。他终于心安理得地入眠了。

几天之后的事了。乐乐不见了。最早发现异常的是乐乐的老师章韵，一上午乐乐都没有去上学，也没有家长给她打招呼，于是便给乐乐的母亲庄小妹打了个电话。当小妹和林海找了半天，失魂落魄地赶到父亲家里，已经是中午时分。那一刻，老庄正在聆听陈静不厌其烦地讲述，关于另一个企图者的故事。而听在老庄的耳朵里，其实那个人是谁已经不重要了，天下熙熙，皆为利来，本无可厚非。屋子里，各个角落都散落着陈静的讲述对象，那些熟悉或者陌生的觊觎者，已经幻化成物，停留在沙发上、墙角、杯子上、镜子里……而远没有最初的时候，牢牢把持着老庄的思想。

在小妹和林海混乱的追述中，乐乐就好像生活在他们的视野范围之外，孤独、无助。早晨，林海下夜班，交接班回家已是九点多，家里乐乐吃剩下的面包和奶已经变质，但他无法说清是早晨的，昨天的，或者更久远的。小妹，愤怒的小圈子只局限在服务公司编织袋厂巴掌大点的地方。一上午，她面对的只有一个个不断增加的编织袋，她的所有生活似乎都被那不断累积的编织袋淹没了。她埋怨自己说："为什么我只盯着那些没有任何情感的编织袋呢？"抱怨和悔恨都于事无补。沮丧的几个人，在老庄略微有些昏暗的客厅里，面面相觑，理不出任何头绪，他们这才意识到，这个十岁的孩子，原来对于他们的生活也是如此地不可缺少，如此地重要。老庄突然说："报警。去报警呀。"林海说，学校已经报告给了厂公安处。然后便是沉默。还是陈静打破了忧伤的局面，她说："我们不能在这里干耗着，都出去找找吧。"

四个人，再次会合时，都已经筋疲力尽。老庄拥挤的客厅里，沮丧和忧伤在陈静进来之后才略有减轻。陈静是最后一个回来的，她带来了令人宽慰的消息，她喝了口水才告知大家："有人知道乐乐的下落。"老庄抓住了沙发的扶手，他有一种悬空的感觉；林海和小妹，两个人的手紧紧地握在一起，像是握住了陈静的那句话。

乐乐被人绑架了。这是陈静获取的最重要的一个信息，她说："千真万确。乐乐被人绑架了，但是你们放心，很安全，这一点，我可以保证。我和你们的心情一样，我也担心乐乐的安危，所以，现阶段，乐乐不会有生命危险，也不会受到任何的伤害。直到师傅答应他的条件。"而且，陈静第一时间里就打消了林海想要报警的想法。"他会撕票的。"陈静补充道。

陈静的每一句话，仿佛不是听在他们的耳朵里，而是击打在他们的心里，痛痛的。陈静不便说出那人的真实身份，因为这是她发过誓的，不然，这个消息是不可能很快传回来的。但是有一点确定无疑，那个人是想得到那个小本子中的其中一个人。陈静说："你们不用费心去想了。现在关键不是那个人到底是谁，而是师傅你的决定。"

林海和小妹，一起把眼睛转向父亲，他们的手仍然握在一起，如同缠绕在一起的老树根。老庄有些紧张，又略显尴尬，还带着点疑惑："我的决定？"

陈静没有马上把答案说出来，而是在沙发里找到了一个非常舒服的坐姿，表情略显痛苦。林海和小妹沉不住气，催促她："你说呀。到底咋回事呀。"

对于陈静来说，说出来似乎是一个艰难的抉择，她停顿良久，才抬起头，目光犀利地看着师傅，那目光像是内蒙古吹过来的寒风，让老庄打了个激灵。那个夜晚，陈静平和地讲述，显然是想减缓结局来临前的暴风骤雨，她说："师傅，我打个比方，如果我做错了什么事，您会原谅我吗？"

老庄想用微笑表明一下自己的态度，可是他的心思完全不在这上面，所以他的脸颊只是稍稍抽动了两下："怎么会呢，你怎么会做错事，即使那样，我也会原谅你的。"

"有酒吗？"陈静恳求地看着师傅。

老庄吃惊地瞪大了眼睛，但只是很短的时间，他摇摇晃晃地站起来，走到墙角的柜子旁，打开，取出了一瓶红酒。陈静说："白的。"老庄犹豫了一下，又放回红酒。白酒是草原白，这还是陈静从内蒙古给他捎回来的。老庄把酒递给徒弟时，说了句："你真要喝吗？"

陈静没说话，把酒打开，倒进杯子里，浓郁的酒香立即充盈了狭窄的客厅。她在三个人的注视下，喝了一大口，然后，她的目光中仿佛就多了热辣辣的光芒，她说："师傅，我在赛汉一滴酒都没喝，可是我今天喝了。师傅，请您告诉我，您是不是又去找过脱松林。"

老庄突然间就站了起来，张了张嘴，没说出一句话，又坐下来。

陈静冷静的话在客厅里流淌："师傅，您找过脱松林。您凑了钱，但是您凑的钱是所有想要得到那个本子的人中最少的一个。谁都知道，您尽力了，您掏光了老本。您去找脱松林那天，是个阴天，像是要下雪的样子，但是老天仿佛在和我们开玩笑，它就老那么阴着脸，雪就是下不来。这和赛汉真不一样呀。赛汉的雪说下就下，真干脆，像老爷们。当漫天大雪封门时，我就觉得整个世界都要灭亡了。师傅，我相信，您走到饭店门口时，您的心情和那个鬼天气是一样的。"

听着徒弟的话，老庄似乎有些悲伤，他不知道悲从何来，是因为陈静已经对他的秘密了然于心，还是他为自己的行为悲伤。陈静说得一点没错，那只是两天之前的事了，一直到现在，天气仍然阴沉沉的。他一辈子都会记得自己站在酒店前糟糕透顶的心情，全身柔软无力，那个曾经一闪即逝的念头，此刻已经从黑暗中破壳而出，如此清晰地、立体地横亘在他和饭店之间，就像饭店上方那个大大的红色招牌。

屋子里暂时陷入了沉默，林海和小妹的手也松开了，他们看看父亲，又互相对看着。目光中除了忧伤，还有许多难以言说的复杂内容。陈静又喝了一口酒，酒气更大了，她说："师傅，您和脱松林之间有个交易。这个交易只有在您和他之间才能达成，换了任何一个人都不可能。您想要用那个小本子换取欧阳的信任。对您来说，欧阳是个陌生人，您和欧阳之间，除名义上的师徒之外，其实已经没有任何情感因素了，您从来不说，但是我知道，我知道你们喝的那场酒。我知道这么多年来，您不喜欢欧阳，不喜欢他为人处事的方式。欧阳呢，也从来没把您这个师傅当回事。他把谁当回事了？除了他自己。我说得对不对呀，师傅？"

老庄长长地叹了口气，显然，他对陈静一针见血的分析是认可的。他突然意识到，对于欧阳，除了陌生，好像还有一丝的恐惧，那恐惧是因为欧阳的权力，还是因为他不得不付诸实施的那个念头？

"您悄悄地加入对那个小本子的追逐之中，是脱松林没有想到的。所以当您提出来时，他非常吃惊和惊讶。但是他对您的态度，和对其他追逐者是完全不一样的。"陈静满含深意地看了一眼小妹，"因为脱松林对您有一种特别的情谊，这份情谊是任何事情都不能抵消的。我听他说，他小时候特别淘，特别不懂事，经常闯祸，三天两头被父亲打，我们都知道老脱是个脾气暴躁的人，他打起孩子来不管不顾，身边有什么，拿起来就往死里打。所以小时候的脱松林也没少受父亲的虐待。一被父亲打，脱松林说就躲到您家里，您就让师母给他炖一碗酸菜粉条。他一被打，肚子里就空空的，所以每次都狼吞虎咽地把一碗酸菜吃得干干净净。那一碗酸菜就像是忘忧草，一吃下去，身上也不痛了，他一走出去，又像是个没事人似的。所以，他一辈子都感激您。感激您的那一碗酸菜。"

在陈静长长的叙述中，瓶子里的酒不经意间已经快速地在减少。大家都在专注地听着她的讲述，所以都没有注意到，陈静的脸色已经渐渐红润起来，她的话也稠了，密集了："所以他能够接受您，而没有和您讨价还价。这都得归功于您当年的酸菜。"

"你什么都知道。"老庄叹了口气说，"如果不是为了小妹，我哪里会走这一步。"

小妹走到父亲身边，抓住了他的手，眼里含着泪，羞愧难当地看着父亲。她能够想象，一生都光明磊落、心地无私、从不求人的父亲站在饭店招牌下的感受，于是她由衷地说了句："爸爸，对不起。"

陈静喝酒的频率似乎在加快，一杯杯的，像是喝水："回到正题吧。对不起师傅，我绕得太远了。可是，要说到乐乐，必须要从头说起。是的，条件，需要您来决定。师傅，您的答案是关键的，这决定着乐乐的安危。那个人需要得到您的保证。"

老庄像是突然才知道乐乐失踪一样，如梦初醒般："是啊，乐乐。什么保证？我都能答应。"

"放弃和脱松林的交易。"陈静说完这句话，没有去端杯子，而是满怀期待地看着师傅。

老庄略显犹豫，他不情愿地看了看小妹。小妹眼里还噙着泪水，朝他点点头："爸，不管什么条件，都答应他。只要乐乐能安全地回来。我再也不为了那些毫无意义的编织袋而离开乐乐了。"

老庄下了决心，果断地说："好吧，我放弃了。"顿了顿他再次把目光转向小妹，"小妹，你可不能怪我了，我想给你一次改变命运的机会。当年你从中学毕业后，技校不招生，我拉不下脸，张不开嘴，不想给组织和领导添麻烦，正好服务公司招临时工，就让你去了。没想到，你一直都不快乐。现在，好像有那么一个机会。我努力了，我尽力了。我想放下我师傅的尊严，去求一个我讨厌的人，一个和我早就没有了师徒关系的人。太累了，真的太累了。那年催化加热炉出事故，我在装置上待了四天四夜，睡眠不足五个小时，我都没这么累……"

老庄的话没说完，就突然听到玻璃杯子摔到地上的清脆之声。老庄、林海和小妹同时转头向声音处看时，陈静已经晕倒在沙发的一角了，她的头侧着，眼睛紧闭，手张开着，杯子就是从她的手里滑下去的。她躺在那里，虚弱憔悴，像一只冬眠的蝙蝠。

草原白的酒瓶仍在桌子上站着，空空地，那瓶酒是在其他人都毫不注意的情况下悄悄地进入了陈静的孱弱身体。很难说清她是被酒精、连日来的亢奋还是早就潜伏在身体里的疾病击倒的。那天深夜，当他们三人慌张地把她送到厂医院时，他们告诉医生的理由只有一个：过度地饮酒。而那个最致命的理由是在第二天才姗姗来迟的，从医生的嘴里他们得知，陈静得了癌症，已经无药可救了。

看到陈静从昏迷中醒来的是老庄。他坚持要等待，而林海和小妹都已经离开了，他们去了派出所。坐在陈静身边的老庄，一直处在多重的忧伤之中，当清晨透窗而进的阳光照到他身上时，他都没有意识到，夜晚其实已经结束了。他仍然能够看到夜晚的医院，那长长的走廊，在昏暗的灯光下，坐在走廊椅子上哭泣的小妹。在焦急的等待之中，小妹向父亲坦言，她和林海共同在父亲面前演了一出戏，他们假装离婚，他们夸大了生活中的难处，其实是为了博得父亲的同情，好让他能下定决心向即将上任的欧阳求助。小妹啜泣的声音极小，像是穿透医院那白色的墙壁而来，她说："原谅我吧，爸爸。我太想变变身份了，太想和大多数人一样了，和他们拿一样的工资，一样的奖金，分一样多的劳保。爸爸您知道，我心里有多苦。"

林海说："爸，您要怪就怪我吧。主意是我出的。"

看着忏悔着的女儿女婿，老庄谁也没怪，他觉得自己就像凌晨时分的医院走廊，空空落落的，一切仿佛都是静止的，没有了欲望，没有了牵挂，没有了思想。他盯着墙壁上一块很小的污渍，本来是西瓜子般大小的污渍，渐渐地扩大了，几乎像藤树一样爬满了整个墙壁；颜色也从浅灰色变深了，黑了。他的眼睛里，全都是那个生长着的、藤一样的污渍。连女儿女婿是什么时候走的，走时和他说了什么，他都忘记了。忘记，在慢慢来临的白昼之前，是那么珍贵和短暂。

"师傅。"微弱的声音来自病床。老庄低头看时，陈静已然睁开了双眼，她试图伸出那条正在输液的手，拉一下师傅。老庄立即制止了她。两行热泪从眼角流了下来，陈静虚弱地说了声："师傅，对不起。"然后就闭上眼，陷入了沉默。

仍然是个阴天，白日的光线颤颤巍巍的，并不强烈，照着陈静的左脸颊，酒精带来的红润早就不见了，脸色蜡黄。老庄突然问了一句："那个人是你吧？"这句话其实从昨天晚上，一直憋在他心里，越积越沉重，当他说出这句话时，他还本能地舒了一口气。说完，他没有去看徒弟陈静的表情变化，他感觉有些羞愧，因为对徒弟的猜疑而羞愧，脸上似乎烧烧的。他把目光转向窗外。窗外，冬天枯萎了的白杨已经蹿过了二楼，他只能看到，一截粗粗的突兀的树干把抑郁的天空分成了两半，他有一种顺着那树干爬上去的冲动。

陈静看不到那截生硬的树干，她的眼睛始终闭着，同样，一股羞愧感也在她周身游荡，她轻声说："到底是什么让我们互相猜忌呢？"

对两个人来说，这都是一个难以启齿的问题。他们只好选择了回避和沉默。长时间的沉默其实是疗伤的最好方法。他们彼此保持着各自的姿态，陈静躺着，任那些透明的液体恣意地注入她的身体，而老庄，脑子空空地坐在那里。时光在他们的脸上、身上、病房里的每一寸快速地移动着。而在他们的心里，时光的移动像是一张洁白的纸，正在被火焰一点点地吞噬。

过了许久，陈静的眼睛才稍稍睁开，她没有正面回答师傅的问话，她再次尝试把手伸出来。终于抓住老庄的手，师傅的手冰凉，像是在室外待了一个冬天。她就那么抓着师傅的手，她觉得师傅手上的凉气，传递到她的手上，渗入血管内，顺着她的血管，传遍了她的身体："师傅，您说我这么做值不值？"

她没有说明什么值不值，是她回来这件事，还是乐乐的事。

老庄把目光转回到病榻上，他的目光无法落脚，便看着那透明的输液管，液体仿佛是一滴滴地缓慢地滴入他的身体，他含糊地回答："你太不爱惜自己的身体了。"

此时，病床上的陈静和昨晚的那个健谈的女人完全是两回事，她说几句话就要停下来喘几口气，她告诉师傅，这之前她和许绍金有过第二次接触，他问了她一个问题。陈静问师傅："您想知道这个问题是啥吗？"

老庄点了点头，他不知道为什么陈静突然会转向这个话题，她和许绍金之间的谈话有那么重要吗。陈静挤出一丝微笑："师傅，您一定以为这个问题太荒诞，没有任何意义，但对于我，却十分重要。"停顿片刻，她接着说，"他问我，你有更直接的报复欧阳的方式，为什么却舍弃不用？师傅，您知道他指的是什么。"说完她的手平摊开来，老庄的手也就解放出来，可是他的手没有动，仍然留在床边。

在她断断续续的讲述中，许绍金是一个直击别人痛处和软肋的人，他说陈静要想阻止欧阳的继续攀升，最直接也是最简单的方式就是拿起当年的武器，他说，当年就因为你的软弱，助长了欧阳的气焰，在以后的升迁之路上，他游刃有余，做任何事心里都无愧了，坦然了。所以他才够狠，才能一次次踩着别人向上爬。许绍金不停地问陈静，为什么你舍近求远，要来蹚这趟浑水。陈静说她不知道，连她自己都不知道为什么会这样。在她的讲述中，声音虽然软弱无力，但是老庄仍然能从她的话里感受到许绍金的咄咄逼人。就连许绍金看上去憨厚的那张脸都会浮现出来。而许绍金最后那句沉甸甸的话，就像窗外那直插天空的白杨树杆，也许在他的心里。许绍金说陈静始终生活在二十多年前的生活阴影中而不能自拔，她不想承认那段历史，不管怎么样，那都是发生过的事情，不管她承认不承认，它都已经成了事实。而她，一直在回避，回避成了她生活中的常态，也成了她生活中的一个魔鬼。许绍金鼓励陈静，要战胜这个魔鬼。陈静说："您知道我是怎么回答他的吗？"

老庄没有说话，他在等待的也许不是陈静的那个答案，而只是一句她要说的话，无论什么话，只要她在说，他就要听下去。陈静说："我问许主任，你心里有没有一个魔鬼呢？您猜怎么着？他听了我的话落荒而逃。"她喘了几口气，"师傅，人人心里都有一个魔鬼是不是？"

老庄低下头来，他多么希望什么也没有发生，多么希望陈静仍然待在那个孤独而寒冷的边疆小镇，哪怕一辈子都没有她的信息。

"师傅，您倒是回答我呀。"陈静的气色没有一点好转的迹象。她躺在病床之上，让老庄想到冬天漫天大雪的菜地之中，已经冻僵和枯萎的白菜。老庄诚实地回答："是的。"

老庄看着徒弟，从她憔悴的脸上，他能感觉到时光匆匆。他突然萌发出一个念头，顿时觉得意气风发，他竟然站了起来，血向上涌："如果你好起来，我想随你去一趟赛汉。看看你工作过十年的地方。"

他的话也鼓舞了陈静，因为兴奋，她眼里放光："好的，师傅，一言为定。"

在医院里的整个上午，他们都没有再谈论到乐乐，没有再谈论到那个绑架者。老庄是因为羞于再谈起，陈静，似乎早就忘记了，还有一些事，在师傅的心里掀起了巨大的波澜。而乐乐，则在那天中午被找到。真相令大家都疑惑不解，也颇多感慨。乐乐并没有被任何人绑架。他不喜欢被父母忽视的状态，于是拿足了食物，躲在自己家的地下室里，试图给父母一个警告。他之所以在那天中午脏兮兮地自己钻出地下室，只是因为，地下室进了一只耗子。他开门出现在自己家时，林海和小妹，

43

两个黯然神伤的人，正在彼此抱怨对方，他们抱怨生活的不公，抱怨对方的不信任，抱怨对家庭的不负责任，抱怨工厂，抱怨社会，抱怨国际大事，一看到乐乐，他们先是没有反应过来，随后才做出了正确的反应，扑上去抱住乐乐喜极而泣，而所有的抱怨，在那一刻也都烟消云散了。

脱松林消失了。没有人注意到他是什么时候走的，什么原因走的；是主动离开的，还是被迫离开的。似乎也没有人对此多加关注。他的失踪连同那个记账本的故事也走到了尽头。生活仍然如流水般继续着。陈静已经转到市里的省人民医院。似乎只有老庄想到此事，有一天，鬼使神差地，他就散步走到了翔龙大酒店门口，有三五个工人正在装修，巨大的"翔龙大酒店"招牌正在往下拆卸。有个工人告诉他，还要开一家酒店，名字叫"镇龙大酒店"，就是要把以前那条翔龙压下去，让它永世不得翻身。老庄茫然地看着他们干活，其中的一个小伙子还冲他笑了笑。那个笑容一下子让他想起被老脱打时的脱松林，他突然觉得浑身不自在起来，赶紧逃离了施工现场，可是一路上，直到进了家门，那种不自在的感觉仍然挥之不去，反而越来越重，压得他喘不过气来。他坐下来，躺下来，压迫感仍然存在。那一夜，他觉得那黑暗比任何时候都沉重。直到第二天，当他一早来到车间，目光瞥见丢在角落里的铁皮工具箱，那种压迫感就立即消失得无影无踪了。自从乐乐失踪后，这个走不离身、坐不离手的工具箱就不见了，而他却一反常态地没有注意到这一点。他走到一堆杂物之间，它是怎么到这里的呢？他记得自己把它带回了家，把它就放到自己的手边。它是什么时候离开自己视线的？回忆是件痛苦的事情。他把那个铁灰色的工具箱如获至宝地拿起来，小心地放到桌子上，当他以虔诚的心情去打开工具箱时，他发现，工具箱上没有锁子。以前那个工具箱到底有没有上锁呢？他实在想不起来，便放弃了。打开工具箱，里面的白色棉麻布仍旧在，安静地躺在工具箱底，卡斯特罗呢，那盒有卡斯特罗签名的古巴雪茄哪里去了？翻遍小小的工具箱都没有卡斯特罗的影子。

那之后，一联合车间的老段长庄子长无论走到哪里，他的手里仍然习惯性地拎着一个铁灰色的工具箱。没有人知道那里面除一块与卡斯特罗亲密接触过的棉麻布之外，什么也没有，连一支上夜班时常备的手电都没有。他拎着工具箱，数次单独与主任许绍金迎面相遇。许绍金仿佛什么事情也没有发生一样，他没有问过关于卡斯特罗的任何事，好像卡斯特罗压根就不存在似的。他也再也没有提起去北京的事，没有提及欧阳。老庄也没有主动提起过，渐渐地，日子在装置间匆匆地流过，而老庄也把卡斯特罗忘到了脑后。但是他的习惯却从没有改变，那只空空的工具箱，像以前那样与他寸步不离，而且他更加离不开它，它比自己的双手都重要。有一次，在厂招待所招待劳模的宴会上，他偶然看到纪委周书记，陪同新上任的厂长来和大家敬酒，新上任的厂长来自齐鲁石化，据说以前是齐鲁石化主管生产的副厂长。周书记手里夹着一支大大的雪茄烟。老庄注意到那支烟，但是他不知道，那是不是古巴雪茄，是不是有着卡斯特罗签名的雪茄。

　　师徒俩最终并没有实现他们共同的愿望，一起去一趟赛汉，看看陈静把岁月扔在那个遥远的边地。陈静在省人民医院渡过了自己生命中最后的三个月时间，春天来临的时候，她安然地闭上了眼，告别了残缺的生命。陈静临终前，握着师傅老庄的手，说道，我在赛汉这十年，往往以为自己会终老那里，把自己的骨灰都撒在那冰天雪地里，如果说还有什么牵挂的话，那就是我的青春，我抱憾终生的青春。我之所以不顾一切地返回厂里，就是想要给自己那段灰暗的青春有一个交代。可是，终究，我并没有成功。我的青春，永远都会埋藏在忧伤之中了。

　　老庄带着陈静的骨灰，去了内蒙古。陈静的骨灰盒装在那个铁灰色的工具箱里，这一次，他做到了，那个工具箱，在漫长的路途中都没有离开过他的身体，他的手紧紧攥着工具箱的把手，仿佛抓住了徒弟陈静早已凋零的青春。

　　五月，这个苏尼特右旗的小镇赛汉，仍然没有春天的迹象，生命萌动的脚步还在远方徘徊。风是那么强劲、凛冽。老庄站在赛汉冷清的大街上,不远处,一个矮小的旅馆,二楼的一间客房,便是陈静的临时住所。她在这里住了十年。被风吹着,突然间,老庄泪流满面,他的耳边,回响着陈静的话:"师傅,我早就出徒了。可是我怎么总是觉得自己仍然是您的徒弟,仍然是个学徒工,有您在我身前挡着,您替我挡风遮雨。我可以躲在您身后。什么也不去想,只要按着您的意志去做就行。这是多么美好的一件事啊。"老庄,不禁潸然泪下。

杀 鸡

　　我姐姐说，早晚要有一支马队，从陵西大街上穿过。她说，那支马队的最前方是一匹雪白的高头大马，奔跑起来，雪白色的鬃毛飘舞如飞。我姐姐说，她就骑在那匹雪白色的马上。她从马上看到的陵西大街犹如一条狭窄幽暗的山谷。而她的马队的出现会把整个山谷照亮。

　　我姐姐对马队的偏好，可能是她对故土的留恋。她喜欢那种飘飘欲仙的感觉。可惜的是在我们的生活中，马队并不多见，雪白色的马就更别说了。

　　白雪只是在一年前才成了我的姐姐。她和她的母亲从遥远的甘肃张掖风尘仆仆地赶到我们面前时，是一个初秋的傍晚时分。我和父亲站在火车站的出口处。我们父子俩的心情迥异。我弄不大明白即将到来的那两个人会如何改变我们的生活。说实话，我倒有点忐忑不安，甚至有一丝恐惧。可是我父亲却有些过分地兴奋。他手扒着出站口的铁栏杆，脚踩在栏杆上，像个孩子似的身体一上一下地蹿，恨不得要跳到站台里边去。后来的事实证明我父亲的急不可待是有他的理由的，他在盼望着他枯涩的生活能有个根本性的改观，他是想让我们父子俩单调乏味的生活中来点女性的柔情。父亲是对的。他盼来的这个女人是个好女人。自从她成为我的继母之后，我父亲的性情就和蔼可亲了许多。在家里说的话也多了，像是个说评书的。而我的继母则每天洗很多的衣服和床单。整个冬天，晾在我们狭窄的屋子里的床单使得屋子里潮乎乎的。

47

和我的继母一起从人流中钻出来的那个女孩就是白雪，她只比我大半岁。但是我父亲摁着我的头让我喊那个女人妈，喊女孩白雪姐姐。我的脖子挺得像块石头，我的脸红了。好在，那时候的光线不甚分明，没有人注意到我的羞涩。

我的继母轻声说："孩子还不习惯，慢慢会好的。"

她说着话伸出手摸了一下我的头，我觉得我的脖子立即就软了下来。父亲把继母肩上的大背包扛在自己肩上，然后领着她们躲闪着挤来挤去的人流，向车站广场上他的那辆破红旗自行车走去。我有意落在他们身后，低着头看我自己破了一个洞的球鞋。突然间我的肩头被人拍了一下。我抬起头就看到了那个女孩白雪，即将成为我姐姐的那个人。她用大大的眼睛正盯着我的脸。我还是头一次被一个女孩这么近地盯着不放，脸上更加地热了。

她说："你就是我的弟弟？"她的口音跟我们这一带的不大一样，像是她来的那个遥远的地方一样让我有些困惑，声音直直的，干干的，她说话时嘴里边像没有唾液。

我不知道如何回答。我的脸上好像有一块烙铁在跑来跑去。

白雪又说："你个子怎么这么矮呀，我妈说你只比我小半岁呀。"

我父亲在旁边插嘴道："他不想长那么快，因为他怕我不给他买衣服。"说完我父亲竟然看着我的继母哈哈地傻笑着。

说心里话，父亲的玩笑让我有些伤心。我真想跑开，可是我羞涩的性格使我继续跟上他们的步伐。

白雪又问："你们这儿有没有马，白色的马？"

我一时张口结舌，"马？……"

白雪就大声地笑了，她不像我的女同学们都留着长发，她的头发短短的，和我的差不多。她指着我说："你没见过马呀？我一说马你怎么跟见到鬼似的。"

"马。我见过，我见过。"我急忙说，"马拉着粪车天天从我们楼下经过。"

白雪掩住鼻子，好像真的有粪车经过，她说："你这人真没劲。不跟你说了。"她说完快走几步跟上了她的母亲。

我想跟上去向她解释一下，真的有一辆拉粪车，总是从我们家楼下经过，不过，那匹马很瘦，也很小，我怀疑那是一头骡子。可是一路上我也没有找到机会和她说话。她一直在好奇地左顾右盼，她在观察着她要长期居住的这座城市。一踏进陵西大街，站在陵西大街满是梧桐树的阴影之中，白雪感叹道："这座破城市。"

不管白雪如何评价我们的城市，她都无法改变一个事实，这座破城市从那个秋天的傍晚开始已经属于她了。在随后的日子里，她必须和我一起背着绿军挎，踩着梧桐的叶子，在狭窄的陵西大街上慢走或者奔跑，去十二中学继续她的中学生活。在荒凉的树影之中，她向我讲述她曾经有过的生活。那座遥远的西北城市，对我来说就像是一个梦。那个梦里飘扬着干硬的风、沙子、晒红了的女人的脸，当然还有马。我姐姐白雪向我说起的那些马像是天宫里的御马，都是腾空飞翔的。她说起她的父亲带她到山丹军马场的经历。她说起那些马的故事时像此时就骑在马上，连走路的姿态都有些飘逸。最后她说："只可惜，我爸爸再也不能带我去军马场了。我妈妈不喜欢他。"

在冬天来临前的那些日子里，姐姐白雪天天拉着我去这座城市的角角落落去找寻马的踪迹。我先是领着她去看了那匹拉粪车的马。那匹马灰不溜秋的，眼睛用黑色的眼罩罩着，隔三岔五地被一个小老头似的年轻男人赶着，到我们楼下的一个公共厕所掏大粪。姐姐白雪狠狠地揍了我几拳。她警告我说如果再让她看到这样受气的马就把我踹到粪池子里去。我害怕被她踹到粪池子里，说实话我对这个新姐姐有点惧怕，我觉得她不像我们家的人那样稳重，我在心里对她的评价是有点疯。她说话无遮无拦，头发短得像个男生，穿衣服也随随便便，一点也不矜持。我甚至还有些瞧不起她。但是我却抵挡不住她的指使。她有些命令似的话仿佛对我有无尽地诱惑似的。我领着她在郊外的小路上行走时，我感觉嘴里就跟含着一块糖似的，虽然我的脸上全都是土。

在那个严寒的季节里，我们寻找姐姐梦中骏马的举动是何等地愚蠢呀。可是姐姐却从来没有怨言。她也许觉得，在哪里，漂亮的马都是和她同在的。可是在我们城市的边缘，随着我们自行车胎的爆裂声不断地响起，姐姐的愿望也慢慢地破灭了。她却从来没有抱怨，她只是停止了带着我去那些偏僻的角落里做那些毫无意义的事情。我们看到的马也足以组成一支像样的马队。但是从心里说，那些马儿的形象连我都瞧不起，更不用说姐姐白雪了。沮丧并没有随着希望的熄灭而随之到来。令我感到吃惊的是，姐姐很快就找到了她心目中的骏马。

姐姐白雪找到的骏马并不是真正的马，而是那些天天在陵西大街上闲逛的男孩子们。那天我下学后正趴在昏暗的屋子里写作业。这样的时刻我感到很孤独。姐姐从来不趴在昏暗的光线中写没完没了的作业。好像她老师从来不留作业似的。我是个听话而学习认真的初中生。每天的作业我都完成得很完美。有时候老师当着全班同学的面对我发出由衷地赞扬时，我觉得学习真是一门艺术，也是一项事业。我正沉浸在我的事业中时听到了响亮的开门声。姐姐从来都是这样大张旗鼓地来来去去。她走到我身边，对我说："我找到马了。"屋子中昏暗的光线并不能掩饰她脸上兴奋的表情。

我感到很吃惊。我是怀着猜疑的心情跟着她来到屋外的。那个傍晚的夕阳在陵西大街浓密的梧桐树上面摇摇欲坠。姐姐领着我横穿马路，我在马路中间时就看到了马路对面的便道上站着三五个男孩子，他们当中有我最害怕的黄三。他经常在陵西大街的口上抢我们的军帽、军挎和可怜的钢镚。我犹豫着不敢向前走。姐姐却拉着我走了过去。姐姐说："走啊，我让你看看我的马。"

我始终不知道姐姐白雪是如何在这么短的时间里驯服了这些天不怕地不怕的男孩子的，她是如何把他们当成自己的马，指使来指使去的。我一边努力地学习一边思考着这个问题。但是这个问题比学习看起来要难得多。我想得脑仁疼都没想出来。

姐姐摸着我的头向她的马儿们发布命令："这是我弟弟，你们以后不许欺负他。"

那几个男孩真听白雪的话，立即说："你的弟弟就是我们的亲弟弟。"

他们边说还边上来跟我握了握手。当黄三和我握手时，我颤抖了一下。黄三看出了我的紧张，便说："兄弟，你要不要军帽，绝对正宗的。从军分区的仓库里弄出来的。"

我受宠若惊地连连摆手说，"我不要，不要。"

姐姐白雪却说："要，为什么不要。明天你就给我弟弟。别说话跟放屁似的。"

黄三对姐姐谄媚地笑笑说："那哪能呢。我明天就拿来。"

我看出来了，那些平时欺负惯别人的家伙在姐姐面前唯命是从，他们真的像姐姐说的是她的马似的。姐姐一一地给我介绍她找到的那些马，她指着他们说："你，说你是谁。"那个男孩马上就说："我是枣红马。"那个说："我是黄骠马。"姐姐白雪就像是在检阅她的马队。她露出那么一点点笑容算是对她的马儿的奖励。然后她带着她的马队呼啸着远离了我。我站在夜晚的颜色越来越浓重的大街上，夜色加上树影，使我觉得气有些喘不过来。我看着在夜色中快速地消失的那支姐姐的马队，听着他们刺耳的喊声慢慢地落入黑夜之中。我突然有一种冲动，也想加入姐姐的马队之中。但是四周很快就安静了下来。我想到了我的作业，便飞跑着冲过马路。

用了不到半年的时间，姐姐就成了我们陵西大街的名人。她领着那帮坏小子，到处招惹是非。陵西大街那些刺耳的声音都是他们制造出来的。夜晚经常是我睡了好几觉才听到她回来的声音。父亲对我新来的姐姐好像不大注意似的，我只是经常听到我的继母和姐姐吵架。她们争吵的声音时常弥漫着我们狭窄的屋子。我的父亲还沉浸在得到一个好女人的快乐之中，他除每天和继母黏糊在一起，就是摆弄他那些用木块、木条砌起来的游艇。父亲对那个成为我继母的女人说，他要给她建造一艘世界上最豪华的游艇。我父亲不是个木匠，但是他喜欢把一块大大的木头刨成小小的木块或者木条，然后把它们组成一艘据他认为是世界上最

51

先进的游艇。那些年头里,我们家里到处充斥着刨花的味道。而现在,当浓重的刨花味道中掺和了两个女人的味道时,我们家里的气氛就像是有无数个跳蚤似的。我这样说是有充足理由的。因为我已经被我熟悉的刨花味道中的异样弄得有些兴奋过度。晚上我睡不踏实。在姐姐回来之前我的眼睛即使闭得再死也无法引导我的大脑进入睡眠。我时常能听到另一间屋子里传来的异样声音。那声音使得我们曾经的静悄悄的夜晚变得暧昧而混乱。

等待在夜晚具有了另外一种含义。我不大清楚是姐姐打扰了我的睡眠还是我期待着她的打扰。那样的夜晚变得诡秘而难熬,就像是幽暗的峡谷。姐姐从夜色中穿行而过,来到我的身边时,我能嗅得到她身上浓浓的潮气。我和姐姐白雪不得不住在一间房子里。在我们两张床之间有一挂可以拉的花布帘子。晚上睡觉的时候分开了两个世界,一个是我的,另一个是属于姐姐白雪的,那是完全陌生的一个世界。这种人为地制造出的两个世界让我既感到新奇,又感到羞涩。我是那么迫切地想要知道那一半的世界是什么样子的。这种好奇心驱使着我在深夜时分还无法入眠,静静地躺在床上听着姐姐的每一个细小的动静。白雪回来的时候并不开灯,她也不像是在陵西大街上那个领着她的马队疯狂地奔跑和追逐的那个首领。她走路的声音很细微,她尽量蹑手蹑脚地进来,我不知道她是害怕我父亲和她母亲听到,还是怕影响我的睡眠。在花布帘子的那边,姐姐白雪的脚步声戛然而止。先是一种寂静,然后是她的一声深呼吸,那充满女孩气息的呼吸仿佛是海水一下子就灌满了整个屋子。那气息弄得我更加心神不安。接下来是听着她悄悄地脱衣。脱衣服的声音在我的耳朵里简直就是巨响,它震得我的耳膜乱响。从帘子那边传来的任何一丝声音对我来说都是一个谜。一个少年在心脏激烈跳动的鼓励下悄悄地从床上探起身,情不自禁地撩开一点花布帘子,去探究来自帘子另一面的未知世界。每天晚上,我都沉浸在去了解那个未知世界的忐忑不安的心情之中。实际上我看到的东西极其有限,即使借助着月光,我的好奇心也始终无法得到满足。一帘之隔是那么近,姐姐发出的声音那么近，对于她来说，我的声音也是清晰可闻的。有时候我的脖子会僵硬得像一根木头。直到第二天还无法自由地转动。

我以为我的生活会在这种甜蜜的煎熬之中痛苦地度过。没有想到的是，姐姐白雪却突然让我的好奇心进入了另外一种境界。

那天下午放学后我背着书包独自往家走，一边走一边踢着脚下的一个破塑料袋。然后我听到有人叫我。我停下来，循声望去。姐姐白雪在马路对面正在向我招手，她的一条腿挎在路边的栏杆上，晃来晃去的，她的肩上没有背书包，她的书包在她身边的一个男生肩上。我丢下塑料袋跑过去。姐姐白雪对我说："走，我让你看一样东西，那东西你一定喜欢。"

我问："什么东西？"

姐姐说："防毒面具，在防疫站。我们搞到一个。你想不想去戴一下？"

我皱着眉头说："我还要回家写作业。"

白雪反问道："你不想戴防毒面具了？"她的目光紧紧地盯着我，那里面好像有一根绳子在拉着我。

我犹豫着说："我……想，可是我还没有写完作业。"

白雪说："作业，作业，你一天到晚老写作业有意思吗？要不你把作业交给王峰，让他替你写。"王峰就是那个替姐姐背书包的男生。他故意不看我。他愿意替姐姐做一切，可不愿意替我做。

我说："算了，算了。我们赶快去吧。戴一下我就回家写作业。"

姐姐领着我往防疫站方向走。王峰被我姐姐打发走了，他失落地背着两个书包向相反的方向走了。白雪领着我东拐西拐进了防疫站的后门。防疫站的后院有一个破败的院子，院里到处都是六六粉的味。头顶还不断地飘下来槐树枯黄的叶子。气氛萧瑟。我有些担心地看看四周，脚下就走得慢了。白雪回头说："走快点。怎么跟个老娘们似的。"

我们在一个低矮的平房前停下了。防疫站的后院空空荡荡的，傍晚的风冷冷地撞到我们脸上。白雪的脸白里透着红，煞是娇艳。怪不得那些男生们甘愿听她的驱使呢。姐姐伸手推了一下那扇木门，木门吱呀响着慢慢地打开了，里面黑洞洞的。姐姐拉了我一把，"进去吧"。我身不由己地陷了进去。

我的眼睛隔了好久才慢慢地适应了屋内的昏暗。我努力地辨别着屋内的模样，我还没有看清楚防毒面具在哪里，就听到姐姐突然发问道："老弟，你老实交代，晚上你都干了什么？"

我一听此话，心里就一凉。这哪是来戴什么防毒面具，这是在给我下毒药呀，我的腿立即就软了。我说："姐……姐……"并且以极快的速度坐在了地上。

姐姐白雪的语气更加地严厉："你说呀，你晚上干的那些事以为我不知道呢。你快交代呀，你要是不交代我就告诉你爸爸，告诉我妈。看他们怎么收拾你。"

我的眼泪都要流了出来，这是我有生以来面临的最大考验，也是最令我感到耻辱的一次。我说："姐……姐……"我连话都说不出来了。

可是那个昏暗的屋子里突然爆发出了一阵爽朗的笑声，那笑声把屋子里的尘土都扬了起来，溅了我一脸。我觉得我脸上的泪水黏糊糊的。起初我还以为是屋子里出现了另外一个人。可是那笑声分明是从对面姐姐白雪那儿奔过来的。我惊愕地看着在昏黄的光线中摇曳着的那张俊美的脸。

白雪停下大笑，伸出一只手摸了我的脸一下，说："还是个男人呢，哭什么呢。我没对你怎么着呀。"

我的脑子里除了悔恨就是悔恨。

姐姐掏出自己的手绢给我擦着脸，并且对我说："以后不许哭，要是让别人知道，我白雪的弟弟是个只会哭的家伙，别人会笑话我的。"

她越这样说，我脸上的泪水越多。我也不知道，为什么白雪不恐吓我了，我的眼泪反而越多。

她也觉出了我的泪水汹涌，她终于放下了自己的手，说："你烦不烦，我从来没见过一个大男人有这么多眼泪的。我手下那些马就从来不掉眼泪，腿断了都冲着我笑。"

我不停地啜泣给了姐姐白雪嘲笑我的充足理由。可是她随后说出的一句话却让我在那个冬天里的形象永远地留在了我的脑子里。直到若干年之后，当我想起那个冬天，想起那个荒凉的防疫站的后院时，我都能清晰地看到我自己傻瓜一样的形象，那个脸上还挂着泪水，一副目瞪口呆、诚惶诚恐的少年的尊容。

　　姐姐白雪距离我很近，她说的那句话像是一坨蜜飞到我的脸上，她说："你想看我什么，我给你看。"

　　我张口结舌地说："我、我、我……我什么也不看。"

　　白雪笑了，她拉起我的手，她说："你说谎呢。你的手热得像吃了辣椒。"

　　我说："姐姐，姐姐，饶了我吧，我知道我做错了。以后我再也不偷看你了。"

　　白雪却离我更近了。她柔声说："我刚才是吓唬你呢。你看我我还高兴呢，这说明你长大了，你快长成一个男子汉了。你说，你想看我哪儿，我给你看。"

　　接下来的时间我没有说出一句话。直到从那间低矮潮湿的小屋子里出来我都觉得自己的嘴里像是含着满满的沙子似的。

　　其实在那个房间里后来发生的事情在我的脑子里搅成了一团麻。那团麻的头在姐姐白雪的手上。她纤白的手在屋子里随意地一挥，那团麻就被她弄得满屋子生香。近在咫尺的白雪用手指了指她胸口，对我说："你是不是想看看这儿，你们男孩子都想看这儿。"

　　我搞不清楚我做了什么表示，是点头还是像个木头一样。我只知道我的脑子里一片空白。后来我看到姐姐解开她的棉袄，捋起她的红秋衣，再把箍在胸前的白色胸衣撩起来，我只看到一片白白的光从我眼前飞起来。后来我努力想在我的脑子里找到姐姐胸前的那两团东西时，只有一片的茫然。

　　实际上白雪留给我仔细端详的时间并不多。她很快就把一切都恢复了原样。然后她拉着我的手向外走。外面已经漆黑一片。我都不知道时间过得这么快。我仍旧没有从兴奋和迷茫的状态下解脱出来，我觉得我

55

的脸烫烫的。白雪对我说:"你看到了吧。你看到你想看的了吧。没关系,这件事我不会告诉你爸和我妈的。"

她一提到父亲和继母,我倒想到了这件事情的可耻性。走到防疫站门口时,我突然蹦出一句:"姐姐,你还是把我杀掉算了。我干了坏事,我没脸见人。"

白雪干脆搂着我的脖子说:"你这个傻瓜,这可不叫坏事,这是你成为一个男子汉标志。这事你知我知,没有第三个人知道的。我不会给你爸说,你会自己说吗?"

我无话可说,整个夜晚都被她的气息熏得有些混乱。

姐姐在快走到家门口时对我说:"你想什么时间看你就告诉我。"她低低的笑声在夜晚里久久地不散。

几天之后当我看着父亲蹲在地上快乐地刨着木头,看着刨花在他周围组成一个漂亮的图案,看着姐姐白雪在向继母耳语着什么,看着我继母苍白的脸。我突然觉得自己掉进了一个温柔而又痛苦的陷阱之中。我闭上眼都能看到,在不远的地方,在那个昏暗的防疫站的后院小屋里,有一个男人正在急切地等待着我的继母。

那个男人是姐姐白雪的亲生父亲,是继母的前夫。

当我不得不接受那个男人的存在是在第二天。我想姐姐的安排有些天衣无缝。第二天的我还处在一种夹缝之中,那夹缝就是姐姐若隐若现的胸口和父亲的目光。我总觉得父亲会知道这一切。如果是那样,世界的末日也就到了。整整一天我的精神都极度恍惚,学习也不够集中。第二天的下午放学比较早。我在放学路上急急奔走的样子说明了我内心的焦虑不安。我再次被姐姐叫住并且姐姐的脸上始终在微笑着,她说:"有一个人想见你。"

我看着她脸上的微笑有些困惑。在刚刚发生了那么一件让我几乎无法承受的事情之后,姐姐突然对我说有人想见我。这个时候会是谁要见我呢。我脑子里的第一个反应就是爸爸。如果是爸爸,就说明我所做的一切都已经败露。我在父亲心目中的好孩子形象也将一泻千里。我害怕直面父亲的眼睛，父亲的眼睛像是锥子一样能穿透我的身体。我就是在胡乱猜想之中失魂落魄地跟在姐姐的身后，趔趄着来到防疫站的后院。那个阴暗的下午，那个令我有些窒息的冬天下午，它在我的生命中是一个耻辱的印记。那耻辱是和纷纷扬扬的落叶、细细的尘埃、四处飘荡的六六粉味道和沮丧、无所适从紧紧地连在一起的。我们远远看到了那个低矮的小屋，小屋的门口站着一个人。那个人也正在眺望着慢慢走近的我们。实际上在我看到那个男人时，我偷偷地长出了一口气。因为那不是我的父亲，这就说明，这和发生过的事情无关。但是当我和姐姐站在那个高大的满脸络腮胡子的男人面前时，我仍然有些困惑不解。我不知道为什么一个我素不相识的人要见我。

那男人蓬头垢面的，像是经过了长途跋涉，他的眼睛仿佛是躲在胡子后面的，所以看上去有些深邃。他死死地盯着我看。我尴尬地低下头。姐姐白雪说："我给你介绍一下，这是我的舅舅。他刚刚从张掖来。这是我弟弟。学习非常好的。"说完白雪还咯咯地笑了。

我们之间的气氛有些沉闷，因为我不知道自己要做些什么。那男人似乎也不知道如何化解一下这种窘迫的场面。他抬起手摸着自己的胡子。倒是白雪显得最为冷静，她说："你们握一下手吧。算是认识了，以后你们打交道的机会有很多。"

我不清楚姐姐说的打交道是什么意思。但我还是出于礼貌与那个男人握了握手。那次不平常的握手却成了一场梦魇的开始是我始料未及的。

姐姐把我拉到一边，说话的声音很低："我舅舅这么老远来想见见我妈。我叫你来就是想让你去找妈妈。"说完她用那种暧昧的目光看着我。然后附在我耳边悄悄说，"你要是想看我的胸，晚上我让你看。"

她的这句话是致命的。我立即失去了所有的判断力。之后我奔跑着出了防疫站，奔跑着向家里冲。我还看到，夜晚也奔跑着在向我靠近。我完全没有去想为什么姐姐自己不去找妈妈，或者不让这个男人直接去家里。当事后我想起这些时，感觉到姐姐的目光在黑暗中冰冷地盯着自己看。

继母没有工作。她在家里洗衣服。我急匆匆地跑进去，把她吓了一跳。她听完立即放下手中的活，擦干手上的水，急匆匆地跟着我往外走。她有些慌张地问我白雪的舅舅在哪里，为什么不到家里去，他来这里有什么事。而这一切我都一无所知，所以对于继母一阵紧似一阵的追问我只能含糊地答非所问。继母显然觉得白雪舅舅的突然到来有些出乎意料，之前她甚至都没有接到过他的来信。她担心是不是年迈的母亲有了什么意外。一路上，继母的神情都极为难看。她环顾防疫站后院荒凉的景色，脸上的疑云更加地凝重了。远远地我看到那个小屋的门是关着的。那个男人和姐姐白雪并没有在门口迎接着继母。四周静悄悄地，有几只麻雀腾空飞起。我用手指着那间小屋说，喏，就是那里，那个舅舅就在屋子里。我看到继母伸出手捂住了嘴巴，我们已经靠近了小屋。从小屋里散发出来的六六粉味道是那么浓烈，我觉得奇怪，以前我怎么没有意识到那股呛人的味道。我走上前，用手拍打着屋门。很奇怪的是屋内一点动静都没有。我推开房门。我看到继母的手捂得更紧了。屋子里空无一人。只有一些六六粉散落在屋子的角落里。

继母问："我弟弟在哪儿？"

我的脸上布满了疑惑。我辩解说："刚才他们还在这里。这一会儿怎么不见了？"

我们在小屋外面等了好一会儿也不见白雪和她舅舅的身影。我越等越心急，我想起我未完成的作业，便匆匆告别了继母，向家里跑去。我在跑出防疫站后院时几乎和白雪撞个满怀。她一个人在那里好像就是在等我。她对我说："这两天发生的每一件事都不要告诉爸爸，知道吗？"她盯着我。那眼神飘飘的，我不得不点头。她没有说今天而是说这两天，她一下子就把昨天的事情和今天连在一起。

而继母一直站在防疫站的后院，等待着她远方来的弟弟。

那天晚上我再见到继母时已经很晚了。父亲下班回家早就做完了晚饭。我们坐在饭桌前，眼看着饭菜由热变得冰凉。先是姐姐白雪回到了家。她坐下来不管我们等了多久，不管我们空空的肚子是什么态度，便开始狼吞虎咽。连父亲问她话她都没有回答。父亲问她妈妈到哪里去了。继母就是在姐姐吃饭的响亮声音之中到来的。继母的脸色看上去很不一般，虽然她脸上是挂着笑容的，可是那笑容让我觉得有些不寒而栗，那不是什么开心的笑容。继母说："我姨有病了，我去看她。"继母所说的姨就是她和父亲之间的介绍人。

那天晚上白雪一句话也没有说。躺下睡觉时，帘子那边出奇地安静。我的心里却被那个神秘出现的舅舅填满了。继母见没见到她的弟弟，她为什么不把他领回家。她为什么要对父亲说谎？这一切的疑问伴随着我昏昏沉沉地进入了梦境。

又一天来临时，天气变得阴沉沉的，像是要下雪的样子。空气坚硬而寒冷。我想早点回家的愿望在放学途中再次夭折。自从继母来了之后，我们家的蜂窝煤烧得很旺，屋子里热如春天。那成了我和父亲在冬天最向往的地方。我的姐姐站在料峭寒风中，又一次拦住了我的去路。在这样的时光里，她放弃了与她的马队在一起，足以说明她要干的事情比那些马队更让她兴奋。她对我说："我们要去喝羊汤。你去不去？"

我想拒绝，可是姐姐的目光让我退却了。我乖乖地跟在她身后，向防疫站方向走去。在后院的门口，白雪的舅舅站在那里等我们。白雪让我也叫他舅舅。我便腼腆地叫了一声。男人搂着我的脖子说："好侄子，一会儿你喝点羊汤就暖和了。"

果然，我喝了一碗羊汤后，全身就冒热气。舅舅喝了三碗。我喝了两碗，而白雪没有喝。她不喜欢羊汤的味道。她说膻气味太重。舅舅还从口袋里掏出一小瓶白酒，就着羊汤喝了半瓶。在我们喝羊汤的过程中，白雪就坐在我们身边，她一直看着自己的舅舅。

喝完羊汤，那个冬天似乎离我比较远了。白雪让我领着舅舅去交运局澡堂洗澡。在通往澡堂的路上，行人稀稀落落，路旁的梧桐树枝被风吹得嘎嘎响。舅舅喝了酒，走路摇摇晃晃，显得很兴奋，他说要给我们唱西北花儿。白雪就鼓励他唱。我从来没有听到过花儿，那是我有生以来第一次听那么揪心的乐曲，舅舅一张嘴，我还被吓了一跳呢。舅舅便扯开嗓门唱了起来，说唱其实不如说喊更贴切。

舅舅的络腮胡子朝天空中挺立着，嘴大张着，一首让我吃惊的花儿便回荡在那条大街上：

> 黄鹰啦黑鹰打一呀仗耶，
>
> 闪折了黄鹰的翅膀。
>
> 我把我的大眼睛们哈想着，
>
> 我把我的大呀，
>
> 嗨我的大眼睛哈就想着。
>
> 嘴说是没想鼓硬的腔耶，
>
> 心想着骨头里渗上。
>
> 我把我的大眼睛们哈想着，
>
> 我把我的大呀，
>
> 嗨我的大眼睛们哈想着。我把我的白呀牡丹哈就想着耶。

那叫作花儿的歌曲听着有些刺耳，却让人有些亢奋，曲子久久地不散，在大街上空像是细细的肠子盘绕着。

舅舅唱完问我好听不好听。其实我并不大喜欢，可是看着姐姐聚精会神的样子，看着她沉浸在其中陶醉的样子，我违心地回答："好听。"

舅舅激动地说："你要是想听，我可以给你唱一天一夜。"

舅舅在澡堂里洗澡时，我和姐姐白雪在澡堂外面等他。我趴在一个台阶上写作业，光线很昏暗。我老是写错行。姐姐白雪坐在我身边，一边看着我写作业一边问我："你是不是不写作业就头疼呀？"

我说："是呀。"

姐姐说："我跟你刚好相反，我要是一写作业就头疼。"

停了一会儿她又问我："你把这两天发生的事告诉你爹了没有？"

我抬起头，我的脸上有点热，我辩白道："没有。我向老天发誓。"

白雪说："这才像个男子汉，说过的话就要当真。你还想不想看？"

我把头低得很低。我的脸像是放在了蜂窝煤上烤着，冬天在那一刻是不存在的。我没有回答，可是我的沉默表明了我的态度。说实话，那天由于紧张我什么也没有看到。姐姐附在我耳边说："只要你听话，我让你看。"

不知道怎么回事，姐姐的这句话被我写到了作业里。第二天发下作业时我才看到老师在这句话下面画了一条粗粗的红线，而且还打了一个大大的问号。

在夜晚来临之前，舅舅洗了澡，但是没有刮胡子。洗过的胡子软软地，被风吹着飘向一边。从侧面看，舅舅的样子像一个传说中的大侠。舅舅在前面走，姐姐和他并排走着。舅舅搂着姐姐的肩膀，两个人边走边说着什么。姐姐不时爆发出一阵响亮的笑声。两个人亲密无间的样子让我很羡慕。我落魄地走在他们的身后。我觉得自己成了一个多余的人了。我和他们的距离越来越远。如果不是姐姐大声叫了我一声。我就决定悄悄地离开他们了。姐姐叫了我一声。故意放慢了脚步等着我。我走上前问她有什么事。舅舅已经大步走在我们前面。姐姐说："还有一件事你得替我做。"

我茫然地问她什么事。

姐姐说："舅舅要去我们家，他要见妈妈，在这里他只有妈妈和我两个亲人。他不能老住在那小屋里，那里面六六粉的味太浓了。时间长了他会被熏死的。"

我想都没想，继母的弟弟从大西北来了，理所当然要投奔他的姐姐。我说："他当然应该到我们家。他来这里不去我们家去哪儿呀？"

姐姐显得有些犹豫不决，说话也吞吞吐吐的，"这个……这个……"

我说："姐姐，你有什么事就说吧。"

姐姐像舅舅搂她那样搂着我的肩膀，说："真是我的好弟弟。我告诉你。我们不能就这样让舅舅直接走进我们家。因为舅舅已经来两天了。来了两天可是你爸爸却不知道。你爸爸会有看法的。我们得想个办法。让舅舅好像是刚刚来的。"

我疑惑不解地看着姐姐离我脸很近的睫毛，她的呼吸就吹在我的脸上。我问她："什么办法？"

姐姐对我耳语了一番。我心领神会。我觉得姐姐的这个办法真的是美妙绝伦,这是我们单调生活中难得的一次开玩笑的机会。我说:"你放心吧。我保证办到。"姐姐悦耳的笑声在冷风中温暖地流淌着,把整个陵西大街都变成了春天。

按照姐姐的计划。我是独自回家的。父亲和继母都在。继母在厨房里做饭,父亲没有刨木头,他站在继母的身边给她讲着什么,父亲讲得哈哈直笑。我却没有听到继母的笑声。我故意把脚步声踩得很响。父亲从厨房里出来,笑容还没有退去。父亲,一个幸福的男人,是理应享受一次比普通玩笑更真实的玩笑的。我当着他们俩的面说:"我今天晚上不吃饭了,姐姐请我喝了羊汤。"

继母从厨房里探出头来,有一绺头发在她的前额飘着。她问姐姐的钱是从哪里来的。我一时张口结舌,我没想到这一点。便随口说道:"向同学借的。"

我接着说:"舅舅要来了。"

我的话让父亲有些丈二和尚摸不着头脑,"舅舅?你哪儿来的舅舅?"

我急忙改口道:"是姐姐的舅舅?"

"白雪的舅舅?我以前没听说过呀。"父亲转头看着继母。

继母瞪一眼我,急忙说:"是啊,我没有告诉过你。"

父亲听说自己还有一个小舅子傻乎乎地笑了:"在哪里?快点让他来。"

我说:"他快要下火车了。再过两个小时就到了。"

父亲责怪继母为什么不把这个消息早告诉他,他好做些准备。他愁眉不展地说:"现在家里连点肉都没有。酒也没有。"

为了迎接舅舅的到来,父亲趁着夜色去肉店买肉。他说,老李家在农村,晚上就住在肉店里,兴许他还藏着一点。家里只剩下我和继母。继母干脆不做饭了,她解下腰上的围裙,坐在那里长吁短叹。我不知道为什么她的亲弟弟来了她反倒不高兴了。于是我说:"妈,你好像不大高兴。"

继母看了我一眼,那眼神里满含着忧伤。她问我:"是谁让你这么做的?"

继母也是知道舅舅已经来了的消息的，所以我毫不隐瞒地说："姐姐。"

继母又叹了口气，我看见，有几滴泪顺着她的脸颊往下掉。我说："妈，你哭了。"

她急忙去擦泪水，说："我没有哭。我没有哭。"之后继母就一直坐在那里呆呆地发愣，直到父亲快回来时，她突然抬起头问我："你真的以为那是你姐姐的舅舅？"

我还没有来得及回答，父亲就推门进来了。果然，父亲的手里拎着几两肉，还有一瓶酒。父亲绘声绘色地给我们说着他买肉买酒的经过。父亲喜欢我这个继母，对继母的亲人也有一种天然的亲近感，这是很正常的。而继母却看着他手中的东西呆呆地没有去接。父亲说："拿着呀，你快去做菜，我们去火车站接你弟弟。回到家后我要好好地和你弟弟喝两杯。"

之后我和父亲骑着自行车去火车站接白雪的舅舅。爸爸心情非常好，他边骑着那辆叮当作响的自行车嘴里还情不自禁地哼着小曲。看来，这个玩笑对于父亲来说是一件好事。

在火车站的出口处，接站的情形与上次差不多。只是换成了夜晚，我们等待的是一个男人，而不是母女俩。我的心里在偷偷地笑，我觉得这个玩笑真的很有意思。从甘肃过来的火车晚了一个小时。我和父亲也在出站口多等了一个小时。我心里想，姐姐和她的舅舅躲在那里躲避寒冷呢。这一个小时终于熬过去了。从甘肃来的火车终于进站了，夜晚十一时的出站口也稍微地有些活跃起来，冷风在那一刻显得有些拥挤了。我和父亲应该都不认识继母的弟弟，所以我的手里举着一张白纸，白纸上写着一个名字，那个名字看上去和继母的有些像姐俩，这个名字也是姐姐告诉我的。几个月后，当我从自己书包的角落里翻找出那张写着一个男人名字的纸时，那个名字已经相当陌生了。我甚至想不起来这个夜晚，这个让我和父亲都莫名其妙地兴奋的夜晚。

我首先看到了舅舅，我看到舅舅肩上背着一个大大的包，脸上还挂着一些煤灰。我左顾右盼，没有看到姐姐。父亲打了我一巴掌："把牌子举好，瞎看啥呢。"

舅舅龇着牙直向我走来。看上去他冻得不轻。他的胡子僵硬得像是树根。他分开稀稀落落的人群，对我说："我姐姐呢，我姐姐不是要来接我吗。"

父亲看了一眼舅舅，舅舅比父亲还要高大。父亲想给他一个拥抱，可是出站的人把他们挤得歪歪斜斜的。他们只能匆匆地握了下手。父亲说："一路辛苦了，走，回家喝酒暖暖身子。"

我们刚刚走下出站口的台阶，便看到姐姐从一侧像是演戏似的突然出现在我们面前。她高声喊了一声"舅舅"。舅舅自然是喜出望外，他伸手摸了摸姐姐的耳朵。

一路上，父亲推着自行车，舅舅大大的行李卷放在车后座上。父亲情绪高昂，他不停地在给舅舅介绍这座小城市的街道、小吃，以及古迹。父亲说："在战国时代，这里是赵国的首都。"舅舅和父亲并排走着，从侧面射过来的路灯光照在舅舅的脸上，却遮住了父亲。舅舅不停地迎合着父亲说："那好呀。"

姐姐和我走在后面，姐姐拉起了我的手。我的手心立即就出了汗，她轻轻地捏了一下我的手心。

令父亲感到意外的是，到家时，父亲辛苦买来的肉还原封不动地拎在继母的手上。桌子上空空的，继母坐在原来的地方，招待舅舅的饭菜还没有影呢。父亲说："你看看谁来了，你弟弟来了。"

继母的反应让父亲很纳闷，他催促着继母赶快下厨房。父亲还踢了我一脚，让我到厨房里去帮继母。我跟在继母身后进了厨房。父亲声如洪钟，他在不停地给舅舅讲话。父亲的话出奇地多。他的声音像是潮水一样漫过来，淹没了我们。我们还能听到其中夹杂着姐姐的笑声。继母看着我，那眼神忧郁而哀伤，那是自从她来到我家里后我最难忘的眼神。她小声问我们是不是从火车站接的他。继母只说他，她没有说"舅舅"。我说："是呀，就跟那天接你和姐姐一样。舅舅刚从火车上下来。"我说完这句话就再也憋不住了，大声笑了出来。父亲走过来探头说："笑什么？"

那个难忘的夜晚可能是相对于三个人的。我、舅舅和继母。它不会给父亲留下什么深刻的印象，因为父亲像对待一个亲戚那样做不是第一次了。父亲是个热心的人。对所有的朋友都毫不吝啬，更别说那是继母的弟弟了。当然对于姐姐来说，那也许是无数的小把戏中的一次。生活像她可以驾驭的那些男孩，是顺从于她的。

父亲和舅舅喝了一瓶白酒。父亲给舅舅讲他当兵时的经历，父亲说，那一年他们去福建，隔着海就能看到台湾，他说那一年差点打过去。如果打仗，他现在还不知道能不能坐在这里和舅舅喝酒呢。所以父亲无限感慨地说："生活呀，要珍惜呀。就像女人。"父亲最后这几个字是小声说的。他怕我们听到，他边说还边用眼睛温柔地扫一下继母。他看到的是继母的一个背影。实际上父亲即使喝再多的酒，也能感觉到继母对于弟弟到来的冷落。因此在第二天，父亲背着舅舅说出了自己的疑惑。

继母说："没有呀。我挺高兴的。"

父亲说："你还说高兴呢，你根本没有笑一下。"

继母说："我现在就给你笑一下。"

父亲就问继母是不是不喜欢这个弟弟。

继母顿了顿说："是呀，我不喜欢，多亏你能看得出来。我真的不喜欢他。你尽早把他打发走算了。"

父亲追问："为什么不喜欢呢？"

继母脸色难看地说："不喜欢就是不喜欢。"

父亲就猜测道："是不是好吃懒做？是不是油嘴滑舌？是不是好逸恶劳？……"

继母打断他："你烦不烦？你能不能早点把他送到火车上。我最讨厌的就是这个弟弟了。"

父亲却郑重地说："他到底还是你的弟弟。他都给我说了，他想在这里多待一段时间，他说他在张掖待不下去了，他想在这里找个工作，一是换个环境，二是离你近一点。"

继母惊讶地说："他是这么说的？"

父亲问："是呀。你应该比我更理解他呀。弟弟既然有难处，我们就应该帮他一下。他说他婚姻不幸福，他是个可怜的人。我们为什么不帮帮他呢？"

继母瞪着眼睛，"你答应他了？"

父亲说："是呀。我决定帮他了。谁让他是你的弟弟。"

实际上在舅舅留下来的问题上父亲和继母有过一次不太激烈的争论。但是继母最终还是没有说服父亲。热心而好客的父亲积极地在给舅舅找工作，在找到工作之前，舅舅得在我们家住着。舅舅委屈地住在我们狭窄的厨房里，这让父亲很过意不去，他一天到晚地对舅舅说："你看你，大老远地来投靠你姐姐，还让你住在厨房里。"父亲几乎就要让舅舅和他们住一个屋子，他想模仿我和姐姐那样，在中间拉一道帘子。但是继母死活没有同意。父亲便也没有再坚持。

继母却从此活得小心翼翼的。有一次我放学回家，姐姐早已经和她的那个马队不知奔跑到哪里去了。快要到家时，我突然听到继母在叫我。我顺着声音望去，继母躲藏在一个铁皮房子的里面，正在四处张望。她向我招招手。我走过去。在寒冷的日光中，继母的脸色苍白，像是受到了惊吓。我还以为有什么事。可是她一句话也没有说。她从铁皮房子后面钻出来，异乎寻常地揽住了我的左胳膊。一直到家，她都那样揽着我的胳膊，到家后我感觉胳膊酸酸的。开始我并不知道继母那么谨慎，而且可以说那么担惊受怕是怎么回事。我甚至觉得继母对舅舅的态度有些过分。可是没有多久，我便发现了其中的秘密，当那个秘密向我展开时，我的惊恐甚至比继母还要大。

还是在那个铁皮房子的里面。那似乎是个被人遗弃的铁皮房子，外表的铁皮都已经锈迹斑斑。与地面接触的地方甚至长出了绿色的青苔。它掩在一棵粗大的槐树后，时常见不到阳光。刮风的时候，铁皮房子的门会发出刺耳的声响。有传言说那里有吊死鬼，所以人们都离得远远的。但是那一天的寒风并不让人留意。在我走过铁皮房子时也没有听到铁皮门子的声音，我之所以停下来是因为听到了一个熟悉的声音，那是继母的。很明显她不是在叫我。她的声音有些尖锐。那是一个上午。如果在学校此时已经刚刚上了第三节课，我是因为发烧而回家的。冬天上午的阳光显得很稀薄，我的呼吸有些急促，路上行人很稀少。我已经习惯了在路过铁皮房子时停下来听一听，因为继母的声音经常从那里召唤我，然后和我一起回家。这次迥异的声音让我好奇地走近铁皮房子。透过铁门的缝隙，那个秘密向我展开了。

那个情景若干天后还能在我的脑子里反复地出现，它经常把我从梦中惊醒。

我看到继母被一个人逼到了铁皮房子的角落里。她惊恐的叫声就飞越铁锈、飞越厚重的铁门传到我嗡嗡作响的耳朵里。那个男人正把手放到继母的身上乱摸。继母的喊叫像是火，烧得我的脸和眼热辣辣的。继母只喊叫一句话，那句话虽然低沉，却清晰无比。继母喊道："滚回你的张掖！滚回你的张掖！"

我的身体虚弱无力，我想冲破那扇铁门。可是随即响起的那个男人的声音让我有些犹豫不决。那男人说："那不单单是我的张掖，还是你的张掖，也是白雪的张掖。要回我们一起回。"

那分明是舅舅的声音。舅舅为何对自己的姐姐做如此猥亵的动作，我一时有些迷茫。我要冲进去解救继母的想法也锈住了。

一个虚弱男孩的痛苦和犹豫实际上后来一直陪伴着我。在那个阳光明亮而寒冷的上午，在那个玩笑突然在心里僵硬的日子里。我的继母随后摆脱了舅舅的纠缠，冲出了铁皮房子。我听到那扇铁门像是被风刮过一样地响了一下。然后，我的面前就站着惊慌失措的继母，她看着我向后退了两步，身体撞到铁门上。她趔趄了一下。我下意识地伸出手想要扶她。她闪了一下越过我捂着嘴跑开了。铁门又响了两下。我站在那里没动。发生在我面前的一切还没有让我搞懂。过了一会儿，舅舅吹着口哨推开铁门钻了出来。舅舅对于站在门外的我一点也没有感到惊奇。他吹了吹自己漂亮的胡子，对我说："王亮，我想去喝两碗羊汤，暖暖身子，你去不去？"

　　我没有和舅舅一起去喝羊汤。我回到家里。我听到继母趴在床上呜呜地哭泣。我站在床边，有些手足无措。我觉得整个屋子都在摇晃。我想总得说点什么吧，因为我目睹了那个场面，似乎我也成了同谋，我得表表态，于是我咳嗽了两声。继母好像无视我的存在。她继续趴在床上呜呜地哭泣。我说："咳咳，舅舅……舅舅，他喝羊汤去了。"

　　说完这句话，我再也坚持不住，眼前一黑，便栽倒在床上。

　　等我醒过来时，我的头上蒙着一块湿毛巾，我躺在床上。继母的手紧紧地抓着我的右手。我全身发冷，只有右手手心是热的。继母的头歪着，看到我醒过来便叹口气说："傻孩子，现在你知道一切了吧。"

　　我摇摇头。

　　接下来继母向我讲述了关于另外一个家庭的故事。我还没有听完，便想哭。我觉得那个家庭的故事像是依附在我们家庭上的虫子。

　　继母说："他不是白雪的舅舅，而是她的亲生父亲。是她爸爸。"我虽然已经意识到那个男人身份的可疑，可听继母亲自说出来，我还是有些震惊。

　　继母接着说："他是一个无恶不作的男人。我讨厌和他在一起生活了，所以我才要离开他。离开得远远的。另外，我是不想让白雪像他那样。可是我不知道他是怎么知道我们的地址的，我百思不得其解，后来我想想，一定是白雪告诉他的。一定是白雪的阴谋。真的是有其父必有其女。我想把他赶走，早一天赶走他。我的心就早一天安稳下来。要不我每天都是提心吊胆着生活。你能帮帮我吗？"

　　我的眼泪已经流在了枕头上，我想起了那个"莫须有"的接站把戏，想起了父亲快乐的笑声。我点点头。我说："我也想早点把他赶走。"

　　继母顿了一下说："可是不能让你爸爸知道，你明白吗。从一开始他就不知道。我们为什么要破坏他的好心情呢？"继母忧郁的眼神盯着我。让我有些毛骨悚然。

　　我和继母之间的约定对我来说充满了苦涩。我不知道该怎么做，我只能眼睁睁看着继母去努力，去说服，而我所能做的一切只是沉默，再沉默，我天真地以为，这个冒充舅舅的男人一旦离开我们，我们的生活会重新开始。

而这一切对于父亲是不公平的。我明明知道却无法去打破。这对于一个怯懦的男孩来说，是太重的一个负担了。我也没有勇气去质问我的姐姐白雪，质问她为什么要用谎言来蒙蔽我。因为在那之后不久，我终于清楚地看到了姐姐鼓得像白馒头一样的胸。她那迷人的胸让我丧失了一切的判断力。

通往姐姐年轻的胸的道路蜿蜒曲折。

在姐姐的注视下，在我，在继母，在那个舅舅的注视下，我父亲仍旧一如既往地快乐地生活着。屋子里刨花的味道像是我们的皮肤。父亲奉献给继母的游艇在父亲的手下一点点地成长着。父亲快乐地刨着一块块的木头。而舅舅则坐在他的旁边。舅舅一边喝着酒一边想起往事，便随口唱了一曲花儿。花儿的腔调吸引了父亲，父亲的手更加地灵活，更加地出神入化，他觉得那艘游艇简直就是真的，它能下海，能载着我的继母一起远航。父亲痴迷地听着那乐曲。待舅舅唱完。父亲问他那是什么歌，听上去像是着了魂。舅舅便放开嗓子又给他唱了一首：

哎哎嗨哎耶，花花呀喜鹊着连声着叫啊，

哎吆连声着叫呀啊，

我心急着呀眼皮儿跳了。

我把你昨晚夕梦见呀了嗷，

梦见呀了呀啊，

今格子呀我你哈见了。

哎哎嗨嗷嗓，我你哈见了时没给头耶，

没给头呀啊，你的尕手里呀捏给一个大豆。

哎吆话是个原话着大实了话呀，

你的尕手里呀，悄悄地呀捏给一个大呀豆耶。

那个干燥的下午，那首同样听起来干巴巴的花儿，却完全打动了父亲。父亲不断地鼓励舅舅唱那难听的花儿。我听着那花儿简直是在受罪，而父亲却如聆听仙乐似的心驰神往。在那段日子里，父亲就一边听着舅舅的花儿一边为继母做那艘庞大的游艇。那是一艘他从来都没有做过的游艇。舅舅的花儿声和父亲刨木头的声音错落有致地在我们家回荡，像是一个天外的世界。舅舅向父亲展示着花儿的美妙，而父亲则向他展示自己高超的木器工艺。父亲像是终于找到一个知音似的，滔滔不绝地向舅舅倾诉着自己远大的理想。他说他想当一个船王，他想造世界上最大最豪华的船，他想周游世界。舅舅却老实地对他说，我只想有个不逃跑的老婆，天天喝酒，不用干活。和父亲好高骛远的想法相比，舅舅的就现实得多。父亲安慰他说："放心吧，你就在这里住下来。你的婚姻大事我和你姐姐包下来了，肯定能给你找到一个称心如意的妻子。"

在父亲没有给舅舅找到工作的那些日子里，父亲给舅舅买了一箱的白酒。舅舅除了给父亲唱唱花儿，天天喝酒，便是寻找一切可能的机会和继母待在一起。没事可干的时候他也会跟着姐姐在陵西大街上闲逛。他看着姐姐那些听话的男生，觉得真是可笑。他捋着胡子嘲笑地看着他们那帮青瓜蛋子。而我的继母却不能容忍舅舅的存在，他闲散的背后让她随时都感觉到了威胁。

父亲的顽固是继母没有想到的。继母想让父亲看到一个会唱花儿的男人背后真实的狰狞面目，便开始不厌其烦恼地给父亲讲关于舅舅的往事。继母的开场白有一丝的忧伤，她说："唉！我这个弟弟呀。"

当她把自己的前夫当成弟弟向父亲介绍时，我不知道她当时是一种怎样复杂的心情，当我在父亲刨木头的声音伴奏下，听着继母声情并茂地讲述时，我学习时的注意力便被她吸引了。我想听到在继母的引导下，父亲会勃然大怒，会暴跳如雷，会对世界上还有这样不负责任、这样无耻的男人而愤愤不平。可是父亲只是在听着，他认真地做着他的游艇。

继母说："我早已经对我的弟弟失去信心了。以前他有一个幸福的家庭，他有一个美丽而善良的妻子，一个可爱的女儿。可是他一点也不珍惜，他由着自己的性子，想干什么就干什么。他完全没有把自己拥有的东西放在心上。他喝酒、抽烟，结交一些地痞流氓。"让我的记忆感到疼痛的是，继母讲舅舅的一件事。她说舅舅甚至跟别人为了一支烟打赌，把自己的老婆输给那个人一个晚上。当继母说起那个好像和自己毫不相干的女人时，继母的语调多年之后我都能记得。悲怆、凄凉、绝望而又无奈。实际上在继母的叙述中，父亲并不是无动于衷的。他也完全被那样一个丧尽天良的男人所激愤。他停下手中的活问继母，后来你弟弟的女人呢。继母说："任何一个女人都不能容忍他的所作所为。女人离开了他。带着自己的女儿走得远远地。她发誓道，在这个世上再也不想见到他。"

父亲继续他的工作，他叹口气说："离开好。两个人都可以重新生活。"

父亲的反应远远无法让继母满意。她需要的是父亲对舅舅的憎恶，需要的是他痛下决心，能把舅舅从这个家里赶走。可是父亲却说："他跟我说，他已经痛改前非，他想重新做人。你是他的姐姐，难道连这个机会都不给他吗？"

继母哑口无言，她咬了咬嘴唇，含着泪奔门而出。父亲看到继母生气了，便也放下手中的活，去追赶继母。

我想，继母费尽心机的用心还是在父亲的心里留下了点什么。那一天，当他带着我去他们单位的澡堂洗澡时，便向我说出了他心中的忧虑。我们踩着落叶，裹着厚厚的棉衣向家里走去时，父亲突然叹了口气问我："王亮，你觉得你后妈好不好？"

我不知道父亲突然发问是为什么。但是我看到父亲渴望的目光，便觉得这样的问题是藏在他心底的，我便说："当然，她当然好。她来了之后我们家大变样了。我们同学都说我长胖了。"

父亲笑了笑，又问："那你姐姐呢？"

我的脸一红。我不知道父亲这次的提问是不是有预谋。但是我宁肯相信父亲的心里是敞亮的，而因为与姐姐之间隐秘的关系，让我害怕父亲的问题。我说："好着呢。好。"

父亲转而又问："那姐姐的舅舅呢？"

我想，父亲前面的提问只是个铺垫，他最想问我的是最后这个。我

71

根本没仔细地想过如何应对父亲的发问。尤其是舅舅，这样一个隐蔽的人。我张口结舌，"他……他……"

父亲显然也并没有让我回答，也许他并不是真心地让我给他解疑，他自言自语道："姐姐的舅舅来了之后，你后妈变了。不应该呀，真的不应该。"

我不知道父亲说的不应该指的是什么。我看着父亲的脸，看着他忧虑的表情。我冲动地说："爸爸，舅舅他……"我几乎要脱口而出，那个秘密，那个只有父亲一个人的秘密，就在我的嘴边徘徊。可是父亲已经走远了。一阵寒风吹过，我突然想到了和继母的约定。我哭了。

那天晚上，我在外面逛了很久都没有回家。眼看着天都黑下来，我的影子在路灯照射下变得很怪异，歪歪斜斜。我的脚步不禁犹豫起来。可是我没有往家的方向走。我渐渐远离了陵西大街，路灯时有时无，寒冷也在不断地加剧。我的眼前不断地晃动着父亲快乐的笑脸。那笑脸就像是刀子在我的脸上划过。我的脸生疼。那一个难忘的夜晚我最终还是被冻得走不动了，我蜷缩在一堆煤堆上睡着了。我根本不知道，我的父亲、继母和姐姐找了我大半夜。姐姐甚至发动了她的马队，那些对她言听计从的男孩们裹着棉衣，打着手电筒，在漆黑的城市的街道上，像一匹真正的马四处乱窜。他们肯定是一边寻找一边嘴里骂着我。在后半夜，是那个我曾经怕得要死的黄三找到了我。他急忙去找来了姐姐白雪。白雪在家里坐镇指挥呢。白雪坐着黄三的自行车，风风火火地赶到了离我家有几里地之外的那处煤堆前，她生气地把我揪起来，狠狠地打了我几个耳光。她生气的样子我还是第一次看到，我几乎要被冻死，我的目光像是铁一样沉重。我看到的那两个人影也像是我身上滚的煤一样黑。黄三在把姐姐带到那里之后就匆匆地跑回家睡觉了。姐姐把她带来的棉衣裹在我身上，扶着我往家走。可是我根本走不动，走几步就摔倒在地。白雪看到实在无法让我像一个正常人那样走回家，便后悔把黄三放走。四处看看，没有一个人。姐姐便放弃了早点回家的念头。她催促着我活动身体，她说如果再找不到我，我不冻死才怪呢。她不停地推着我的身体，想让我的身体暖和起来。我的身体就在她的摇晃下，东倒一下西歪一下。那情景就像是姐姐在搬一个死人。她还不断地打着我的胸口，我的脸，她大声地问我："你这样做是给谁看的？"

对于姐姐的质问，我几乎没有办法回答。我的嘴不大听我的话。它就像是我身体外的一个东西。直到第三天的上午，我自己躺在家里养伤，姐姐偷偷地从学校溜回家。那次夜晚的独自出行，给我带来了半个月的假期，我的脚和脸都冻伤了。她站在我的床前，她把冬天里难得的一点阳光都挡住了。她脸色非常难看。她再次地质问我："你必须回答我，你那天晚上是做给谁看的？"

我嗫嚅道："我，我、我、我谁也没有。"

"那你为什么要离家出走？"她的脸离我的脸很近，她的呼吸都落到了我的脸上。

我说："我，我、我就是不想回家。"

"为什么？"

"我也不知道。"

她说："你是不是觉得很窝囊，是不是替你爸委屈？你是不是想把一切真相都告诉你爸？"

我急忙说："我没有，我什么也没有说。"

她又放慢说："你肯定想说。但是你不敢，你害怕我把你的事告诉你爸。你害怕让你爸知道，你是个跟我爸没什么两样的人。你们是一样的。"

我捂住了自己的耳朵。可是姐姐却用力掰开了我的手，她说："你不够意思，你是个胆小鬼，叛徒。"

我的眼泪流了出来："我不是，我不是，我什么也没有说。"

在我即将要崩溃的时候。姐姐却突然转变了一副面孔，她的严肃劲说没就没了，她的脸上有一种让我迷惑的温柔光彩，她说："算了，算了。不怪你了。我让你看。只要你听我的话，我什么都让你看。"说着，姐姐还没等我反应过来就脱去了棉衣，露出里面的红色毛衣。她蹲下身子，高高的胸脯就对着我的眼睛，那一簇红色就像是一团火，烧着我的眼睛和脸。我感到浑身热辣辣的。她的声音说变就变了，她轻声说："你还想不想看呢？"

我尽量要把自己的头向里缩，因为姐姐的胸口太有杀伤力了。它让我心跳加速，神志有些颠倒，所以我说出的话都有些语无伦次，我说："我、我、我……我不想……"

姐姐并不理会我的紧张和神魂颠倒，她说："你想看，你真的想看。你这小子真没意思，你明明想看，嘴上却说不。"

她继续脱下毛衣、秋衣，然后是白色的胸衣。她说："王亮，你睁开眼睛。"

我没有听她的话，这一次不像上次，上次是小屋的昏暗鼓励了我。我紧闭着双眼。白雪却另有办法，她两手抓住我的上下眼皮，用力地把我的眼睛强行拉开。她说："你看看，你看看，你不是晚上睡不着觉就想看我的奶吗。我可告诉你，那些浑小子想看我还不让他们看呢。你有这个福气，谁让你是我弟弟呢。"

她在胸衣保护下的胸在我的眼前晃来晃去的，因为是她掰着我的眼睛在看，我的视线像是折射出去的。所以看上去姐姐白雪的胸就很怪，它是扭曲的。白色和肉色混合在一起，显得更加地绚丽。她说："你看呀，你看呀，你要是再不睁开我就往你眼里灌辣椒水。"

我就是这样被姐姐强迫地睁开了双眼，被她用双手拉着的眼睛实在是不怎么舒服。我想，那个上午，是我生命中最令我感动的一刻。我看到了姐姐的胸，虽然那是在姐姐的逼迫下完成的。我根本没有想到，从那一刻起，我的生命中突然多了一些令我激情澎湃的东西，那东西抓挠着我，让我一时可以忘记舅舅的存在，一时可以忘记父亲虚假的快乐。姐姐的乳房是在她那个年纪里出类拔萃的。那两个高高地鼓起的包给当时意志低沉的我以巨大的鼓舞。我如饥似渴地盯着那里。姐姐含着笑，她说："你想不想看到里面的？"

我说："想。"说出这个字连我自己都感到意外。

姐姐很自然地就除去了胸口的最后一道伪装，她问我："你觉得它们怎么样？"

我傻傻地说："好。"

在那之后的数天时间里，姐姐都会偷偷地从学校里溜回来，让我看她美丽的胸。欣赏那两个鼓鼓的东西成了我生命中最重要的事情，我甚至都没把父亲替舅舅找到了工作，甚至没有把继母越来越忧虑重重的举动放在眼里。那时候，继母落入了一个无法摆脱的痛苦之中，她惯常的爱好都丢失了，比如洗衣服，在那个冬天还没有结束之时，我们寒冷的屋子里干燥无比。我们已经稍稍习惯的有些湿润的空气仿佛一下子就从我们的生活中消失了。我和父亲的衣服重新变得有些脏了，我们几乎回到了以前的两个男性的世界里。继母的心不在焉使那个冬天如此清晰地展现在我们面前。我们突然觉得它比任何一个冬天都要冷。我们的蜂窝煤炉也冰凉了，而且经常无缘无故地熄灭。对于继母的变化，父亲和我都没有注意到。父亲只要天天看到一个女人在他眼前晃来晃去，他心里就安心了，他可以什么都不顾及地刨木头，做游艇。而我完全被姐姐的胸迷住了。

寒假就是在这种混乱的秩序中到来了。我几乎天天被继母按在家里写作业。无形之中，我成了继母的一个保护伞，因为舅舅随时都会出现在继母的身后，这样的情景往往使她不寒而栗，而我的存在给了她极大的安慰，她在我写字的沙沙声中，忙碌着准备过年。我写字的声音，翻书的声音像是她心灵的安慰剂似的。我的姐姐白雪有时候会从外面疯跑着回来，她大声地叫我出去玩，都被继母骂跑了，继母骂她不学好，跟她老爹似的，别把我也带坏了。姐姐恨恨地看我几眼，指指自己的胸，又挺一挺，便不情愿地走了。姐姐走后我看到继母在窗前站了好一会儿，然后摇摇头，叹口气，走到厨房继续她的工作。我悄悄走到窗前，向寒风中的外面看去，我看到舅舅正站在路边的树下与姐姐交谈着什么。有时候舅舅也会自己上来。但是继母通常都会用笤帚扫地，把舅舅逼出去。我想，如果不是我的存在，舅舅不会那么轻易地被扫地出门的。

那天晚上，白雪突然撩开隔在我们之间的帘子，爬到了我的床上。

她穿着秋衣秋裤，她钻到了我的被窝里。我只好坐在被窝外面，牙齿咬得嘎嘎响。白雪裹紧了我的被窝，她小声说："你进来呀。"

我在黑暗中摇着头，我相信她也看不到。但是她能听到我牙齿的声音。我知道她诱惑我的目的何在，我心里清楚得很。但是我无法抗拒寒冷，我也无法抗拒她的诱惑，她伸出手，拽了我一把，我便不自觉地感到了身体的不由自主，我像是泥鳅滑入了本来属于我的被窝。我嗅着她如此亲密的呼吸，没理由不让她的细语全部进入我的身体，我的思想。

第二天是我背叛继母的开始。当我拎着酱油瓶子向南走去时，我看到不远处一个熟悉的人影闪了一下就不见了。我的继母紧紧地跟在我的身后，显得像个无所事事的散步者。而我也尽量保持着平时的散漫。可是不管我如何镇定自己的情绪，我还是把刚刚打满的酱油瓶子掉到了地上，酱油瓶子摔得粉碎，我急得都快要哭出来了。继母抚着我的头发说："没关系，没关系，我们回家再拿一个瓶子来。"

我和继母一前一后地回家拿一个空瓶子。继母在厨房里找到了一个空瓶子，她把水龙头打开，水哗哗地响起来。我走到我和姐姐的屋里，我看到在帘子的那头坐着一个男人，那人不是别人，正是舅舅。他笑着看着我。我的脸就红了。我羞怯地走出来。然后和继母一起重新离家去打酱油。我对继母说："你在家待着吧，我跑着去打酱油。"继母笑笑没有答应。她轻声说："走吧，有个人在我跟前我心里头安全。"

等我和继母又回到家时，继母直接进了厨房，而我悄悄地进了我的房间，舅舅坐在了我的书桌前，他手里拿着一支笔，在一张纸上乱画着。沙沙的写字声便在屋子里响起来。我又悄悄地走出去，我看到了厨房里继母的一个背影。我打开门，走出家门。深深地出了口气。我看到姐姐站在不远处向我招手，便跑了过去。那个上午，我都跟在姐姐的背后，混在她的马队当中，俨然她的一匹真正的马，我们从陵西大街的北头跑到南头。在煤指生活区外面拦住了一个男孩，那个男孩的旁边走着一个长头发的女孩。那个女孩叫吴维维，我认识。她歌唱得好。经常在学校的大会上唱《外婆的澎湖湾》。姐姐手一挥，那个男孩便被狠狠地揍了一顿。叫吴维维的女孩在一旁尖叫不已。我没有动手。我和姐姐站在一边观看。吴维维跑过来，抓着姐姐的胳膊，尖叫着说："别打了，叫他们别打了。"姐姐没理她，朝她的脸上吐了一口唾沫，还骂她狐狸精。

那个上午过得惊险而刺激，让我第一次领略了作为姐姐马队中的一员，是需要一定胆量的。

值得一提的是那天中午继母的表现。她躺在床上没有吃饭。父亲去叫她也没有叫动。父亲对我们说："你妈病了，需要休息。"而吃饭的过程中我就一直低着头。之后的几天我都没敢与继母的目光相碰。

继母容忍的界限终于有一天走到了尽头。那是在一个夜晚之后。先要说那之前的一个夜晚其实并不是我的本意，我一直想把那个夜晚从我的记忆中抹去。但是我办不到。

那个夜晚前的下午姐姐白雪递给我两张电影票。说是放映香港的恐怖电影《画皮》。她说晚上一定要和爸爸一起去看。她叮嘱我："记得噢，一定要让你爸爸去。你爸爸最喜欢稀奇古怪的东西。"

果然，爸爸看到我手中的电影票眼睛就是一亮。我提醒他："不能让妈妈知道呀，她一定不会让我们去看的。"

爸爸搓着手说："是呀，是呀。我们得瞒着她。"

那天晚上，我和父亲一前一后偷偷从家里出来。继母没有注意到我们是因为她在检查姐姐的寒假作业。她尽量克制着自己的情绪在和姐姐讲道理。姐姐那天显得格外地有耐心，坐在那里听继母的唠叨。如果是平时，姐姐一听到继母的说教便跑出去了。姐姐给我使了个眼色，我伸手捅了捅父亲的腰。父亲站起来说："我去上趟厕所。"我们住的三楼上没有厕所，要到楼下的公厕。父亲出门前，还得意地向我眨了眨眼，会心地笑了一下。隔了一会儿，我也借故上厕所从家里出来了。我和父亲在厕所旁相会。父亲说："真的很惊险刺激呀。"

那场电影对我来说是一场噩梦。之后的许多天里电影里的情景都会在我们的脑子里闪现。就连那个夜晚的父亲都被一股浓浓的妖气所笼罩着。从电影院里出来后，父亲好久都没有说话。走到一半的时候父亲突然张口大声说道:"太好了。"吓了我一跳。我还以为电影里的鬼出现在我们面前了。我小心地问父亲怎么回事。

黑暗中的父亲笑了,说:"应该让你妈妈也感受一下惊吓。生活中有太多的平淡无味了,受一点惊吓也是一种快乐呀。"说到这里,父亲毅然拉着我一起返回电影院,要买两张明天晚上的电影票。但是电影院已经下了班。父亲便叮嘱我明天白天一定要来替他办这件事。我战战兢兢地答应了。

第二天的晚上父亲强拉着继母去看电影。父亲没有告诉继母是什么电影。父亲向我露出一个狡黠的笑容。但是那场不期而遇的电影却给了继母致命的打击。父亲给继母生活中少有的惊吓起到了相反的效果。那天从电影院里回来,继母的脸色像是漂染过一样,白惨惨的。她径直奔到床边,趴到床上开始痛哭失声。也许,一路上父亲都在努力向继母解释这次难得的惊吓对于他们生活的调剂作用,也许他一路上都在费尽口舌告诉继母,这不过是一部电影,一部骗人的电影。也许一路上继母都在压抑着她心中的郁闷和恐惧,回到家里,那些郁闷和恐惧再也无法在她的心里待下去了,它们像是火一样地喷发了出来。她趴在床上像个受到了极大的打击和委屈的人,双肩不住地抖动,低低的哭泣声就从她抖动的肩膀溢到屋子里,弥漫开来。不管父亲如何好言相劝都无济于事。急得父亲站在床边团团转。他看到我,便大声冲我发火,怪我给他买了电影票,非要他和继母去看那个破电影,惹得继母从电影院里一直害怕到现在。

我怯怯地说:"爸,是你让我买的,是你说要让生活中多一点快乐惊吓的。"

父亲拨拉着我:"去去去,一边去。还不是你逗我看的那破电影,我才突发奇想,想让天天忙着家务的妈妈去换换心情吗。"继母不管我和父亲如何争吵,都在义无反顾地哭泣。父亲认定继母的哭泣是受到了电影的惊吓。但是我并不认同这一点。可是我不知道如何解释。我也闹不清,一向温柔细语的继母如何会突然爆发。那个夜晚的不眠是属于三个人的,父亲、继母和我。而最晚回家的姐姐却倒在床上就睡着了。而继母细细的哭泣似乎成了她一个人真正的催眠曲了。

按照父亲的说法，继母因为电影而受到的惊吓几天之后都无法驱散。她的眼窝在一个夜晚之后变得很深。眼眶发黑。眼神也发直。她会因为一点点的动静而受到惊吓，进而趴到床上哭泣。继母的哭泣在春节即将到来之时显得尤为特别。父亲并不认为那是痛苦的表示，他坚持那是电影惊吓症的延续，对于他的判断，继母并没有刻意地指正。其实继母的惊吓也在传染着我。那之后的某一天上午，我没有和姐姐出去。我想起我久违了的作业，便趴在桌子上飞速地写着寒假作业。我渐渐地有点沉在其中，忘记了周围的一切。直到继母那声突然响起的叹息声。我的身体哆嗦了几下，出了一身的冷汗，回过头看见继母不知何时坐在我身边的床上，一直盯着我看。我发现，有一滴泪从她的眼角流下来。我说："妈，你哭了。"

继母的眼睛突然睁得大大的，目露凶光，她说："我要杀了他。我要把他杀死。"

我惊奇地问："你要把谁杀死？"

继母没有回答我的提问，她几乎是喃喃自语而且面目狰狞地说："我要把他杀死。"

她那句话对少年的我来说是无法估量的。那句话犹然一把锋利的刀子悬在我看得见的地方，我担心它哪天会突然掉下来。而那个流血的人只有一个人，舅舅。事实也在朝着我担心的地步发展。我看到继母在磨刀。那把已经生锈的菜刀被她磨得锋利无比。把春节来临前的小屋照得寒光闪闪。每天我都在提心吊胆，那天我看到舅舅拎着一个大包来到我家。

舅舅背着一个大大的黑色塑料袋。袋子在他的肩上乱蹦，乱响，像有两只兔子。父亲看到舅舅来就高兴，因为他又可以听花儿了。舅舅一来，父亲准请他喝酒，听他唱花儿。那有点像是刺刀刺出来的腔调就在我们家里徘徊。父亲问舅舅袋子里是什么。舅舅卖个关子，让父亲猜。

父亲说是兔子。舅舅说不是。父亲说是鸽子，舅舅也说不是。

舅舅说："你别猜了，你准保猜不出来。这是我和姐姐最爱吃的一种动物。"

父亲大声说："我知道了，是鸡。"

果然，舅舅袋子里的是两只鸡，两只活蹦乱跳的鸡。一只公的，一只母的。父亲便问他是从哪里买来的。舅舅说，不是买的，是偷的。父亲就哈哈笑着说："你开什么玩笑。"

舅舅说："是真的，是偷的。我们院子里不住着几家人吗。老张家养着几只鸡，他是留着过年给老婆解馋的。没想到让咱们解了馋。"

父亲还是笑着说："你真会说笑话。"父亲断定舅舅是在说笑话。父亲心情很好，因为他为继母精心制作的游艇就要成功了。

继母却凑了过来，一脸严肃地说："他没说笑话，他说的是真话。他从来就是这样的人。你为什么不把他赶走。你为什么不把他赶走？"继母几乎是在厉声地怪罪父亲。

父亲还以为继母在生自己给舅舅找了一个工作，把舅舅留在他们身边的事生气呢。所以父亲便打圆场说："你也会开玩笑，快去，把鸡先养起来，三十那天宰了吃。"

继母瞪了一眼父亲，又狠狠地瞪了一眼舅舅。便拽着两只鸡去了厨房。我听到厨房里又响起了磨刀的声音。舅舅和父亲一边喝着酒，舅舅一边唱那难听的花儿。我的耳朵里却满是继母磨刀的声音，那声音听上去比花儿更让我心惊胆战。后来那声音停了下来。我的耳朵仿佛伸到了厨房里。我听到，在舅舅高亢的歌声中，继母的脚步声由远至近。我抬起头，看到继母拎着刀，已经站在了舅舅的背后。菜刀的光映到我的眼睛里，让我感觉到像是被蚊子叮了一下似的。我惊骇地屏住了呼吸，我的眼睛只盯着那把菜刀，我心里只想对舅舅说，别唱了，你后面有一把菜刀。可是我的嘴软得像是一块嫩豆腐，我张着嘴说不出话来。屋子里的几个人都在我的视线之中。快乐地倾听着花儿的父亲，唱得昏天黑地的舅舅，以及拎着菜刀的继母。他们三个人是多么地不协调呀，却离得那么近，在一个屋子里。继母的手几乎要举起来了。那把菜刀已经被她举到了腰际，但终究可能是菜刀太重了。继母的那一声轻轻的叹息声重重地砸在地上。而此时，舅舅的一曲花儿也到了高潮。他黑红的脸憋得更黑更红了。而父亲由衷地道了声好。

随后继母转身走开了。她走向厨房的背影显得落寞而孤寂。

姐姐突然闪了进来，她向我招了招手。我不由自主地站起身跟她走出了家门。姐姐脸上的表情暧昧而难以捉摸，她对我说："你想不想听吴维维唱歌？"

听吴维维唱歌是所有男生的梦想。她唱的歌总是让我们想入非非。在姐姐面前，我一点也无法掩饰自己的内心，所以我老实地说："想。"

姐姐便骑上自行车，带着我沿着陵西大街向北飞奔。我们穿过劳动路，穿过建设大街，穿过跃进路、中华大街。寒风在我的耳边不停地吹。可是我的脑子里全是继母那张充满了仇恨的脸和她手里的菜刀。我终于还是忍不住对骑车的姐姐说："妈妈要杀舅舅。"

白雪气喘吁吁地说："你别瞎说。"

我说："是真的。我看见妈妈在磨刀，她还跟我说，她要把他杀死。"

姐姐突然停下车子，面对面地问我："妈妈真的这么说了？"

我发誓道："千真万确，妈妈亲口对我说的。"

因为骑了这么长时间的车，姐姐的脸有些白里透着粉红。嘴里呼出的白气慢慢地飘到我的脸上。她说："王亮，我还没有发现你说谎话脸一点也不红。"

这时候我的脸红了："我没有说谎话。妈妈真的对我这么说了。你天天不在家。你要是在家的话，你也会听到的。"

但是姐姐说什么也不相信我说的话。她说："妈妈是个善良而软弱的女人，她从来没有对谁说过一句粗话。她连杀一只鸡都会做噩梦的。所以我说你的话是假话，是谎话，是没影的话。"姐姐出乎意外地对我大发雷霆，她甚至把自行车都推到了地上。

我委屈地流下了泪水。那个年关将至的上午，我去听吴维维唱歌的

81

愿望并没有实现。姐姐突然失去了带我去听吴维维唱歌的兴趣。她指着我说："你赶快从我眼前消失。今天我不想再见到你。"我只好郁郁寡欢地一个人独自走在寒风刺骨的大街上，我要走很长的路才能回到家。而能够面对面地听到吴维维唱《外婆的澎湖湾》已经是春暖花开之时。

而那个冬天似乎在我少年的生活中过得非常地缓慢和滞重。

大年二十九那天上午，我在家里写作业，而继母在忙着蒸过年用的馒头，那两只鸡还在楼道里蹦来蹦去。它们低沉的鸣叫时时打断我的思绪。我就联想到了煮熟了的鸡的味道。后来姐姐突然破门而入，她大声叫道："不好了，不好了。从甘肃来了警察要抓白浪。"

我一时还没有明白过来白浪是谁。

只是在她们母女的对话中我才渐渐地明白了，原来舅舅的真名叫白浪。

姐姐说，舅舅在甘肃杀了一个女人的丈夫。现在警察连年都不过了，就是要把他抓回张掖去。姐姐说着说着就掉下了眼泪。姐姐说："他现在躲在屋子里，他威胁警察说要是他们闯进去，他就割腕自杀。他说他想见你。"

继母倒是没有姐姐的慌张，先是有一丝短暂的笑容从她脸上闪过，既而表情严肃起来，她铁黑着脸说："他让警察抓是早晚的事，和我有什么关系。"

姐姐急得直跺脚，她说："妈呀，你去吧，好歹他也是我亲爸。可能，你要是不去见他，就再也看不到他了。"说着这话，白雪居然破天荒地掉下了泪水。我还是头一次看到姐姐落泪。晶莹的泪水在她脸上像是不速之客，匆匆地滑过。而我站在一边，像是一个无聊的看客。

继母不管姐姐多么着急，不管姐姐如何求她，都不为所动。她突然站起来说："他早就应该从我们身边走开了，他就不应该来。他来干什么。你走开，我要去杀鸡。"

她拨拉开姐姐，向楼道里走去。那两只鸡正在楼道的一个笼子里扑腾。听到有人走近。鸡倒安静下来。继母快步走到了鸡笼前，蹲下身来，头发搭在了前额上。她打开鸡笼，伸进去一只手。两只鸡又扑腾起来，并且尖厉地叫着。继母的手出来时，其中一只公鸡就在她的手里了。她的手抓着两只鸡腿，把鸡按在水泥地上。她抬起头对我说："去厨房拿菜刀来。"

我在案板上看到了菜刀，当我拿起来时，不知怎么心里就一惊。我听到外面姐姐带着哭腔说："都什么时候了，你还有心思杀鸡。"

可是她完全忘了，继母是从来不敢杀鸡的。没有人知道，继母杀鸡的勇气是从哪里来的。只见继母镇定地接过菜刀，把鸡脖子死死地按在地板上。手起刀落，那只可怜的鸡便身首异处了。血溅得到处都是，继母的手上、胳膊上、脸上。姐姐的腿上、鞋上。我的鞋上。我们都被四溅的血惊得呆了。一刹那间谁也没有说话，慌张地看着那血在自己的身上一点点地变得颜色暗淡，凝固住。

姐姐最先说话，她呆呆地说："妈，你杀鸡了。"

继母还没有说话，那只刚刚丢掉性命的鸡却开始发表意见。谁也没有注意到那只没有头的鸡在原地摇晃了几下，猛然间向前直撞而去，那只鸡顺着楼道一直向前冲，待我们明白过来，追过去时，它已经跑了老远，跑到了二小家门口，没等我们赶到，它就自己摔倒在地，蹬了几下腿，便不动了。继母拎着血淋淋的脖子，回到我们家门口。她把鸡脖子对着一个铝盆，想让鸡血流下来。鸡血沥沥拉拉，只滴了几滴便没了。继母把这只鸡扔到一边。伸手到笼子里，去抓另一只。

姐姐几乎是哀求道："妈，求求你了，别杀鸡了。我们去看爸爸好不好。再去晚了，警察可能就冲进去了。"

继母没有理会姐姐。她抓出来了另一只鸡。

那只鸡在发抖。它在我的眼里不停地摇荡。它像一只疯鸡。我听到姐姐说："妈，你害怕了，你从来都不敢杀鸡的，你害怕了，你的手在哆嗦。快点走吧。爸爸等不及的。"

继母说："谁说我害怕了，谁说我的手在抖。"她像刚才那样按着鸡的脖子。这只鸡比刚才的那只要肥，也更具有反抗意识。它的头奋力地向上挺着，嗓子里发出呼噜呼噜的不甚清晰的声音。不知道是这只鸡的力量大，还是继母的内心发生了变化。她按着那只鸡的手不大听使唤了，那只鸡在有节奏地一蹦一跳的。跳离地面，再按下去。如是者数次。那只鸡仿佛是专门要和继母作对，它像一个烈士那样顽强，我们看到，鸡毛在我们眼前乱飞。转眼间鸡脖子上已经是光秃秃的了。那个光秃秃的脖子和满是鸡血、鸡毛的手在抗争。姐姐还在一边催促："妈妈，你快点吧。"好像连继母自己也不知道为什么刚才还那么麻利地杀鸡，换了一只竟然会有如此大的反差。经过刚才那次不费事的杀鸡，继母好像用光了力气似的，她的手上和全身都没有了劲，她只能靠自己的意志在和那只鸡较劲。鸡的闷叫，继母粗重的喘息，以及姐姐麻酥酥的请求，使那个年关上午的阳光和空气显得格外地跳跃不安。最终还是继母缴了械，她无力地瘫坐在地上，大口大口地喘着气。那只鸡一旦得到了解放，却也没有奔跑的力量，头歪在一边，叫声更加凄厉。还是我伸手帮了继母一把。我把那只几乎丢了魂的鸡重新放进了笼子里。那只鸡显得特别安静。还有我的继母。她没有在地下坐多久，她很快就站了起来，端着那个盆向厨房走去。盆里是那只没头的鸡。她把鸡烫了，煺了毛，然后放进锅里开始炖。没过多长时间，鸡的香味便从厨房里向外飘散。

姐姐已经哭得是个泪人，几乎要彻底地绝望。她恶狠狠地说："妈，我重新认识了你，原来你也是个铁石心肠。"

妈妈没有说话，她一直站在厨房的锅边。听着锅里的水咕噜咕噜响着。大约半个小时过去了，妈妈突然掀开了锅，拿着勺子，舀了一饭盒的鸡块，对姐姐说："走吧。"

刚才还在骂着继母的姐姐突然间哑巴了似的，瞠目结舌地看着继母，随后便向外面跑去。

在舅舅住的那个小屋外面，并没有像我想象中的围着一大堆荷枪实弹的警察。零零星星的只有四五个人，也没有穿制服，如果不留心的话，还以为他们只是几个闲人。我们一靠近，那几个人便拦住了我们。姐姐大声说："她是我妈，她要见见她丈夫。"

其中一个便衣说："你来得正好，你去劝劝他，让他乖乖地跟我们走。

如果动起武来对他可没好处。"

警察没有让我和姐姐进去。继母只身一人在警察的注视下进了那个低矮的房间。屋子里静静地没有一点声音。时间也过得很快，没多久继母就走了出来。后面跟着舅舅。我惊奇地发现，他脸上的胡子已经不见了，他的脸光光的。他一边走一边嘴里还嚼着鸡肉。他说："不太烂，有点生。火候太轻。"

警察们立即走上前去抓住了他的胳膊。旁边就停着一辆满是灰尘的吉普车。他们向吉普车走去。冬天里的阳光很微弱，那辆吉普车凉冷而孤单。舅舅抬脚要上车时，继母突然跑上前去，对舅舅说："我想告诉你。你真的是一个畜生。"

舅舅点点头，笑了笑，吐出一块鸡骨头，然后被人推上了车。

那天中午，父亲回到家里吃到了香喷喷的鸡肉，父亲还喝了点酒，父亲吃着鸡肉，喝着酒时突然就想到了舅舅，他说："要是弟弟在这里多好呀。这可是他拿来的鸡呀。"

舅舅就是这样从我们的眼前消失了。直到很长时间之后，父亲还在念叨："弟弟怎么说走就走了呢，也不打声招呼，他在这里待得不是好好的吗？"

没有人向父亲解释那个上午所发生的一切。

减　速

　　早晨上班的第一项工作就是在楼道里跑步。我们的时代已经不可能再在城市的街道或者公园里锻炼了，那些地方已经成为汽车废气的聚会处了，它们在那里自由自在地开着各种 Party。所以我们只能靠山吃山、靠水吃水，我们靠我们宽敞的楼道来跑跑步，以减轻来自体重的压力。我感觉我们好像一生下来就都是个大胖子，我们的成长、我们的进步都是为了想法让自己成为一个瘦子，这是每个人奋斗的目标。因此你就可以想象在我们办公大楼楼道中的跑步是多么重要。上至厅长下至科员无一例外地都要参加。但是在跑步的人当中我没有看到我的三个科员。我猜想他们一定又是睡过了头，这也是常事，我没有大惊小怪。在我们办公的四十四楼，局长是我们当中官最大的，当然他也是我们当中最胖的一个，这足以说明他是我们当中工作最辛苦的。局长经常要掉一些铜钱一样大小的汗珠，而后让下属们在上面摔跟头，这也是很普通的事，也不值得大惊小怪。所以我们经常能听到的声音只有两种：局长的喘息声和下属的摔跟头声。我们都表现得任劳任怨，摔倒了再爬起来，这有何难。

　　跑完步我们各自走向自己的办公室，我当然也不例外。我们科的办公室里静悄悄地，看来又得我来替科员们打水了。我是个科长。我的下属有三个人，两男一女。有时候他们在舞厅或者别的什么地方彻夜狂欢，上班时一边睡觉一边工作，有时候我也是这样。我拿出钥匙，我知道里面有很多昨夜的灰尘在阳光中闪烁。可是我的主观臆断是错的。我的耳朵突然被一种音乐的噪声堵死了。你们不会想到我看到了什么，我看到了一个完整的乐队。他们就像是舞厅里的乐队一样，一律让长长的头发飞来飞去，一律让胖胖的身体随着音乐在地上摸爬滚打。我说："你们是不是走错了地方？"可是连我自己都听不到自己的声音，你还能指望他们做些什么。我正在犹豫是否去叫保安，音乐声戛然而止，乐手们都把目光转向左边。我朝那个方向望去，我看到我的三个科员正推着一个办公平台，上面放着一个大大的蛋糕，他们齐声合唱："祝你生日快乐，祝你生日快乐……"我质问他们："你们搞什么名堂？"站在他们中间、打扮得像一个杂技团的演员似的格兰笑盈盈地说："科长，今天是你的生日呀。"格兰今天没有穿她的办公小姐套裙，而是像女杂技演员那样穿着一身花哨的泳装，当然她没有我们通常看到的女杂技演员窈窕的身姿，她的身体比较胖，现在我们叫它丰满。而屋子中除她之外的所有男人也都比较胖，这是我们时代的特征，我们通常还把丰满之类的动听点的词留给女人，当我们用"臃肿"这类词来形容我们自己时，我们会说，这个时代，唉，就这样吧。我说："我的生日我都不记得，你们是怎么知道的？"印度、印尼（这是我另两个科员的名字）和格兰异口同声地说："我们忘了自己的生日也不能忘了您的生日呢。"音乐声骤起，是疯狂的"祝你生日快乐"。我不知道这首曲子是什么时候变得如此激越的，但是他们的话和他们奉献给我的音乐还是让我挺知足的，我顿时觉得我的体重有些轻飘飘的。这是多么好的一种境界呀。我忘乎所以地说："好好，我来切蛋糕。如果这样能减轻我的体重，你们天天给我过生日该有多好。"我的下巴下面就是大大的蛋糕了，我低下头准备切开它，我没想到印度、印尼突然蹿到了我身后，他们摁着我的头，在另一首欢快的曲子的伴奏下，让我的脸快速地和蛋糕融为一体，也许他们觉得这样最能直接表达他们的心情。可是我的呼吸不允许我的脸有这样的特权，我拼命挣扎着要和蛋糕分开。但是印度、印尼比我的腰要粗一些，所以他们的力气要比我大一些。让我的呼吸得到自由的是我们的局长。局长总是在危难时刻显身手，这次也不例外。我的身体终于摆脱了成直角的弯曲，我站直了，喘口蛋糕气，手在油腻腻的眼睛上抓了一把，透过蛋糕的丛林我看到了皱着眉头的局长。我说："您也来给我过生日了？"局长很生气地跺了一下脚，"你到我办公室来一下"。说完就转身出去了。我毫不犹豫地跟在他身后向外走，我的科员们没有忘记我脸上的奶油，格兰给我递上了她的手帕，印度、印尼塞给我他们的领带。我匆匆地擦了两下，就认真地执行着局长的任务。在楼道里我看到全局的人都趴在我们办公室的墙上，倾听着里面的动静，他们一个摞一个、一个挨一个的情形就像是一群蚂蚱。这时候他们一律扭着脸，看着我举着一个白乎乎的蛋糕脸跟在局长身后，而后一律喷出笑声。

在局长的办公室里，局长刚说了一句话："你是不是要把我们这里变成一个歌舞厅……"我的手机就响了。我辩解道："不是我让它响的。"局长摆了摆手。我接通了手机，是我的太太韩红。她提醒我："你什么时候来接我去医院？"我一边吃着嘴边的奶油一边说："马上马上。"我对局长说："我太太今天要去做流产。"韩红问："你吃什么呢？"我说："蛋糕，奶油蛋糕。"韩红说："正好你给我带几个，做手术前我得把肚子打发好了，我怕它到时候会闹别扭。"这时候我的寻呼机也凑热闹地奏起了音乐，我对局长说："这也不是我让它响的。"局长皱着眉摆摆手。我对我太太说："我有一个很重要的电话要回，我挂了。"我立即回电话，我说："喂，阿丽。"阿丽是我的情人，她今天要去医院做B超。她说，不管是男是女她都要生下这个孩子。阿丽问我："你是不是要让我在这里等着长出白发来？"阿丽是个急脾气，我如果惹她生气，她会毫不客气地让自己的体重在一天之内增加五斤，于是我说："马上马上。"我还没有说完，我太太又呼我了。我接着停下和阿丽的对话，给太太打电话。我们还没说两句，阿丽又迫不及待地呼我了。后来局长终于忍无可忍，"啪"地拍了一下桌子，对我说："从今天开始你下岗一年。"

之后我开着车离开了单位，飞速地去接阿丽，我想先安排她去医院再去接太太。阿丽正在家里拼命地吃糖，她把各色各样的糖往肚子里塞，好像那里面是一个糖罐子。没有办法，她就是这样的脾气。随后我们的汽车奔驰在车流如潮的大街上。阿丽胖胖的胳膊紧紧搂着我的右臂，唯恐我跑似的。我只好用左手来开汽车。但这没有影响我开车的速度。阿丽忧心忡忡地问："你会不会丢下我跑了。"我大声说："不会。"我的回答并没有让阿丽满意，她仔细地观察着我的脸色，她说："你会不会减速？"我说："傻瓜才减速呢。"

在十字路口，我的汽车无法减速，这是我们时代的惯例。任何左顾右盼、瞻前顾后、犹豫徘徊的行为都将受到惩罚。十字路口的中央，是一个圆形的慢车回收站，这是一个巨大的磁场，只对时速低于一百五十迈的汽车发挥作用。因此，我们在十字路口都不能减速，因为没有人愿意在回收站里待着，直到有另一个傻瓜来接替。等待往往是漫长的，因为傻瓜并不是常常出现。我不是傻瓜，所以我全身戒备，我控制得了我的身体，却无法不让我的思想抛锚。今天发生的事情放到任何一个正常人身上都不可能不产生一些物理反应。我不想被局长命令下岗。我不想让我的太太去做流产（我想要这个孩子）。我不想让阿丽生下那个孩子。也就是说我想让我太太给我生一个孩子而不是阿丽。于是我对阿丽的劝说继续进行，我说："阿丽，我亲爱的阿丽，我们能不能不要这个孩子？"阿丽说话的腔调就像一个铁匠，"不行，我要这个孩子"。她看到了我脸色的变化，因此她的身体变得硬邦邦的，她在做着最坏的打算，她说："你是不是怕这个孩子不是你的？"这时候我们已经来到了十字路口，她的话音刚落，我就感觉我的思想在我的脑袋里顿了一下，就跟一个结巴说到一半时顿一下是一样的。于是它就顺着我的脑袋、脖子，传给了我的左手和双脚。我立即听到了阿丽怨恨的声音："我就知道你……"我没有听全她的话，她就松开了我的胳膊，拉开车门，跳了出去。我只感觉到一股风像钉子一样钉到我身上。我的汽车便像一把射出去的箭向慢车回收站飞去。

这就是我为什么光顾傻瓜才光顾的回收站了。之后我坐在回收站的平台上，看着数不清的汽车风驰电掣般来来去去。每一辆汽车都是那么快，却又配合得天衣无缝，没有撞击，没有飞越，也没有鲜血。我没有时间去感叹这种速度的壮美，我想我可以坐着或者躺下来，抚石追昔（因为我身下的平台是石头的），细细地想一想我为什么会得到这样一种结果。这是一次很好的喘息机会。我得好好地利用它。我想，现在的结果不是我想得到的，它跟我的理想有很大距离，那么原因呢？阿丽想要她肚子里的孩子、韩红不想要她肚子里的孩子，这都是她们自己的肚子，显然她们没有错。印度他们想要讨好我也没有错。那么错在哪儿呢？我探寻的思绪不断地被打断。打断我的是阿丽和我的太太。我太太在家里给我打电话，问我为什么还不去接她，我告诉她我在慢车回收站。我太太一听就急了："我们今天还要去做流产，你在那里要待多长时间？"我说："这得看下一个傻瓜什么时候经过这个十字路口。"韩红哭了："那要等多长时间？"我说："那可说不定，也许一个小时，也许两小时，也许一天，两天，一个月，一年……"韩红吼道："你是不是想在那上面再成家立业呀？"我说："如果有这个必要……"韩红狠狠地挂断了电话。接着是阿丽，她打通了我的手机。我说："我以为你殉情了呢。"阿丽说："你少废话，你说你什么时候下来。你还得陪我去医院。"我问她："你在哪儿呢？"阿丽说："你往你的左面看，啊，不是，现在是你的后面，又不是了，现在是你的右面，不不不，现在又到了你前面。唉，不管它，你看到没有，有一辆天蓝色的敞篷汽车。我就站在那个敞开的口子那儿。"我放眼望去，我根本看不清哪个是天蓝色的，实际上我看不到汽车的模样，我看到的只是一条条闪光的、在飞速奔跑的线。这时候我太太也及时赶到了，她同样在电话里向我发布她的方位，"我在你的左边，不对，是后边，呀，又跑到你后边了，对，现在是在你正前方，你看到我了吗？"她们的汽车在十字路口来回穿梭，她们都在催促我赶快从这个倒霉的回收站上下来，陪她们去医院。可是，我有办法摆脱我的命运吗？没有。我就是这样对她们说的。我不管她们做何反应。我取下了手机上的电池。我就听不到她们的声音了。这样我可以继续我刚才的思绪。其实对过去的追问是那么沉重，它们压得我有些气喘吁吁。因此我不可能很快找到答案。我干脆把身体放倒在平台上。让汽车的轰鸣声在我的肚子上飞翔。

昼来夜去，日月轮转。我不知道自己在回收站上待了多久。当我昏昏沉沉地梦到有无数的汽车飞过时，我突然被一个巨大的撞击声吵醒了。我坐了起来，看到了一个傻瓜从另一辆汽车里爬出来，肩上背着一个大大的包。他脸色阴暗，咬着牙齿。有一个傻瓜来接替我，我当然应该高兴才对，可是我还没有找到我这么倒霉的原因，我还不想马上离去。于是我很不高兴地说："喂，你这个家伙，谁让你来这么早，我还不想离开呢。"他也很不高兴地说："我没有想来和你做伴，我正在考虑到哪里去死，我的汽车就被吸过来了。"我不解地问："你是说要去找死？"他沉着脸说："那有什么稀奇的。"说完他拿下了肩上的大包，从里面掏出一个西瓜，用刀子切开一片，往他的嘴里送。我伸出手："我好像有一年没有喝水了，我也吃一块。"那个人抓住了我的手："我不是吝惜我的西瓜，我是怕你被毒死。因为这个西瓜里面可能有致人死命的毒药。"我不相信地摇摇头："我闻到了其他水果的香味，那是从你的包里飘出来的，不可能每一个都有毒药吧？"他也摇摇头："那不一定，每一个水果都可能是一个毒药，毒药隐藏在哪一种水果中我也不清楚，放毒药的人不是我。"我看着风把他的头发吹到了中央，形成了一个尖尖的锥，我同情绝望的人，于是我说："西瓜我可以不吃，你也可以不吃。"他笑了笑："不，我必须吃。你有没有这样的经历，当你善意地对待他们得到的却是另一种回报，你会对活着有什么看法？"我听着他的话，脑子中突然闪现了我的答案。而此时，催促我离去的钟声已经敲响了最后一遍，我没有时间再说什么，我快速跳上汽车，对他说："谢谢。"我的汽车就弹了出去。我立即加快速度，让我的汽车达到了一百六十迈。

　　我的答案是这样的：我之所以落到现在的地步，是因为我爱我的太太、我爱阿丽也让她爱我、我帮格兰的哥哥逃脱了死罪、我帮印度的太太找到了一个工作、我帮印尼考取了会计师。

　　是的，我要扭转他们。

　　我的汽车可以在马路上正常地行驶。这还远远不够，我让我的汽车冲上了便道，我撞倒了十根电线杆、十二个广告牌，我想，这只是一个开始。不知道阿丽是什么时候又跳上了汽车，她伸出胖胖的胳膊又来搂我的右臂。她一边动作一边笑嘻嘻地说："我就知道你不会永远在那上面待着，因为你控制不了你的欲望，你想要和我做爱，你就得下来。"我笑着说："你错了，我下来是因为我的欲望没了。我没了爱你的欲望，也没了被你爱的欲望。"阿丽松开手拍打着我的脸，笑弯了腰："笑死人了笑死人了。"我说："你别笑，我说的是真的。以前我让你看到的只是我的一面，而没有让你看到我的另一面，所以我浪费了太多的时间来让你们幸福我也幸福，现在看来，是错的。因为我并不爱你。我爱的是我自己。这才是我真实的自己。以后我要为自己活着，而不是你们，你们这些可有可无的女人和男人。"阿丽摸着我的额头："你在回收站上是不是吹了太多的风？"我厉声说："你是怎么跳上来的还怎么跳下去，省得我动手。"阿丽到现在还以为我在和她开玩笑，她摆摆手："算了算了，我不笑了，再笑我肚子里的小宝贝会不高兴的。"这时候我凶相毕露，我的右手抓住了她的前胸，右脚踹开了车门，我说："你从哪儿跳上来的还回哪去吧。"我扔下了阿丽。我没有听到阿丽的惨叫声或者别的什么叫声，因为车窗外有许多声音比她的叫声更为动听。我继续开车并且为自己的第一个英雄的举动而乐陶陶地。在我的汽车来到下一个路口时，阿丽又从车窗外飞了进来。作为被我扔出窗外的标志是她的额头上多了一个亮晶晶的包。她哭丧着脸说："我不明白我为什么要有一个包。"我说："我也不明白。"而后我又亮出我坚定的右手，抓住她的后背，把她扔出了窗外。汽车到达了另一个路口，阿丽又一次跳了进来，她的两个脸蛋上顶着两个同样灿烂的红包。她皱着眉头说："我不明白我为什么要长两个包。"我说："你不上来就明白了。"说着话我伸出手抓住了她的腰，把她往车外扔，这一次我要费一些劲，她的体重明显有所增加，这和她脸上的三个包有关。在第三个路口，她又上来了一次。我故伎重演，她也再续前缘，脸上又增加了四个包。这一次我无法再扔下她，因为我到家了，我的汽车熄了火。我走下汽车，对跟着我的阿丽说："你要是不明白可以跟着我去探望我太太。"阿丽满眼的迷茫:"我不明白。"我相信这是她的心声。此时我面前的阿丽不仅脸上顶着七个红包,而且衣不蔽体,衣服后边丰满的身体跃跃欲试地要向外跑。

我太太对我身后的阿丽很感兴趣,她说:"你是不是从保姆超市买了个便宜货来侍候我的。还是你心疼我,知道我流产后身体虚,需要照顾。"说着话她扑到我怀里要搂我的脖子。我还没有说话就觉得我眼前闪过一道黑影,随即我太太韩红就离开了我的脖子。那道黑影无疑是阿丽,我不知道她在经历了三次跳车后仍然有这么大的力气。她把韩红拽开后,很快就赏赐了韩红一个嘴巴。这一次轮到韩红不明白了。她木然地摸着脸上的指印,看看阿丽,再看看我。我笑着说:"她不是你的保姆,而是我的情人。"韩红仍旧大惑不解:"她?你的情人?我说林间,你的品位也太低了吧。"阿丽没容我说话立即让韩红为自己的话而负起责来,她给了韩红第二个嘴巴。我说:"这回你明白了吧,你从她的仇恨就可以知道我的话是真是假。"韩红缓过劲来,张开双臂扑了上去。两个人扭打在一起。我打开了音响,音乐声悠扬而舒缓。

在她们扭打的过程中,我趁机溜了出来。我信步走在大街上。我看到有人在参加长跑比赛。比赛的人都是胖子,这是无疑的。他们穿着极少,向前跑时肥肉先朝前抖。很大程度上是肥肉在牵着他们在跑。肥肉越多,他们跑得越快。马路上都是汽车,所以他们必须以汽车的车顶作为奔跑的路线。但这影响不了他们奔跑的速度。他们在车顶上健步如飞。这让我想到以前有一个叫王军霞的长跑好手,她在一九九六年的奥运会上奔得了长跑冠军。当然,王军霞是靠骨骼和肌肉来跑步,而我面前的这些好手们靠的是脂肪。这充分说明了一个发展的道理。事情也有不利的一面,有些人会从汽车顶上摔下来,他们掉到马路上的声音不很响亮,有点像一团棉布。

随后我走上了一座天桥。天桥上有一个男人和一根绳子。绳子的两边各有几个人。他们看到我,都好奇地用眼睛追着我。绳子挡住了过天桥的道路。绳子的一头在那个男人手里,另一头在桥的下面。绳子绷得紧紧的，这说明另一头坠着一些东西。绳子这边的人告诉我："吊着一个漂亮小姐！"我探头向下张望，果然是一个女人。女人的手被绳子捆着，身体悬空。女人把脸抬着看上面。她看到了我，我也看到了她。确实是一个漂亮的小姐。小姐穿着很艳丽，裸露的地方也多，脸上一副恳求的表情。她说："求求你。"我不明白她要求我做什么。我迷茫地走到绳子跟前。我停了下来。要么我从绳子底下钻过去，要么像跳高运动员似的跳过去。但是我既不想受韩信似的耻辱，我也没有跳高运动员的才能。这时我听到那个牵绳的男人说："先生，请你过来。"我走到他跟前。他的一只手紧紧抓住绳子的一头，另一只手伸出来，那上面是一把剪子。他说："先生，你有两种选择，一是你给我五十元钱，我把漂亮小姐拽上来，让你过去，二是你用这把剪子剪断这根绳子，然后走过去。我想你不会让漂亮小姐摔得粉身碎骨吧？"我说："那也不一定，以前我或许会给你钱。"这时候我感到我的脖子后边有热乎乎的呼吸。我转过头，看到了我太太和阿丽。她们手挽手，肩并肩，笑嘻嘻地看着我。阿丽脸上的包不知怎么转移到我太太脸上三个，它们和阿丽脸上的包一样争奇斗妍。我不知道她们是怎么很快消除她们之间的仇恨的。但是这不影响我的情绪。我接过了男人手中的剪刀。男人显得很慌张。我身后的女人在给他吃定心丸。阿丽说："他怜香惜玉。"韩红说："他菩萨心肠。"阿丽说："他只是吓唬吓唬你。"韩红说："他会把剪刀还给你。"但是她们小看了我。我拿着刀子走到绳子的中央。站在绳子两边的人都瞪着眼睛看着我。绳子那边的人因为交了钱而不甘心，所以他们怂恿我："剪断它。"这边的人正在金钱与美人的性命之间徘徊，所以他们说："剪断它？可是漂亮小姐怎么办？"我不会让他们来左右我的铁石心肠，我伸出了手，撑开了剪刀。拽着绳子的男人有些沉不住气了。他用商量的口吻说："小姐漂亮得可以做你的老婆。"我笑笑说："她没有我老婆漂亮。"我的话让韩红沾沾自喜，她脸上的包更加明亮妩媚，她安慰那个男人："你放心，我丈夫会临阵脱逃。"那个男人举起他的左手，惊呼道："你就是他老婆？"他的话还没有说完，我的剪子已经合上了嘴。我们都听到了一个女人悦耳的惊叫。我扔下剪刀，向天桥的另一边走去。

我继续走在马路上。胖子们的比赛也在继续。韩红和阿丽奔跑着赶上我。她们丰满的脸上除包之外，又多了一些汗珠，它们在阳光下闪闪发光。韩红喘着气说："我可以马上再怀一个孩子，我要给你生下他。"阿丽也急切地要表白自己："我现在马上到医院去做流产。"我笑了笑，"这已经不关我的事，我要参加他们的比赛。"说完话，我脱下自己的外衣，像运动员一样只穿着裤衩背心。我绷紧我的脂肪，一下子弹到了车顶上。我让我的肥肉向前猛冲，我越跑越快，超过了一个又一个。我渐渐有了王军霞一样的感觉。

第二天一大早，我就从我藏身的地方跑出来。我的手里提着一个大大的蛋糕盒子。在中山大街的拐角处，我看到了辛苦和辛劳。他们背着一些时髦的电子乐器，用一种八字脚来迎接我，这是他们这种人独特的站姿。辛苦吹着口哨，辛劳没有，她抽着烟。对，他们是兄妹二人，他们的乐队名称叫辛巴达。他们都穿着黑色的紧身衣。（关于辛苦和辛劳的故事我将在另一篇小说中做详细的讲述，那一篇小说的名字叫作《辛巴达乐队》，他们在这里的出现只是一次偶然）他们问我："今天要给哪个人的耳朵上课？"我说："我们局长。"我们就一起钻进了他们的黑色汽车。

我们到达我单位时还早，楼道中还没有一个人跑步。我无法控制自己的惯性，立即在楼道里跑了一圈。辛苦和辛劳也放下他们的乐器，加入我的行列。和我不同的是，他们一边跑步还一边喊嗓子。等汗水从我们厚厚的脂肪中冒出来后，我们就打开局长的门，溜了进去。之后我们准备好迎接局长的上班。我们先是听到楼道中的跑步声，开始是一个人的，后来是两个人，再后来就越来越多。辛苦停下吹口哨说："真有点万马奔腾的味道。"最后自然是局长走到门外来开门。局长在打开门的一瞬间就被突然响起的音乐打了一下，他的身体做了一个幅度很大的后仰，毫无疑问，他坐到了地上。我已经说过，局长比我们谁都胖，所以他立即就被自己的脂肪弹了起来。他慢慢地走过来。我相信辛苦和辛劳的音乐是最棒的，它能够从我们窄窄的汗毛孔钻进去，在身体里翻滚和跳跃。它还能够让我们的耳朵忘记自己的听力。我挥了挥手，音乐声戛然而止。我听到楼道中响起了快乐的脚步声，而后是耳朵贴到墙壁上"啪"的一声巨响，我知道那不是一两只耳朵所能发出的声音。我笑了笑，然后推着一个活动办公桌向局长走去，一边走我一边唱："祝你生日快乐祝你生日快乐！"局长恼怒地说："搞什么名堂。今天不是我的生日。"我说："局长，今天是你的生日。"局长说："我的生日我都不知道，你是怎么知道的？"我说："我可以不记得自己的生日，但是我不能不记得局长的生日。奏乐。"辛苦和辛劳玩命地演奏起来。我觉得楼上的厅长完全可以听到这种杰出的音乐。这时候我看到一个年轻姑娘从门外跑进来，她的脸上顶着兴奋的汗水。她拉着我就往外跑。我喊道："你拉我干什么？"其实我连我自己的话都听不清，我就不能指望这个姑娘能听到什么了。

她拉着我跑到门外，跑过楼道，跑下楼梯，跑到大街上。我们后来是站在一棵棕榈树下。棕榈树妖媚的阴影在我们脸上晃动。我恼怒地说："你他妈拉我干吗？"她反问我："你要是不想跑出来我能拉得动你吗？"我说："你想干什么吧？"她笑了笑，"你难道不认识我了？"我说："我每天能碰到五十个你这样的女人。我当然不认识你。"她提醒我："我是吊在大桥上的那个女人，而不是你碰到的五十个人中的一个。"我说："这又有什么不同。"她说："这当然不同，你还能再找出一个那样吊着的人吗？"我摇了摇头："但是你怎么没有……我是说，你怎么连一点点伤都没有？"她舒展了一下腰肢和四肢："我练过杂技。"我说："好吧，我们告辞吧。"姑娘拦住了我的去路："我想跟着你，因为我吊了一年，头一次从桥上掉下去。当初我男友想出这个招时，我觉得他心狠，很可爱，但是被吊着的滋味并不好受，我就想，如果哪一个人剪断那根绳子，这就证明他比我男友更狠，我就会毫不客气地离开他。现在这个人出现了，我怎么能让你跑掉。我要跟着你，不管你到天涯海角。"我说："我会把你吊到金元大厦顶上。"她说："那样我可以吹吹风，离太阳更近一些。"

我说："我会把你身上的肉割下来去卖钱。"她催促我："你快点动手呀，我正愁没法瘦一些呢。"这时候我从她的头发上看到了我太太韩红和阿丽，她们正从一辆红色汽车上下来，她们胖胖的身躯在阳光中滚动。她们两个都穿着便装，头来回转，我知道她们在寻找我。我想我不是一条狗，为什么她们要往地下看呢？她们向这边走过来。我没有办法，只好弯下腰，藏在我身前女人的胸前。女人把我的头摁到她高耸的胸上。我的呼吸有些困难，我喘着气问她："她们走开了吗？"女人说："你不喜欢她们是吗？"我在她胸前点了点头。她告诉我："她们刚刚走过去，她们在回头看，她们在看你的屁股，你的屁股有什么好看的。"我的脸越来越温暖，可是我的呼吸越来越急促，我说："她们是觉得我的屁股眼熟呢。她们还在看吗？"女人说："她们停了下来。"我说："我们走远点亲近好不好？"她没有呼应我的倡议，她把自己的胸从我头下抽出来，她告诉我："你等着我，我替你赶走她们。"她雄赳赳地向我身后走去，我没有动，我的头还保持着刚才的姿势，我的屁股也撅着。在女人离去到回来的过程中，我一直都保持这种姿势。我看不到我身后发生的事，但是我听到了我身后的击打声及女人坠地的声音，那种声音很沉闷。等一会儿，女人回来了，她拍了拍我的屁股："好了，你可以把你的屁股放到原处了。"我收回了我的屁股。我回头看了一眼，我看到我太太和阿丽都倒在地上，她们正在从手袋里往外掏镜子，她们这种把戏我很清楚，她们要视查一下自己的尊容。她给我亮着她胳膊上的肌肉说："你知道吗？这一年我虽然没有等到一个凶狠的家伙，却让我的胳膊得到了锻炼。"她拉着我，向汽车奔腾的远处跑去。

从那一天起，这个叫安阳的女人就和我寸步不离了。她没有告诉我她男友的去处，我也没必要关心那些。实际上有一个帮手，我在异类的路上走得会很稳妥。比如，我们可以商量我们需要一些什么。我说，我需要一副墨镜。安阳说，你需要一头竖起来的头发。我说，我需要一把手枪。安阳说，你需要一把匕首。我说，我需要五发子弹。安阳说，你需要一个望远镜。我说，我的声音要和以前不一样。安阳说，你的声音要像刀子一样。我说，我需要一顶闪闪发光的斗篷。安阳说，你需要一双闪闪发光的旱冰鞋。我说，我要在白天出来活动。安阳说，你晚上要睡觉。

这一切都准备好之后，我们打算找一个合适的地方去做一个试验。实际上我对前程并没有多大把握。我们选中了天客隆超市。我们是在下午两点左右滑进天客隆超市的。我们的装束如前边说的一样。我的意思是说，安阳和我打扮得一模一样。我们长长的斗篷打得进口处的铁管啪啪直响。我们的旱冰鞋在地面上发出一种吱吱的怪叫声。我们没有一上来就直奔主题，我们首先在超市里转了一圈。这样显得更专业一些，而且更从容一些。我们滑到卖运动器械的地方。安阳看到了吊在天花板上的吊环，这使她触景生情，我看到她墨镜后面的目光频繁地变换着艳丽的色彩，她对我说："我可以在那上面吊一会吗？有两天不被吊着我就感到浑身不自在，我的骨头疼得厉害。"我正在犹豫，我不知道这个意外会对我们的试验带来什么后果，所以我要想一想。安阳看出了我的心思，她哀求道："就一会儿，我帮我的骨头止止痛我们就走。你摸摸，我骨头上都是针呢。"我没有摸她的骨头，因为她的骨头在厚厚的脂肪后边，我怎么能摸得到呢。我说："好吧。我要是一直让针扎你的骨头，会对我们的行动不利。"安阳乐不可支，她在我冷峻的脸上狠狠地吻了一下。然后双脚并拢，嗖的一声飞了上去。我抬头望去，吊在吊环上的安阳仰着脸，她的身体就那么飘着。我知道她很满足，这使我想到了吊在天空中的天使，当然，肩披斗篷、眼戴墨镜、头发坚硬地竖着的安阳要比天使酷得多。我只顾着抬头看她，没有想到她对这次行动准备不足，她的旱冰鞋在关键时刻有些三心二意，一只旱冰鞋脱离了她的脚，向下盲目地坠落。当时我就在她的脚下，我注意到在我和吊着的安阳之间有一些黑色的东西在移动。当我觉得那个黑色有些熟悉时，它已经来到了我的鼻子上。谁都知道，鼻子是我们脸上最软弱的家伙。所以，我很快就体会到了鼻子软弱的后果了，我在感觉到疼之后，就感到一股血腥流经我冷漠的皮肤，到达了我同样冷漠的嘴。疼痛和鲜血使我的身体失去了重心，它们作用到我的脚上，给旱冰鞋制造了一些麻烦。我的旱冰鞋不可一世地飞向了空中，而我的身体却落到了地面上。我狼狈的样子恰好被两个人看到，这两个人是两个女人，她们是我太太韩红和阿丽，她们肩并肩地在逛超市，她们的怀里抱着一大堆东西，她们正好路过，碰到了我摔倒的有趣场面。她们可以看到的有趣场面并不多见，所以她们驻足观看。她们在指指点点。她们显然没有认出我。为了防备万一，我把我疼痛的哼叫吞到了肚里。别的声音可以伪饰，唯独这种发自肺腑的疼痛是无法逃过她们耳朵的。所以我躺在地上没有发出声音，也没有动静，我希望她们早点离开，或者是安阳早点下来，但是这两个希望都是那么漫长。她们后来感觉到了累，干脆蹲了下来，她们还饶有兴趣地摸了摸我刺猬般的头发。她们问我："你这上面是抹的摩丝还是树胶？"我没有说话。我看着她们怀中的东西，我没想到那不是什么商品，全都是我的照片。我费解地向她们身后望去，我看到在不远的货品柜上贴着我的照片，在更远一些的货品柜上也贴着一张。阿丽看到了我身后的一个跑步机，她站起来要到那上面贴一张。而韩红对我的墨镜产生了兴趣，她伸出手摸着它。我想，再这样下去我会让疼痛的哼叫撑死的。于是我偷偷把手伸向了腰间，我拔出了手枪，向空中胡乱开了一枪。我忘记了安阳还吊在上面，我的这发子弹正好打在吊环的绳上。于是发生什么事你们就能够猜到了。安阳从天而降，她重重地砸在我身上。而我的这一枪也给超市带来了混乱。首先是阿丽和韩红。她们被突然响起的枪声吓坏了，她们扔下怀中的照片，用手捂住双耳，而后又慌乱地在地上捡照片。这时候有慌乱的人流冲了过来，踏到了照片上和她们的手上。安阳穿上她的旱冰鞋，我扶着安阳随着人流向出口滑去。我和安阳一边跑一边咧嘴，安阳的腿摔断了，而我身上的疼痛加重了。我们更像是落难者。当我们到达超市出口时，并没有忘记我们来此的目的。我说："停！"我们就阻止了我们急速滑动的身体。我们看到出口处的收款小姐正在用白色代替她脸上所有的颜色。我掏出手枪，枪口对准她："把钱交出来。"我的声音凶狠异常，它和我平时的声音是完全不同的。收款小姐脸上的白色在进一步加剧，她看着我时眼睛一眨也不眨，她说："钱钱钱钱钱……"我吼道："快把钱交出来，不然我不客气了。"她说："钱钱钱钱……"好像"钱"这个字卡在了她嗓子眼。安阳伸出手在她的胸口推了一把。她才说："钱在抽屉里。"我说："快快快，把抽屉打开。"我好像也受了她的传染。她看着她鼻子尖上黑洞洞的枪口，眼睛一眨也不眨，她说："打、打不开，你要是付款才能打开。"这时候我们身后的人群越来越多，他们都闪着迷茫的目光，是我手拿手枪的形象阻止了他们向外冲的步伐的，他们的姿势还保持着奔跑的样子。我看到我太太和阿丽也混迹于他们当中。阿丽趁此机会不失时机地跑到收款台前，往上贴我的照片。我的耐心此时爬到了最高峰，已经开始下滑。我把手抬高一下，扣动了扳机，又一声枪响使人群的动作更加僵硬。而阿丽的手一哆嗦，我的照片被她贴歪了。我喊道："快点打开！"这一次收款小姐的表现更让我失望，她一下子滑到了桌子底下。我不得不探着身子，把手伸下去，抓住她的衣服，使劲往上拽。没人能帮得了我。身后的群众继续保持他们僵硬的奔跑姿势。而安阳趴在收款台上，大口大口地喘着气。我费了好大的劲才把像一摊泥似的收款小姐拉上来，她坐在椅子上，而我的身体像是刚在油锅里炸了一遍似的。我的黑洞洞的枪口指向她，我的口气明显有一些缓和，我问她："怎样才能打开那个铁抽屉呢？"收款小姐的脸色正在由白向黄转变，她小声说："你要买一件东西，付了我钱。我把钱放到这个口里，抽屉才能打开。"我向我身后的人群喊道："谁去给我拿一件东西？"我相信我的声音和一个歹徒的声音没什么两样。但是没有人响应我的号召。我只好自力更生，自己跑到最近的一个货架上，从上面拿下一个牙刷。我跑回来，我的手枪始终没有掉转方向。我把牙刷扔到收款台上，然后递给她五元钱。收款小姐哆哆嗦嗦地把牙刷在抽屉口那儿晃了晃，然后放进了那五元钱。那个大铁抽屉就吱扭一声洞开了。那里面全是钱。我探身伸手，把抽屉里的钱全部拿到我面前。我想，我的试验成功了。我对着痛苦的安阳笑了笑。然后我抓起钱，把它们全部扔向了天空。我没有看钱是怎么飘落的。我拉起安阳，向超市外晃晃悠悠地滑去。在外面刺眼的阳光照耀下，我看到安阳的背上贴着一张我的照片，我正冲着我笑呢。

安阳不得不住几天医院。她的一条腿断了。好在她是一个对周围环境适应力比较强的一个人，包括痛苦，在医生给她正骨的过程中，她宁肯咬破自己的嘴唇也不叫一声。我坐在她旁边。我也没有做任何安慰的表示。我坐在那里的唯一目的就是让她早一点好起来，我们一道进行下一步行动。我关心的不是她，而是我的行动。未来的不确定性使我觉得有一个确定的帮手是必要的。当我看到她的汗珠越来越大时，我就拿过旁边的输液架，那上面吊着一个铁钩子。我找到了一根绳子，在钩子上打了一个圆形的结，然后把她的手放到了上面。她的手一旦被吊起来，所有的一切都变得无所谓了，她脸颊上的汗珠明显地变小了。她立即对我投以柔媚的笑容。我没有理睬她的柔媚，站起来向外滑去。在医院的楼道中、院子里，我看到了我的照片。在任何她们可以到达的地方，她们都让我的照片上了墙。我不知道她们是如何在这么短的时间内让我的照片走进千家万户的。开始我还有一些紧张，但是我看到瞄我照片的人根本不看我一眼，我就知道我现在是安全的，我的形象已经是另外一个人了。我可以没有任何顾虑地深入大街小巷。但是我要看一看那些照片上的文字。我凑近照片，那下面写着这样的文字：

　　　　这个人得了一种传染病，致命的传染病，他在您身旁的出现是
　　一个危险的信号，如有知情者请速与下面这个电话联系，两位漂亮
　　的小姐正等候在电话机旁，她们会满足那位知情者的任何要求。
我看了之后非常生气，伸出手就撕下了我面前的这张照片。我的照片和这种即恐怖又色情的文字在一起简直是对我的污辱。我的当众揭榜行为立即引起了一阵骚乱，我听到有很多的脚步声纷至沓来。我立即被阴影包围起来。我听到有人质问我："你真的看到那个传染病人了。"

　　"那个传染病人在哪里？"

　　"你是不是要去和小姐会面？"

"你居心何在？"

"你存心不良。"

"打死他。"

"对，打死他。"立即有无数的拳头和脚向我飞来，甚至还有口水。我感到我的腿上插了一把刀子，再这样下去我浑身就会有插刀子的感觉，于是我急中生智，高声断喝："都住手，我被那个人传染了。"我的断喝立即起到了意想不到的作用。他们的手在空中、在我身上犹豫了片刻，猛然间就消失了，他们四散奔逃的姿势比哺乳时的狗还难看。我睁开乌青的眼，向四周看看，四周只有同样乌青、孤独地游荡的阳光，那些刚才还逼迫我的人此时都躲在门后、拐角处、树后、墙顶、下水道里，露出一只眼睛在和我对话。我艰难地站了起来，拖着断了的右腿向医院大楼里滑，我不能表现得太软弱，所以我尽量让自己的滑行动作酷一些。我的斗篷尽量发出一阵哗啦啦的响声。但是我阻止不了疼痛的快速延伸，疼痛赏赐了我汗水，我的两条腿像是刚刚从水里捞出来。在我身后，我滑过的路像蜗牛一样留下了一条明亮而湿润的水线。

给安阳接骨的医生还没有走，他正在给安阳受伤的左腿缠绷带。我一滑进病房就倒在了地上，我喊道："快，给我也接上。"那个医生笑了，"你们是不是双胞胎，打扮得一样，还要一起断腿。你们是我见过的最出色的双胞胎。"在医生给我正骨时，我的疼痛和空气一样遍布四周。安阳只是从天空中掉下来，而我是被那么多愤怒的人折磨着，我的断腿自然要比她的厉害许多，因此我的疼痛也要比她厉害许多，但是我没有吊起来的爱好。我只有咬自己的嘴唇。我觉得我的嘴唇是盛产鲜血的地方。可是躺在我一旁的安阳有些忧心忡忡，她决定要减轻一些我的疼痛，于是她伸出她的胳膊，放到了我凶狠的牙齿中。我立即狠狠地咬住了。等我接完骨松开牙齿后，我觉得有一块咸咸的东西在我的舌头上滑行着，我吐了出来，那是一块裹着鲜血的肉。我看到安阳正用手捂着她的胳膊，手指缝间渗出了涓涓的鲜血，她强笑着说："没关系，只要你不疼。"我不能再肆意纵容我的感情，于是我说："它会长出来的。"

我们从医院出来后，为了慎重起见，我把手枪交给了安阳，让她拿着，必要时交给我开枪。这说明我对生活有了重新的认识，对未来更加谨慎。我们趴在精神病房的窗户上，偷偷向里张望的举动充分说明了这一点。我们驱车去找格兰的哥哥。格兰的哥哥叫格士。现在的名字叫杨军。在我的帮助下，他在市郊的一个精神病院过着与世隔绝的生活，他不是一个精神病者，他在那里打扫卫生。没有人知道他曾经杀过人。他蓄着胡子，弯着腰，样子卑微而诚实。阳光在他满是胡须的脸上落下了许多阴影。那时候他的眼神就显得不太逼真。我身后的院长叹了口气，"唉，真是一个难得的好人。勤勤恳恳，无怨无悔。"院长是我的姑姑。她一辈子没有向男人付出点爱，却把爱无私地给了这些精神病患者，她用一生的积蓄创办了这所精神病院。从这一天起，我和安阳就在这里住下了，我们是来找格兰的哥哥杨军的。而这一切杨军还不知晓。当我们从他面前经过时，我们的旱冰鞋在地面上制造的声音并没有引起他的注意，他没有抬头观看，他似乎对周围发生的一切的新鲜事都漠不关心了。我姑姑说："他现在就像个哑巴。"这给我的行动稍稍带来点麻烦。我不希望他这样，我想让他仍旧是个有欲望、有好奇心、懂感情的男人。

　　我的搭档安阳从第二天起就开始了行动的第一步。有一点是不用怀疑的，那就是安阳现在是精神病院中最酷的女人。那些疯疯癫癫的女人根本无法和她相比。为了达到我们预想的最佳效果。安阳做了最精心的准备。她带来了世界上最好的化妆品。清晨，她坐在窗前开始化妆，窗子是敞开着的。敞开的窗子正对着杨军的窗户。我姑姑告诉我们，杨军每天早晨要站在窗子前观看院子里的杨树。这一天也不例外，他打开了窗户。他第一眼就看到了安阳。安阳坐在那里，穿着一袭白色的纱衣，刚刚清醒的皮肤是饱满欲滴的，她正往脸上抹一种更为动人而柔润的化妆品，那让她的样子更加吸引人。在这个缺少真正女人气息的地方，我相信安阳的所作所为是优秀的。那时候我躲在窗帘后面，我看到了杨军眼中闪过的一丝亮光，但是很短暂。他很快就有所反应，慌张地关上了

103

窗户，而且拉上了窗帘。第二天，安阳又在窗前摆开姿势时，我们没有看到出现在窗口的杨军。对于一个杀过人而隐姓埋名的人来说，他的这种小心是可以理解的。

　　第三天，安阳在精神病院的楼道中滑行。旱冰鞋在地面上发出一阵阵悦耳的声音。斗篷飘动的声音同样是动听而迷人。她的视线中出现了杨军。杨军正在埋头扫地。他的动作僵硬而连贯。他对渐渐向他接近的声音没有做出任何反应。安阳适时地显出了一丝慌乱，她要做出对突然出现的人的猝不及防，所以她的四肢要做出一些必要的夸张扭曲。她像一个旱冰新手似的把握不住方向，快速地撞到了杨军的身上。倒在地上的是安阳，而杨军还保持着他扫地时的姿势，他的身体只是晃了晃。安阳疼得哇哇大叫，她抱着自己的小腹不松手。杨军停止了扫地，他疑惑地看着躺在地上的安阳，但是却一声不吭。安阳喊道："你他妈的快把我扶起来呀。"杨军这才低下身，向她伸出手。安阳站不起来了，她喊道："我身上像长了刀子，我起不来了，你把我抱起来。"杨军犹豫着。安阳接着喊道："你不抱起我，我就要哭了，我已经忍不住要哭了。"杨军大概是怕她哭的声音会引来不必要的人，所以他抱起了安阳。安阳说："把我抱到湖边的草地上。"在湖边的草地上，杨军放下了安阳。安阳顿时号啕大哭。杨军一时没了主意，站在她面前不知所措。安阳着急地说："是你把我撞倒的，你不能无视我的疼痛，你坐下来，帮我揉揉肚子。"杨军又犹豫了一下，然后坐了下来，但是他摇了摇头。安阳撩起了她的斗篷和外衣，露出了小腹，她那里在优美地起伏着。她说："你把我这里撞得万剑穿心，我浑身没有一点力气了，你替我揉揉。"杨军顽固地摇着头。安阳喊道："你他妈是个聋子呀！"杨军点了点头。安阳气急败坏地说："你是个聋子还能听到我说话，我看你是存心的，你不想对你的过失负责。"杨军把头转到了一边。安阳拿出了撒手锏："你要不对你的过失负责我就要跳到湖里淹死。"杨军没有任何反应。安阳没有办法只好纵身跳进了湖里。安阳不会游泳，所以她在湖里认认真真地下沉。她的真实的下沉使杨军沉不住气了。杨军来不及脱衣服也跟着跳下了水。认认真真地去救她。他们水淋淋地从水里出来后，安阳趴在草地上先大口大口地吐水，而后伸出脚踹了杨军一下，刚刚站起来的杨军被她一下子踹倒在地。安阳亭亭玉立的头发此时都趴在了头皮上。但这没有影响她的美丽。她吐完了水，说："你即使不给我揉肚子，听我诉诉苦总可以吧。"杨军同志没有表示反对，他坐在摔倒的地方没有动。于是安阳开始把自己的委屈向这个好心的陌生人诉说，她说道："你看到的跟我在一起的那个男人是我丈夫，但是那只是名义上的。我们的夫妻之实已经走到了尽头。在生活中、工作中我们都有很多的压力，是这种压力给我们的感情带来了隐患。我们开始变得神经脆弱，会为了屁大点的事而吵嘴、打架，实际上我们这种状况没有维持多久就产生了恶果，我丈夫得了精神分裂症，而我成了性冷淡者。生活在我们面前正快速地关上大门。我就是送他来治病的。他病得很重，说话语无伦次、行为反常，还经常把我打得遍体鳞伤。你看看，那不是他吗。"她的手向空中举了举。那时候我正躲在一棵大树后等她的信息。我看到了她伸向空中的手，于是我从树后面滑出来。那是一片草地，你就可以想象得到我在上面滑行的难度。滑两步我就摔倒在草地上。我的旱冰鞋带起了一大块草皮。我在草地上爬行着。安阳对杨军说："你看，这就是行为反常。"我抓起了那块草皮，端详着它，我觉得它很亲切，于是我把它往我的嘴里塞。安阳大声说："你看，他行为多么反常。"我继续向前爬，我想爬得快一些，这样我就可以早一点把嘴里的东西吐出来，但是我爬错了方向，我只顾着告诫自己，不要把草和土吞进肚子里。我突然就掉到了湖里，满嘴的草和土都进入了我的嗓子，滑进了食道、胃。安阳一定没有想到这一变故，所以她站了起来，她大声说："你看，他行为这么反常。"如果不是我及时地从水里出来，安阳一定会冲到湖边的。好在我知道事情的重要性，我及时地从水里爬了出来。在湖边我调整了一下墨镜，摸了摸头发，我的头发和安阳的一样都趴到了头皮上。我跌跌撞撞地向草地外滑去。安阳突然爆发了嘹亮的哭声。杨军不知所措，他想伸出手抚摸一下安阳颤抖的胳膊，又没有勇气。安阳哭着说："你看看，这样的男人是你的丈夫，你能不患上性冷淡症吗？"杨军为了表示一下自己在认真听她的诉说，便点了点头。安阳突然又停止了哭泣，抓住杨军的手，"可是，我一走进精神病院，一看到你，我就感到一股欲望在我身体里重生了。"安阳含情脉脉地看着杨军，眼睛里就像是刚刚发过大水一样。杨军对这种变故猝不及防，等他反应过来，立即做出了相应的反应。他转过身，扑通一声跳进了湖里。他会游泳，所以在水里的表现就没有那么狼狈，他快速地向对岸游去。安阳高声提醒道："明天我还要向你诉说苦衷，我们还在这里见面。"

　　第二天杨军并没有失约。他们坐在精神病院的湖边，安阳向他诉说衷肠。他们进展神速，没有几天安阳就要求杨军吻她了，杨军没有让安阳失望，他认真地摆好姿势，擦了擦嘴，把嘴递到安阳的嘴上。完成之后他说了他来到精神病院后的第一句话，他说："是苦的。"这个时候我出现在了他们面前。我的出现给他们的爱情之舟打来了一个浪头。他们均愕然地看着我。我看到安阳的嘴张得大大的，这真让我可笑。现在我是个气愤的丈夫，面对妻子的不贞悲愤不已。我没有让杨军的愕然坚持多久，我立即向他传递了我的心情，我说："来吧，你这个乘人之危的家伙，来吧，我们决斗吧。"我掏出了一把手枪和一把匕首，我的左手里拿着手枪，右手里拿着匕首，我把双手摊到他面前，怒目圆睁地对他说："快点选择吧，手枪还是匕首？"在任何时候杨军都要犹豫一下，这可能和他的经历有关，犹豫茫然地看着我，而安阳并没有忘记自己的责任，她信任地看着杨军，鼓励他："选择吧，我想让你知道的是，你的感觉是错的，接吻的滋味是甜的。你要不要再试一试？"杨军看了看安阳，他面前的这个戴着墨镜、披着斗篷、竖着坚硬头发的女人是那么醒目地出现在他枯燥的生活中，这是一次让他心潮翻滚的邂逅。我厌恶没有主意的家伙，所以我把手枪塞到了他手里，我留下了匕首。我跳开一点，和他保持一定的距离，我抖了抖斗篷，顺了顺头发，摆好姿势，我想到了普希金，想到了他优美的诗篇和他灿烂的死亡。但是我想到谁都没有用，杨军始终进入不了状态，他根本没有抬起手中的手枪，更让我生气的是，他扔下了手枪，拔腿就向后跑去。

随后的几天显得有些平静，杨军一直在老老实实地扫地。我要说的突破性的进展是在一个阴雨绵绵的天气里。安阳正打着伞在湖边等待。杨军鬼鬼祟祟地突然出现了，他没有打伞，所以浑身上下湿漉漉的。他神秘地眨着眼，"你和我一块从这里消失吧。"他恳求道。安阳显得很失望，也很生气，她说："不行，你除非和他决斗。"杨军诚实地说："我不想杀人。"安阳放声大笑："可是你已经杀过人了，你有什么怕的。"杨军没有想到会听到这句话，这离他想象的回答相距太远，在他的脸上除惊愕之外，恐惧的延伸十分迅速，他说："我、我、我、我没有杀过人。我、我、我也不想杀人。"安阳又笑了，她的笑声在雨中是有韵律的："没有杀过人你害怕什么，杀过人又怎么样，我不在乎，只要你把我丈夫打败，我就会把我的爱献给你。"杨军说："我没有杀过人。"安阳笑得弯下了腰："你真让我笑死了，你的真名叫格士，你瞒不了我，你杀人的时候正好我丈夫看到了，这几年他脑海里一直有你杀人时的血淋淋的场面，这使他的神经经常处于一种血腥中，他天天都要在你杀人的血腥中惊醒，慢慢地他受不了了，所以他神经错乱了。"杨军，噢，不，现在应该叫格士，他的眼睛里像是塞了鸡蛋，他惊恐地看着安阳："你说的不是真的？"他对突然逆转的现实不大相信。安阳彻底打消了他的幻想："我说的是真的，你还有一个妹妹叫格兰。"格士的眼睛惊恐万分，身体也惊恐万分，他的身体在草地上打了一个滚，他转过身飞快地跳到了湖里。雨点在湖里砸得正急。

今天是疯子们的节日。所有的精神病者都从被圈养的屋子里放出来，他们可以在院子里自由地活动。精神病院里乱成一片。他们欢乐的气氛感染了安阳，她又感到了身体里长满了针，于是她要求去吊一吊。我们滑到楼道中，我们的滑行不时碰到疯子们的阻挠，他们有的拦住我们对我们的发型产生兴趣，有的要向我们倾诉心声。最后我们排除干扰在楼道与大楼出口相接处找到了一个合适的地方。那上面有一根发亮的钢棍。我抱着安阳让她吊到了上面，然后我无所事事地在楼道中慢慢滑行。我要不断地躲避着迎面而来的疯子，我看到了格士，在众多的疯子们之中，格士正在一心一意地扫地，他低着头，把一个疯子吐出来的瓜子皮扫到簸箕里。那个疯子就站在他身边，看到地上干净了，他又吐出来一个瓜子皮。格士接着把它扫进簸箕。他们一遍遍地在重复着吐瓜子皮和扫瓜子皮。我已经滑行到他们身边，我的旱冰鞋产生的响声并不大，这和楼道中热闹的气氛有关。我突然感到背后飞起了一阵凉风，惊回首，我看到格士的菜刀刚刚举过头顶，我惊慌失措地向前滑去。格士已经扔掉了笤帚，他举着菜刀追赶着我，在他身后，那个吐瓜子皮的疯子举着笤帚追赶着他。在跑到走廊的尽头时，我无路可走了，那里聚集着十几个疯子，我一下子撞到他们身上，与此同时，格士也赶到了，他举起了菜刀，砍了下来。我是个正常人，当然知道躲避，我避过了他的菜刀，但是这十几个疯子中的一个却无法躲避他的菜刀，他可能觉得这个亮闪闪的东西很熟悉，所以他抬起了胳膊。菜刀正砍在他的手腕上。他大叫一声倒在了地上。我趁机站起来，向安阳吊着的地方滑去，我经常要摔倒，格士也不例外，跟在他身后的那个举着笤帚的疯子也是。我气喘吁吁地滑到了大楼口，我看到安阳还吊在上面。我冲她大声喊："下来，快下来。"但是她根本听不清，她疑惑地低下头，询问地看着我。我急中生智，向她比画了一下手枪的姿势。安阳心领神会，她一只手继续吊在钢棍上，一只手掏出手枪，扔给我。我一拿到手枪就冲着那根钢棍开了一枪，安阳重重地摔了下来。同时，这一声枪响也在精神病院里制造了一个大骚乱。楼道中的疯子们纷纷向外冲去，我趴到地上去扶安阳，疯子们疯狂地向外跑，他们踩到我们背上，我们的前胸紧紧地贴着地面，我们的后背上有无数的脚向前奔跑。我感到我的身体已经四分五裂了。等我们的背上没有脚之后，我们互相搀扶想站起来，但已经不大可能，我看到安阳的身体很薄了，头发是一层纸。我呻吟道："你还活着？"安阳呻吟着回答："活着。"楼道中没有了疯子，也没有格士。我们爬行着来到姑姑办公室。姑姑正在给公安局打电话，"对，精神病院，有一个扫地的工人行凶杀人。"

我是爬上汽车的，而安阳是我姑姑背上去的。当我们发动汽车离开精神病院时，我们听到了警车刺耳的鸣叫声。我们的腿断了，但是我们的目的达到了，我们让格士又成了一个杀人犯，所以我们的脸上漂着薄薄的笑容。汽车在我的心情的感染下，也飞快地一颠一颠地向前猛跑。安阳在呻吟不已，她窝在座位里不能动弹。我说："喂，吊一会儿吧。"安阳对我这个倡议兴奋异常，但是她动不了，我只好停下汽车。她就坐在我旁边的座位上，我还可以排除身体的疼痛，替她往车顶上绑吊环，可是我脸上的虚汗就像是夏天的雨一样滂沱。我的样子感动了安阳，她有气无力地说："我、我、我、我怕是爱上你了。"我虚弱地说："不谈爱情，我厌恶这个东西。"我帮她把双手吊到车顶上，她立即就不再呻吟了。而我必须要靠在座位里好好休息一下。这时候我们听到了一辆汽车的声音，它停了下来。之后车窗外出现了两个女人的脸，是韩红和阿丽。她们的脸抹得十分娇艳，红得像是两朵俗气的玫瑰花。我镇定自若，因为我知道她们认不出我。阿丽示意我摇下车窗。我照她的要求办了。韩红立即塞进来一张寻人启事，上面印着我的照片，上面的我很幸福。阿丽对我说："你要是见到这个人，请马上跟我们联系，我们会满足你的一切要求，但是请记住，你一定要稳住他，不要让他跑掉，跑掉不算的。"我虚弱地说："我要向你们当中的一位求婚。"我经过掩饰的声音有些沙哑，她们根本听不出来。韩红说："只要你能帮我们找到这个人。"阿丽问我："到精神病院是往这边走吗？"我说："对，是往那儿走，你们到那里去干什么？"韩红回答："我们到那里去张贴寻人启事呀，我们哪里也找不到他，我们要开动脑筋，在任何地方都要存有一线希望。"阿丽看着吊着的安阳，这使她想到一些什么，她惊呼道："我肯定是在哪儿见过你们，我们在哪里见过吗？我有一种感觉，我怎么觉得我和你之间有一种天然的亲切感？"她疑惑地端详着我。我笑了，用一种她不熟悉的声调说："那是因为我选中了你，如果我找到了那个人，我要向你求婚，爱情到来之前是有预感的，你信不信？"阿丽摇着头："不是，我和你？……"我发动了汽车："暴风雨要来了，我要赶快去找这个人了，我想早一日向你求婚。"

我们的断腿让医生乐不可支，他说："你们俩真是一对杰出的双胞胎。"与上次不同的是，安阳断的是右腿，而我断的是左腿。我们不得不又在医院里待上一段时间。当我们再次滑出医院时，我们的腿严格来说都已经不再是健康的了。

我们来到了有名的大饭店。印度的太太节约在这里工作。我们坐在台下，一边喝酒一边观看台上的表演。在台上来回扭动和喋喋不休的是印度的太太节约。她是个节目主持人兼王牌歌星。台上的节约千娇百媚、风姿绰约、光彩灼人，更为动人的是她那一副性感十足的嗓子，有着一点吸引人的沙哑，也有着一些勾人心魄的野韵。在台下欢呼的人看来，节约是个完美的女人，她是我们时代的骄傲。更多的男人光顾大饭店是因为有节约的歌声。节约给大饭店带来了荣耀和巨大的财富。实际上节约在感染着男人的同时，也在让女人们无地自容，比如安阳。从大饭店回来的当天安阳就决定改变她装束的颜色，她抱怨道："和你一样的打扮使我忘记了自己的性别，你是不是也忘记了我是个女人？"我不解地说："是女人又有什么不同呢？"她说："那可不一样。"于是她独自到街上去购物。等她回来时，我看到她确实大变样了，她竖起的头发是翠绿色的，斗篷是淡紫色的，旱冰鞋是银灰色的，脸蛋是玫瑰色的，嘴唇是深褐色的，眼睫毛是淡蓝色的，耳朵上还吊着两个大大的金色耳环，斗篷的两边还多了一些花里胡哨的穗子。她问我："这样是不是看上去更好一些？"我瞥了一眼，我提醒她："你要是想勾引我是做梦。"安阳一声不吭地转身走开，她走到一边又去上吊，心情好或者不好她都要吊一会儿，我不知道她现在的心情是好还是不好。

她的努力其实没有白费，当我们再次滑进大饭店时，她艳丽的装束还是吸引了一些男人的目光。台上的节约在卖力地唱着一首令人感伤的情歌，有许多男人热泪盈眶。我们到时已经没有座位了，更多的男人站在大厅的后面，手拿一瓶酒，一面听她唱歌一边流泪。我不想听这种无聊的呻吟，我拉着安阳滑向后台。秋天已经到了，我们不能便宜了时间这个无情的家伙，我们得抓紧干活，给它点颜色看看。与前台热闹的气氛相比，后台显得比较安静，后台是一个深深的楼道，狭长而昏暗。我们滑行的声音赢得了一阵阵响亮的回声。回声尖锐刺耳。最后我们停在了一扇黑色的铁门口，门是虚掩着的，我们推门而入。实际上我早已知道这里面的一切，所以我没有目瞪口呆，目瞪口呆的是我的搭档安阳。她看到的情景大致是这样的：这是一间很小的房间，房间的一面墙上是一个巨大的屏幕，屏幕上闪动的是前台的一切，节约的一举一动、一颦一笑都是那么清晰，屏幕的下方是一张窄小的桌子，桌子的前面坐着一个女人。她的背影对着我们，她面前有一个话筒，她正对着话筒说话。她的声音和节约的声音一模一样。安阳搞不懂了，她疑惑地看着我。我摇了摇头，示意她不要打断那个女人的表演。我说的表演一点也不夸张，我们看到的她的背是一个很好的证明，那是一个生动的背，每一个动听的语言，每一首动听的歌曲，她的背都会有不同的表现。实际上那又是一个很累的背。我们看到那个背上汗流浃背。我们站了大约有两个小时，这两小时当中，屏幕上的节约说、唱有两小时，而这个背对我们的女人一样也是说、唱两个小时。最后台上的节约魅力十足地说："下面请让我歇一会儿，我们欣赏一下滑稽的驯兽表演。"在一片唉声叹气中，节约走下了台，我们面前的女人也停止了表演。她一下子趴到桌子上睡着了。看来，她是一个懂得抓紧时间的人。我说过我们要给时间点颜色看看，所以我没容她休息一会儿，我滑上前拍了拍她的背。刚才我们已经领教过了，那是一个敏感的背，她立即反弹起来，转过身来面对着我。对，我们看到的这个女人有一张令人可怕的脸，脸上的皮肤皱皱巴巴，沟壑纵横，眼睛胆怯地挤在肉里，鼻孔外翻，嘴唇模糊一片。安阳发出一声惊呼是正常的。她从来没有见到过这么丑陋的女人，在她的印象中，女人都跟一朵花一样。那个女人看到我们立即低下头，把头埋在衣领间，那是一个高高竖起的黑色衣领。我说："须梅小姐，不要惊慌，我们是来改变这一切的。"安阳又发出了一声惊呼，"你是须梅？"以前，须梅的歌飞遍大街小巷，她的富有魔力的嗓音使一个时代充满了歌声，后来发生了一起意外的事情。事情往往是这样。意外使我们的生活有了神秘的色彩，对未来的不可知性延续着这个多彩的世界。从那以后，须梅消失了。于是，当一个操着须梅一样的声音在大饭店出现时，那种盛况空前的场面就不难解释了。躲在衣领后面的须梅幽怨地说："不可能改变的。"她柔媚的声音从衣领后边飘出来，像是一股香气。我们看到，她高高的衣领上长出了一排青草，那排富有生命力的青草在她的头发、脸前摇曳生情。我口气坚决地说："可以改变的，就看你有没有信心。"须梅对我的话并没有信心，她叹了口气，她的叹息划破小屋中阴暗的空气，飞到另一面墙上，和那上面无数的叹息叠在了一起。对，那墙上有许多鼓起的小包。我鼓励她："如果你对生活彻底失去了信心，你就不会在这里给节约做传声筒。这说明你对以前辉煌的过去还有深深的怀恋。你想回到从前，不是吗？"躲在衣领后边的须梅点了点头。我穷追不舍："你嫉妒台上的那个女人，不是吗？"躲在衣领后的须梅点了点头。"你不甘心一直躲在这个幽暗的小屋不是吗？"躲在衣领后的须梅突然哭出了声，她声嘶力竭地哭泣道："你是谁，你为什么要打破我平静的心？你为什么要让我回忆从前？你为什么要让我产生仇恨？"我说："那是因为台上的那个女人一无是处。"然后我拉着安阳向外滑去，我没有回头看陷入痛苦沉思的须梅。我想，我的第一步已经达到了。

我们重新回到大厅中。驯兽表演还没有结束，有许多人趁此机会趴在桌子上养眼，以积蓄好眼力观看节约的演出。我们找到一个偏僻点的角落坐下来，刚才说了那么多话，我需要润润嗓子，所以我要了两大杯柠檬汁。刚才安阳惊奇了半天，需要让心情平静一下，所以她要了一大杯烈性白酒。大多数人都低着头在养精蓄锐，我们举着头，喝着我们各自的液体，有一个仍然高昂着头的家伙好像很想找人聊聊，他正在左顾右盼，盼到了我们。于是他拿着一瓶酒兴冲冲地向我们走来。他主动地坐下来，并和我们打招呼："你们是来欣赏节约的演出吗？"我们都忙着自己的嗓子和心情，没有理睬他。他再接再厉："戴着墨镜看演出是不是更加精彩？"我们还是没理他。但这没有打击他的积极性："我肚子里有一大车高兴的话，我要给你们说说你们不介意吧。"实际上我们没有表示意见，他就开始把他肚子里的高兴话倒给我们，他说："我和你们所有的人不一样，我不是来看节约的演出的，那有什么呢，不就是有一副好嗓子吗。听她唱首歌你能让老婆回心转意吗？你能让陌生的生活亲吻你吗？你能治好你儿子的白血病吗？你能让领导对你另眼相看吗？你能告别失眠的困扰吗？怎么样，你们不说话，说明你们不能。那你们来看又有什么意义呢？不如听我说说我来此的目的。我不是来看节约演出的。我是一个实际的人，我对那些虚无缥缈的事情不感兴趣。我在等人。我在等两个女人，是两个可以和你面对面的女人，而不是在那么远的台上，你不能和她说话，不能触摸她，不能要求她什么。你们一定知道这个人（他从胸口里掏出一张纸，展开以后，他用手指着那上面的那个幸福的男人）。对，就是这个男人，他走失了。像我们在报纸上看到的许多寻人启事中的一样，他走失了，他的亲人万分悲痛，与那些弱智的走失者不同的是，这个人更加危险，他身上有一种能迅速蔓延的传染病，如果你被传染了，你活不过十天。你们不要害怕，我不是这个人，我身体很健康，不会传染你们。这些还不足以让我高兴得睡不着觉，我刚才给你们说了，我在等两个女人，对，她们就是这个男人的亲人，她们悲痛万分，她们为了找到这个危险的家伙而不惜一切代价，这很让我兴奋。我给你们说过了，我的老婆离我而去，生活的面孔对我很陌生，我儿子得了白血病，我的领导把我当仇人一样，我天天晚上失眠。我需要一些慰藉，我需要干点别的事来改变一下自己糟糕的生活。所以我找到了照片上的这个人，所以我打电话约那两个女人在此会面，所以我很高兴。"说完话他充满希望地看着我们，希望得到一些鼓励。我和安阳对视了一眼，然后共同张开嘴，把各自嘴里的液体奉献给了这个无耻男人的脸，我们放声大笑。男人脸上挂着柠檬汁和烈性白酒，他的兴奋居高不下："看来你们也在为我感到高兴呢。"我笑着说："高兴高兴。"安阳笑着问他："你在哪里找到照片上的这个人的？"他用袖子擦了一下脸，说："我在……"他突然站了起来，举起手挥了挥。我转过头，看到了韩红和阿丽，她们急匆匆地向这边走来。她们首先看到了我和安阳，她们异口同声："我们好像在哪里见过面？就是你给我们打的电话？"我端正了一下自己的声音说："我们从来没有见过面。"旁边的男人赶快表白自己："是我给你们打的电话，不是他。"她们又看了看我和安阳，疑惑地自言自语："我们肯定在哪里见过面的。"她们的心思并不在此，所以她们立即把注意力集中到那个男人身上，她们急切地问："你在哪里见到了我丈夫？"那个男人很沉着，他慢条斯理地擦着脸上的柠檬汁和白酒，"我不能一下子把谜底解开。我们还是先探讨一下你们许诺的事吧。"韩红和阿丽异口同声："只要找到我们丈夫，我们可以答应你的任何要求。你快说，他在哪里？"她们满眼渴望地看着这个男人，她们的睫毛有些不堪重负，纷纷向下飘落。那个男人的原则性很强，他接着擦脸上的柠檬汁和白酒，"你们要先陪我看两场电影。"她们快速点着头。"再……"他说。她们追问："再什么呢？"那个男人说："再干什么我还没想好，等我想好了再说。我们今天晚上就去看电影好不好？"她们异口同声地说："好。"于是他掏出了两张电影票，交给韩红和阿丽："今晚八点整，在大华电影院门口见。"说完这句话，他趴到我耳边，轻声告诉我："兄弟，我现在很幸福，幸福来得太容易让人真是受不了，我得赶快去吃点安眠药，睡一觉，把幸福睡成一小股源源不断的泉水，不是像现在这样的大水泛滥。"他冲我挤挤眼就跳着离开了。我太太和阿丽更是无心等待节约的出场，她们再次怀疑地看看我们，也匆匆离开了。

节约终于出场了。她一上来就赢得了满堂喝彩。趴在桌子上的人纷纷抬起头，把积蓄好的力量全部用在眼睛里，投给那个让人着迷的女人节约。我和安阳都赶快喝完我们各自的液体，也把我们的目光对准节约，我们要看到她的另一面。我们的想法和别人不同，所以我们脸上的表情也和别人不同，我们渴望着节约的真实声音的突然发出。我们望眼欲穿，但是走上台来的节约给了我们当头一棒，她一张嘴就赢得了刮风般的掌声，你就可以想象我们的失望是多么严重，我觉得希望掉到了我的脚底下。我们立即离开座位滑向后台，在那条幽暗的走廊尽头，那扇小门关得紧紧的。我们只好在那里又等待了两个小时，小门才徐徐打开。我们闯进去，须梅已经坐进椅子里，她的脸掩映在那一排青草当中。我很生气地质问她："你的表现令我很失望。"她的声音即使是有一些感伤，也让我的心有一些颤，她解释道："我没有把握。我不知道我是不是应该嫉妒或者仇恨，我不知道是不是应该回忆，我不知道是不是应该丢掉现在的工作。"我提醒她："你应该知道的是，你的嗓音是自己的。台上的那个女人和你一样，要吃饭，要睡觉，要拉屎，要做爱，但是嗓音不是她自己的，这不公平。"从那一排青草当中，流出了一股眼泪。我说："走吧，你在这里待得太久了，你需要去呼吸一下新鲜空气。"她犹豫着："我真的需要出去走一走？"我和安阳同声说："当然。这里要发霉了。"

天已经黑了，所以我们首先要去看看那个声称见到我的家伙有什么新花样。在去电影院的路上，我们不得不滑行得很慢，因为跟随我们出来的须梅没有穿旱冰鞋。安阳显得有些懒散，我问她："你是不是需要吊几分钟？"她点了点头。我说："可是我们没有时间了，电影马上就要开始了。"她问我："我们非得去电影院吗？"我看得出她脸上的迷茫，我不知道这代表什么，我说："我自己可以干一切事情。"我的绝情并没有让安阳生气，她没有说话，只是滑行得更慢了。

我们行动迟缓的结果是我们错过了电影的开始，于是我们要在一片黑暗之中寻找那个说大话的家伙和我太太、阿丽，我和安阳用望远镜在四处张望。我们除了看到无数的头和不断闪烁的光影之外，无法找到他们的面孔。因为我们还无法适应这里昏暗的环境，倒是须梅立即就在无数静止或者晃动的头之间很快能够找到一两张她熟悉的面孔。须梅的肉眼倒比我们的望远镜要强。我们只好放弃了搜寻的权力，我对须梅说："他们是三个人，一男两女。他们应该是很亲密的样子。男人的渴望藏在皮肉里，而两个女人的渴望是在皮肤外面挂着的。"说完这句话我有些怀疑地看着黑暗中的须梅，实际上我看不到她的脸，她的脸仍然躲在衣领后边，随着银幕上的光彩闪动，我隐隐约约地可以看到那一排暗绿的青草。它们闪着一丝鬼魅的青光。我说出了我的怀疑："你可能看不到他们的表情,这里太黑了。"但是躲在衣领后边的须梅立即打消了我的顾虑:"我已经看到他们了,那个男人坐在中间,两个女的坐在两边,男的把左手搭在左边女人的肩上,把右手搭在右边女人的肩上,把嘴咧到了耳朵根。男的看一眼左边的女人,再看一眼右边的女人,最后看两眼电影。而两个女人只盯着那个男人看。他们在二楼的四号包间。"我们立即上二楼,选择了一个与四号包间相对的地方,拿起望远镜向四号包间观看。这一次我看到了他们。正像须梅描述的那样,那种场景让我恶心。躲在青草后边的须梅问我:"他们是你的仇人吗?"我回答:"不是。"她接着问:"她们是你的姐妹吗?"我回答:"不是。"须梅说:"那我就不明白了。"我说:"我也不明白。"其实我没有立即采取行动,我在仔细地观察。安阳有一些闷闷不乐和无精打采,我感觉得到,她靠在我的胳膊上正在小憩。而须梅正在把衣领的开口对准银幕,她对舞台上的一切都还是那么想念。时间在我的心里跳动着,他们没有做任何超越勾肩搭背的事情,这也是我让时间一直连续跳动的原因。在我把望远镜举得像一枚炸弹那么重时,我看到那个男人站了起来,他向洗手间那走去,我立即摇醒了安阳。我们没有惊动沉浸在舞台回忆之中的须梅。我们悄悄滑向洗手间。那个男人走路的姿势是独特的,走两步跳一步,我了解他内心的感受,他心里正有一只公猫在撒尿呢。我们滑进洗手间,电影放映中间到洗手间的人只有他一个。他一边撒尿一边抖那个东西,好像那上面落满了带刺的马蜂。尿到一半他还兴致勃勃地玩了一个倒立。因为还没有尿完,所以有一些尿落进了嘴里,但这不影响他哼唱快乐的歌曲。我站到了他脚前,因为他的脸现在还在下面,我对着他的脚说:"喂,老兄,你是不是在喝可口可乐?"他的脸回到原位,看到是我他兴奋异常,他拉住我就像拉着自己的亲兄弟:"兄弟,我幸福得他妈的要死,我得给你说说……"我没容他把他的幸福经倾倒给我,我从安阳的腰间掏出了手枪,把黑洞洞的枪口对准他。他推开我的手枪:"兄弟,别开玩笑。"我严厉地说:"没有人给你开玩笑,把你的手举起来。"他感到了问题的严重性,"兄弟,这是何苦呢,我们远日无怨,近日无仇。"我提醒他:"把你的手举起来，别乱动，我不是来抢劫的。"他放下手，脸上的神情有些放松：
"唉，我就知道你就是在给我开玩笑，你们这种打扮的人我很清楚，你
们经常做一些常人想不到的事，比如现在，你想让我吓得尿一裤子，
然后再告诉我什么事也没有，你们就是为了寻开心，是不是？"我看到
安阳始终把头扭向一边，这才注意到这家伙的裤子一直在脚面上，我用
枪指着他："赶快把裤子穿上。"他笑着说："可是我还没有尿完呢。"我
说："不要尿了。快点他妈的穿上，不穿上我就打掉你的看家货。"他一
边提裤子一边满腹狐疑地问我："你真的不是在和我开玩笑？"我绷着脸，
"我来是抓你的。"他吓了一跳，刚刚提起的裤子又掉到了脚面上："抓
抓抓，我可是第一次干这种事，我还没有得手呢。你们可不可以网开一
面，念在我是初犯，放我这一马，我生活不顺，老婆跑了，儿子得了白
血病，领导把我当仇人，我想有个机会解解闷……"我不耐烦地说："别
啰唆了，我们不是抓你进拘留所，我们是传染病防治中心的。快把裤子
提起来跟我们走。"他一听这个赶快提着裤子，笑着说："怎么样，我就
知道你们是在和我开玩笑。"这一次他终于提好了裤子。安阳已经忍无可
忍，她转过身，掏出匕首顶在他的脖子上："你知不知道你这个人不仅有
病还挺讨厌。"他本能地伸出手去提裤子，可是裤子已经系好，没有再掉
下去，他的手扑了空，"我我我……"他的脸上真正地有些变色了。我想
应该让他知道我们带他走的原因，我说："我们是传染病防治中心的，自
从那个寻人启事贴出以后，在社会上引起了巨大的恐慌，人人都在谈论
着那个可怕的传染病，作为传染病防治中心的工作人员，预防和阻止传
染源的扩散是我们应尽的义务。所以我们四处寻找那个失踪的传染病人，
我们要把他带回去，把他与世人隔离开。后来我们碰到了你，你说你找
到了那个人。如果你看到了那个人，你就一定和他有所接触，和他有接
触，你就一定传染上了那种致命的传染病，所以说现在你也是一个非常
危险的传染源，我们首先就是要把你带到中心去，我们要把你关到一个
与世隔绝的屋子中，让你自生自灭。"他又笑了："我还以为你们是公安
呢，既然你们不是公安一切就都好说了。我老实告诉你们，我根本没看

117

到你们要找的那个人。我只是为了找乐让自己穷开心，我是骗那两个女人的。"我忧心忡忡地说："你不要狡辩了，你的一举一动都在我们掌握之中，快跟我们走。"他哭丧着脸说："我真的是骗她们的。我要是看到那个人我是你们俩共同的孙子。"安阳踢了他一脚："你再胡说我立即杀死你算了，省得你再传染别人。"这时候洗手间的门被踹开了，韩红和阿丽闯了进来，她们嚷嚷着："你在这里干什么，怎么这么长时间，我们还以为你跑了呢。"她们看到了我和安阳，她们上下左右地看着我们，她们同声说："我肯定在哪里见过你们。"阿丽摸了摸我的头发，使劲回忆道："我有一种强烈的欲望，要和你亲近，这是怎么回事呢？"但是这些同样只是在她们的脑子里一闪即逝，她们紧紧拉住那个说谎的男人，唯恐他跑掉似的，她们说："走吧，我们接着去看电影。看完电影你就领我们去找我们丈夫。"他拼命想挣脱她们："你们不要缠着我，我不知道你们丈夫在哪里。"阿丽急了："你想干什么？你让我们跟你看电影，我们来了，你如果有什么别的新花样，但说无妨。你不要逼我们做出出格的事好不好？"他急于要表白自己，所以他尿湿了裤子，他转向我寻求帮助："你告诉他们，我是骗她们的，我只是想从她们那里得到一些慰藉。我想让自己暂时忘记老婆的离去，暂时忘记儿子的白血病，暂时忘记领导的不信任。我根本没有见到过她们的丈夫。"他用哀求的目光看着我，希望得到我的帮助。我说："我想你是不想跟我们走，你的表演很拙劣，同志。我们要本着对社会、对人民负责的态度对待这件事。你还是老实跟我们走吧。不要再装模作样了。"他转向韩红和阿丽："你们告诉他，我没有见过你们的丈夫。"她们俩摇了摇头，她们肯定地说："你在说谎。"他快速地看看我又看看韩红和阿丽，他的裤裆处潮湿一片，他突然眼露狰狞。我刚刚要对他的狰狞有所防范，我的眼前就晃动了一团黑影，我手中的手枪就没了，我的眼睛告诉我，它已经到了那个说谎的男人手里。他成了主动者，他用手枪点着韩红和阿丽的胸口，因为是两个人，所以他无法固定地指着某个人。他点着她们开始了叫嚣："你们告诉他们，我没有见过你们那个他妈的该死的传染病丈夫。"她们面不改色心不跳："这

118

吓不倒我们。什么也改变不了我们要找到我们丈夫的决心。"她们迎枪屹立、凛然无畏的精神吓倒了那个男人，他哭了，他一边点着她们一边说："我他妈的真没有见过你们的丈夫。"他又点着我和安阳："我也没有传染上病。"悲痛使他端枪的手有一些软弱。枪口下的人里面只有我是个男人了，所以我要表现一下自己，我抢步上前，我想要夺下他手中的枪，没想到他还很清楚自己的处境，他慌而不乱，他用枪指着我："不要动，谁动打死谁。"我示意他不要激动，我说："事情总会水落石出的，只要你老实与我们合作。"他的情绪已经无法控制，他的眼睛在用劲，眼泪哗哗地往下流，他的手也在用劲，那时候他的枪已经点到韩红的胸口。我看到枪机在一点点地后仰，任何犹豫都会铸成大祸，我冲上前把他的胳膊向空中举起，我们都听到了那一声清脆的枪响，那个男人当然也不例外，他吓得坐到了地上，枪扔到一边，但是他反应更为迅速的一项举动是马上爬了起来，像一只尾巴上点着火的兔子似的向洗手间外跑去。韩红和阿丽看了我们一眼，也飞速地追了上去。安阳把枪捡起来，看着我笑了，她说："我以为你不会在乎你太太的生命，你说过你不爱她们的。"对于安阳的嘲笑我不予理睬，我说："也许须梅等得太长了。"

我们回到二楼，电影还没有结束，须梅还站在那里，在黑暗中我们没法看清她脸上的表情。等我们出来后，在路灯的照耀下，我们看到她热泪长流。我相信那不是一个让人热泪长流的电影。于是我知道了她内心的变化。我暗自高兴。

之后我们来到了黑暗舞会。我带须梅来这里的道理很简单。因为她适应黑暗。我和安阳一进入舞会的大厅就如同进入了地窖中一样，我们什么也看不到，我们马上摘下墨镜，换上望远镜，但这白搭，没有丝毫作用。须梅像是回到了家，她兴奋地说："我怎么不知道有这么一个地方？"我的嘴唇触摸着黑暗："因为你让失望和痛苦困住了。"她拉着我们向大厅的中央走。但是安阳已经受不了了，她呻吟道："大姐，看看头上有没有一个能用手抓的地方。我受不了了，我的骨头里长满了针。我疼得要死。"须梅很快就找到了一个适合上吊的地方，她拉着我们向黑暗深处走，她不断提醒我们："你们前面有两个人。"

　　"往右边走。"

　　"好了，到了。"

　　她指挥我把安阳举到头顶，并告诉安阳头顶绳子的方位。安阳吊上去了，我问她怎么样。她长长地出口气："我想不出有什么比这更好的了。"我抓住安阳的腿不敢松手，因为我怕找不到她。我的手枪在她身上。我的匕首在她身上。我不知道为什么越来越离不了她。这不是一个好兆头。我正想着，须梅说："你们在这里等着我，我要到台上去唱歌。我看到了一个乐队，他们正在那里摆弄乐器。"我说："您请便吧，祝你玩得开心、舒心。"她也许笑了笑离开了我们，我看不到。随后我就听到了她的歌声，舞会也许刚刚开始，谁知道呢。她的声音果然不同凡响，它们使黑暗旋转了起来，它们穿越重重黑暗来到我的耳际，这使我想到了在台上不断扭动的漂亮的节约。这是我第一次感觉到黑暗在旋转，它的旋转感染了我，我的脚不自觉地要动一动，可是我没有想到这是在黑暗中，所以我的脚移动是很危险的，我立即得到了应有的惩罚，我被别人的脚狠狠地踩了几下，我大声喊叫了起来。我听到不知从哪里漂来的几声"对不起"，之后我就不敢轻易挪动，老老实实地待在原地。我在倾听须梅迷人的歌声。她在不断地赢得喝彩和掌声。她不知疲倦地唱了一首又一首，这使我又想到在台上明亮的灯光中尽职尽责的节约。在一首歌与一首歌的中间，有人上去献花，我看到了那一丛光彩夺目的鲜花了，它们盛开在黑暗之中，是让我感到最亲切的一处，它们就像是在灿烂的阳光下，光芒四射，有红的花、黄的花、蓝的花、紫的花……但是在黑暗面前，这一点花团锦簇是可怜的，它们的光彩仅仅局限于她的手上，我甚至看不到她的手，我只是凭借这一点光亮的移动来判断她的不惜力气的，光亮从左边移向右边，从前面移向后面，与此同时，黑暗也一波一浪地拍打着我，它们使我恹恹欲睡。后来我听不到她的歌声了，换了一个男人，我看到那团光亮走下来，向我这边走过来，我什么也看不到，只能看到那团光亮，它们让我有点振奋。它终于走到了我身边，我问："是你吗？须

120

梅。"须梅说："当然是我，我要和你跳舞。"我嗫嚅道："这么黑……"须梅笑着说："有我呢，你怕什么。"于是她拉着我的手，带着我滑向中央，我有些放不开，毕竟这不是在霓虹闪烁的舞厅中。须梅很快就打消了我的顾虑，她告诉我："你就当是在梦中一样就可以了。"后来我干脆闭上了眼，免得受她胸前那一束鲜花的干扰，但是即使如此我也不可能应付自如，我的脚不时被人踩，我也不时地踩别人的脚。一曲结束后，我们听到了铺天盖地的呼声，强烈要求须梅上台。须梅笑着说："没有办法，我还想和你跳一曲呢。"我说："没关系，没关系，你替我把鞋找到。"她把我的鞋找到并把我送回到安阳身边后就告别我重新走上了舞台。她的歌声又一次令人倾倒地响起。已经半夜了。我的上下眼皮频繁地互相接触。我拉了拉安阳，她吊在上面睡着了。我没有办法，只好自力更生，我抱着安阳的腿的手渐渐向下滑，我躺到了地上。

等我醒来时，大厅中只有两个女人陪着我，须梅和安阳。天光已经大亮，她们的头发清晰可鉴。她们脸色红润，当然安阳是那种脸皮光光的红润，而须梅的红润相对来说要复杂一些，这和她脸上层峦叠嶂的光景有关。但这不影响她们的快乐。我还注意到，须梅没有把自己的脸掩在高高的衣领后面，此时衣领无精打采地趴在她的肩头，那一排青草也枯黄了。我想，那是因为它们缺少了足够的养分。她们拉着我向大厅外飞去。须梅的速度和来时的已经没法相比。她的脚下也像安了滑轮，她比我们跑得还快。于是我们不一会儿就来到了大饭店。大饭店的老板是我的一个哥们儿，当然他现在也不认识我，他正焦急地等待在后台的走廊中，他的脸色阴沉，和走廊中的气氛很和谐。他质问道："你跑到哪儿去了，演出马上就开始了。节约小姐都生气了。他们是谁？"此时的须梅已经今非昔比，她反问道："如果我也生气了呢？"老板的脸色还是很难看："有谁会相信你会生气呢。"须梅没有理会他的刻薄，她的心里已经拿定了主意，她推开门走进了那间幽暗的小屋。

在屏幕上，节约上台了，赢得了台下的阵阵欢呼和掌声。这都很正常。须梅也坐到了麦克风前。节约开始张嘴。但是须梅没有，她在看着屏幕上的漂亮女人微笑。节约拼命地张着嘴，可是不一会儿她就感觉到不对劲了。台下的众人一点反应都没有。而且他们都目瞪口呆，这让她感到奇怪，她更加卖命地张着嘴，而台下的众人依旧是鸦雀无声，这是怎么回事？漂亮的节约皱起了眉。音乐声响起来，她的嘴跟着节奏卖命地唱起歌。可是台下的人依旧不买账，他们甚至喝起倒彩，这是她从来没有遇到过的事情。她慌了神。她听到下面喊着："我们要你的歌声，歌声，歌声……"他们的呼声一浪高过一浪，把大厅上空悬挂的花都震了下来，五颜六色的花缤纷而下，落在那些呼喊的人头上、身上。节约还在唱，只是更加慌神，于是她的手有些抖，于是她的手不知怎么就打开了从来没有打开过的麦克风，于是她的声音就喷薄而出。下面的人安静了，因为他们终于没有白花钱，他们听到了漂亮的节约的声音。他们纷纷竖起耳朵，要把每一句悦耳的歌词都听进去。可是他们听到的是什么，他们的目瞪口呆重新涌现，因为他们听到了一个比男人还粗壮还含混的声音，更为要命的是那种声音还带着浓烈的乡音。他们惊呆了，他们仔细地辨认着眼前的女人，他们不相信这种难听至极的声音是她发出的，但是现实是残酷的，节约的嘴在一刻不停地张着。大厅中只有她拿着话筒。人们愤怒了。他们纷纷举起身下的椅子，向台上扔去，大厅中除了回响着节约难听的歌声之外，就是此起彼伏的摔打声、破裂声、谩骂声、咆哮声，椅子飞来飞去、顶灯纷纷坠落、唾液到处飞扬。大饭店中乱成一团。我们看到老板冲上了舞台，愤怒地给了还在唱个不停的节约一个大嘴巴。我们还看到，漂亮的节约流下了委屈的眼泪。我们和须梅相视一笑，共同滑出了那间阴暗的小屋。我们在明亮的阳光中分了手。须梅说："我首先要去买一双旱冰鞋，我想追上你们。"

我们的下一个目标消失了。他是印尼，我帮他取得了会计证，可是现在他不见了。他业余时间为一家公司理财，现在他携巨款逃跑了。没有人知道他的下落。我和安阳来到我的单位。我现在正在下岗，所以我不用准时到达。我们躲过了早晨跑步的高峰期。在楼道中我意外地看到了局长，他在他的办公室门外徘徊，却不进去，我就问他："局长，您在这里望风呢。"我把局长和犯人一起比较，这当然引起他的不满，他大概有半年多没有看到我了，因此他一见我就特别地关照我，他冲我扬起了他的大门牙，他说："我找你半年了，你躲到哪里了，我要给你谈谈过生日的事。我想再过一个多月我就可以回来上班了，我上班后的第一件事就是给你过生日，你觉得怎么样？"我想我和局长现在是同病相怜，所以我们应该互相勉励而不是互相攻击，所以我和局长热烈地拥抱长达五分钟。局长对我的突然改变态度也很适应，他也使劲地拍打着我的肩膀鼓励我："小伙子，后生可畏啊。"我说："姜还是老的辣呀。"五分钟结束之后，局长意犹未尽地说："再过一个多月，我想如果你感兴趣的话，会有一个处长的位子是空着的。可是现在我想到我的办公室去看一看，这么长时间没有在办公椅上坐一坐，我还怪想呢。"我也应该有所表示，我要投桃报李，所以我向安阳要过了匕首，替下岗半年多的局长打开了他的门，局长的肥胖身躯立即挺直了，向里面走去。我们没有必要打扰他重温旧梦，因此我们替他掩上门，向我的办公室滑去。办公室里只有一个陌生小姑娘的面孔，格兰、印度和印尼都没有在，我的办公桌上铺着厚厚的土，上面长着一桌子嫩绿的豌豆苗，她正在往上面浇水，她听到了我们的声音，回过头来说："我爱吃炒豌豆苗。"我没有怪罪小姑娘的天真，办公桌闲着也是闲着，我问她别人都到哪儿去了。她掰着手指头向我如数家珍："我们科长下岗了，印度的老婆没了工作着急上火得病住进了医院，印度到医院护理他老婆去了，格兰的哥哥杀了人又越了狱她在到处找他呢，印尼席卷了一个大公司的钱财逃之夭夭据说跑到了瑞士。"我们告别小姑娘来到大街上，我们总不能到瑞士去找印尼吧，但是小姑娘的话未必当真。有一条是千真万确的，我们失去了目标。这一点令人沮丧。我们迷茫地在大街上滑行，我们没有方向，后来我们看到了一个过街天桥，那是我们都很熟悉的一个地方。我们不自觉地滑到了上面，令人惊奇的是，那上面还有一根绳子，安阳的老搭档还在。不过在天桥下面吊着的那个漂亮姑娘肯定不是安阳了。安阳的搭档看到了我们，他的手急忙在绳子上跑着步，转眼间他就到了桥的另一侧，他紧紧抓住绳子的根部，绳子的大部分都疲软地趴在大桥上，他笑着说："你们可以过去了，要知道要买一根合适的绳子需要花很多钱。"我们走到他身边，安阳说："我以为你真的跳了河。"安阳的搭档羞愧地说："唉，要死也不是容易的。"安阳接着问他为什么还干这个差事。他说："总得有人干这一行吧。我记得有一句话是，行行得有状元。"安阳探头向下张望，吊着的姑娘也在看她，安阳说："她比我漂亮。"她搭档谦虚地说："马马虎虎……"他还要说什么还没有说出来，突然他的目光看到了有人走上了大桥，于是他快速把那个漂亮姑娘拉上来，自己跑到另一侧，翻身跳了下去。那根绳子又被拉紧了，不过拉绳子的人是那个姑娘，吊在下面的是男人了。看来，他的生意在推陈出新。自然从台阶走上来的是女人，而且是两个，她们是韩红和阿丽，阿丽的肚子鼓鼓的，这使她看上去比韩红要丰满许多。将近一年的寻找没有使她们的身体瘦下来，相反我看到她们的脸上油光光的，她们的步态更加有力。她们迈着结实的步伐来到了绳子跟前，这根横亘的绳子让她们感到疑惑。她们看着那个用力拉着绳子的姑娘，姑娘说："吊在下面的人是一个对生活失望的人，他要找到一条彻底解脱的道路，他想死。但是他想到了这个世界的善良，如果您是一个善良的人，就请您伸出援助的手把他从死亡线上拉回来，五十元、一百元都可以。如果您恰恰是一个邪恶的人，你就用这把剪刀剪开一条路过去吧。"韩红和阿丽看到了我们，她们认真地凝视了我们一眼，这一次同样没有能够唤起她们的一些记忆，她们说："我们好像在哪里见过他们。"说完这句话她们把头转向年轻的姑娘，韩红问阿丽："你是不是一个邪恶的人？"阿丽说："我是，你呢？"韩红说："碰巧我也是。"于是她们接过姑娘手中的剪刀，剪开那根绳子，迈着有力的步子走过去了，她们在下桥的一瞬间还回头看了看我和安阳。我们在绳子剪断的刹那听到了走路倒地的声音和一句难听的辱骂。我想，这不能怪安阳的搭档。

　　我和安阳滑下天桥，我们没有看到胖子们的长跑比赛，这使我觉得

124

少了点什么，于是我想给这种沉闷的现状放放气，我从安阳腰间拔出了手枪，我对安阳说："来吧，我们两个来一场马拉松比赛怎么样？"安阳说："我现在觉得吊在身体的上空特没意思，我想跑。"我们在跑步之前要脱下旱冰鞋，我们把旱冰鞋放到一面大广告牌下，这样我们就赤脚上阵了。我们用我们肥胖的小腿把自己弹到汽车顶，我把手枪对准湛蓝的天空，开了一枪。枪响之后，我首先把手枪扔到我的旱冰鞋旁边，它已经完成了使命，没有什么用了，而后我和安阳像两只肥兔子奔跑了起来。我们的赤脚落在车顶上，砸出一声声响亮的回答。我们向前奔跑着，风是我们耳朵上的树叶，阳光是我们的唇膏。

我们的比赛并不孤单，没有多久就有两个人参加了进来，她们是韩红和阿丽。韩红基本上还可以跟得上我们，而大肚子的阿丽就有些逊色，她始终落后我们三四步。对一个快要生孩子的女人不能有过高的要求。我们四个在城市密密麻麻的汽车顶奔跑着。后来陆续有人加入进来，我们的队伍越来越庞大。他们之中有我的局长，有印度，有印度的太太，有须梅，有格兰。我们越跑越快，我们迎着城市中污浊的空气，在这个我们热爱和憎恶的地方流着汗，喘着气。没有人掉队，只有阿丽跑得比我们慢三四步，这些都不影响我们团结一致地跑遍了全城，我们在车顶的跑步声给这座沉寂的城市带来了勃勃的生机。到处回响着我们有力的跑步声。我们或许跑过了黑夜和白昼。我们到达了终点。每个人的脸上都洋溢着欢乐的笑容。跑在最前面的我首先看到了格士。格士站在那块大广告牌下，他的身边就是我和安阳的旱冰鞋，当然还有那把手枪。我停下了脚步，我身后所有的人都停下了脚步。终点到了。这是应该庆贺的一件事，因此每个人象征性地舒了一口气。我擦着脸上的汗水。而格士弯下了腰，他拿起了我的那把手枪。他直起身子时，他的脸上有一种刚刚解完大便的表情。他故意要让他的动作引起大家的注意，所以他要了一个小花招，他慢慢地抬起他的胳膊，就像是电影中我们常见的慢动作。跑完步的众人都一边擦汗一边观看他的夸张表演。当他的胳膊与身体成直角后他的表演也就告一段落，他的枪正直着我，这时候人们才恍然大悟，于是人们齐声惊叫。格兰冲出了人群，她要上前阻止哥哥愚蠢的行为。格士用枪指着她："不要往前走，你要往前走我眼里有你这个妹妹，可是我枪口里没有。"他绝情的话让格兰十分伤心。格兰的眼泪噼噼啪啪地向下飞溅。安阳也冲到了我身前，她像最爱我的人一样保护着我。我一点也不着急，也不惊慌，因为我知道手枪里已经没有子弹了。那里面只有五发子弹。我想看看他让人可笑的拙劣表演，所以我笑着看着他，我说："你不敢开枪。因为你是个胆小鬼。"他用枪指着紧贴在我身前的安阳："你给我让开，我不想打死你，因为我爱上了你。"安阳说："不。"她说得很坚决。我低下头俯在她耳边说："不用怕，手枪里没有子弹不是吗？我们来欣赏一下他的表演吧。"我抚着她肩头的手感到了她的一丝抖动。这使我感到很意外。就在我感到意外的那一时刻，枪响了。安阳身体的抖动消失了，但是她瘫倒在我的怀抱中了。我闻到了一股强烈刺鼻的血腥味。我看到了安阳胸口像泉水般涌流的鲜血。我的脑子顿时飞到了头发之上。我机械地扶着安阳慢慢地瘫倒在地。我好像看到格士朝我又开了一枪，但是我的身体没有感觉到疼痛。立即有人跑上去抓住了杀人犯格士。我的眼中是迷茫的丛林。安阳闭上了眼，又艰难地睁开，她看着我嘴唇咧了咧，我知道她是想笑。我用手拼命堵着她胸口的伤口。我觉得一些软弱的感情回到了我的脑子里,它使我的脑子有了一些东西，并使我流下了眼泪。我泪眼模糊地质问安阳："我不是说需要五发子弹吗？第六发是从哪里来的？"安阳的呼吸已经极其微弱，她断断续续地说："第……六发……是、是、是给我自己……准备的。"我大声喊道："为什么？为什么？"她含笑说："因为……你……你……不爱我也不……让我爱……你。"说完她含笑离开了我。

我抱着安阳的尸体，不知道下一步是什么。突然我听到了一声嘹亮的哭声。那不是我的，是一个婴儿的。我转头望去。在我一步之外的一片空地上。刚刚跑完步的阿丽生下了一个孩子。那个孩子的脐带还没有剪断，身上血迹斑斑。但是那个孩子冲着我张开了眼，冲着我张开了嘴，他（她）喊道："爸爸。"身体虚弱的阿丽和正在剪脐带的韩红都目光清澈地看着我。也许她们突然明白了为什么每一次和我相见都有一种自然的亲切感。我摘下了墨镜，用我脸上的泪水把竖起来的头发抹平。我没理睬她们的张口结舌、悲喜交加、以及种种让人猜不透摸不着的心情。我抱着安阳走到了我的汽车旁，打开它，我们一起进去。我发动了汽车。我的汽车滑向了汽车的海洋中。在十字路口，我的脑子中塞满了种种疑惑、失望、犹豫、不安、猜测、怀疑……于是我控制不住自己的手脚，汽车的速度在我不知不觉中减了下来。我立即就得到了应有的惩罚。我的汽车箭一样飞向了慢车回收站。没有办法，我抱着安阳的尸体走上了回收站的平台。我们坐在那里，看着无数的汽车风驰电掣来来往往，没有撞击，没有鲜血，有鲜血的地方是我们所在的平台，平台已经被安阳的鲜血染成红色，而且红色在进一步地蔓延，它流向了平台下，流到了马路上，染到了汽车上，于是我看到，在我们四周交织奔跑的汽车都是红色的，它们把红色带到了城市各个角落。我被铺天盖地的红色压得喘不过气来。我干脆闭上了眼。我仍旧能够听到红色的奔流声，它们像是大江大河。而我和安阳都是它们身下的石头，我们很安静。我睡着了，我的梦中有一些红色的人物和背景。我又听到了那一声熟悉的撞击声。我睁开眼，我看到在满眼的红色之中，有一个人穿着黑色的衣服走上了平台，正是那个我曾经见过的傻瓜。他手里拿着一枚红色的樱桃。他看着那枚樱桃，发着呆。我哀伤地说："欢迎你朋友。"他四下看了看，然后又抬头看看他面前的红色城市，他吃惊地问我："朋友，这是怎么回事。"我说："我抱着的人死了，她的血流了出来。"他仍是吃惊地问我："这真是她流的？"我说："当然，你看朋友，它们还在流呢。它们让我害怕呢。"他看了一眼他手中的樱桃，然后问我："朋友，我要死了，这一年中我吃光了我包中的一切水果，我都没有死，现在只剩下了这枚樱桃，它肯定是那个隐藏着毒药的家伙。我正在犹豫我是不是马上吃下它，我的汽车就到了十字路口。你说，我吃下它会不会也流这么多血？"我说："万一它里面也没有你想要的毒药呢。"他放声大笑，笑过之后他说："对，你说得对。万一它也没有毒呢。"于是他甩手扔掉了那枚鲜艳的樱桃。樱桃落进了遍布的红色中，转眼就没了踪影。我重复着那个人的话："是啊，万一它没有毒呢。"我突然感到我的身体轻了许多。我低头一看，我怀中的安阳已经不见了，在我的手中有一股最后的红色，它在我手中湿润地徘徊了一下，而后流下去，不见了。我的时间不多了，我要赶快离开这里。我拍了拍沉浸在幸福的回忆之中的那个人的肩膀，我说："再见了朋友。"然后我的汽车就弹了出去。

我知道，在那些飞驰的汽车外边，有两个女人在等待着我。

我 的 头 发

灰指甲是不能染指甲油的。我对坐在办公桌对面闷闷不乐的周欣说。说这话的年代我在一个机关里做一个小职员。我对自己的评价是：一表人才。下这个结论时我的心里有些七上八下，因为我知道，我的秃头会给这个富有荣耀感的结论抹黑的。好在我对待生活严肃认真的态度帮助了我，当在众人面前出现时，我往往戴着逼真的假发，假发与现实结合得那么严丝合缝，以至于没有几个人知道我的头顶光彩夺目。

早晨上班的第一件事就是集体打哈欠，这是雷打不动的惯例。在这样的年代中，由于夜晚人们频繁地活动，使城市中的空气像青藏高原那样极度缺氧，而早晨是我们活动的一个驿站，我们只有在早晨时分打一下哈欠，补充一下氧气。故事的开始是在冬天，办公室里早就应大家的要求拆除了暖气，这在北方的城市中是极不寻常的一件事。实际上这也是迫不得已，因为我们早晨打哈欠的热气足够一整天取暖用了，如果再加上暖气，我们就会分不清是冬天还是夏天了。而事实上当我们三个人打完哈欠后，办公室里的温度就明显升高了，我们脱得上身只剩下一件衬衣坐到办公桌前。我说的三个人是周欣、石素芬和我，我的名字叫方向，办公室的另一个人邢晋还没有到，这是常事。

你能不能帮我染染指甲？周欣趁石素芬出去打水的间隙走到我面前，她掏出包里的红色指甲油，用一种容易让男人浮想联翩的眼光盯着我。近一段时间以来，周欣一直坚持用这样一种眼光看我，她是想在我和科长之间保持一种平衡的暧昧关系，我当然不能答应。我说，不行。周欣怏怏地背转身，走到她的桌前，坐下来，看着我说，难道我自己不能染吗？于是她就打开了指甲油瓶，把腥红的指甲油往她的灰指甲上抹，因为灰指甲凹凸不平，所以她抹的时候就颇费周折。于是我就说出了开头的那句话，我说，灰指甲是不能染指甲油的。她抬起头来，她的额头上已经渗出了可爱而恼怒的汗珠，她故作惊讶地问，为什么呢？为什么灰指甲就不能染指甲油呢？我说，那就等于告诉别人，我光着身子呢。周欣抿嘴乐了乐，你这个人真不正经，你是不是想看看我的光身子呢？我连连摆手。这时石素芬打水进来了，她充满警惕地看看我们俩，对于老处女石素芬来说，这种目光是她对世界的所有反应。

八点四十分，科长走进来，对我们说，开会了。他明明没有看到邢晋，但他没有发火，他只对邢晋的迟到早退反应迟钝，因为他时常要对邢晋的礼物应接不暇，邢晋会适时地给科长送一些烟、酒和黄色录像带，这一点我很清楚。但是我同样不会发火，我习惯了，我尽量不迟到早退，不让科长有发火的机会。

我们坐到会议室里，先打几下哈欠，等温度上来了，科长才去翻动他眼前的文件。科长说了半句：今天我们传达的文件是……他还没有说完，邢晋就迈着四方步进来了，他的手里还端着一杯乌龙茶水。他坐下来，说，今天早晨真倒霉，路上我遇到了塞车，车堵得跟沙丁鱼罐头一样，一步也动不了，在我旁边的一辆车上是一对夫妻，他们抓紧时间生了一个孩子，还是个男孩。我和周欣咧嘴笑了，科长咳嗽了一声，石素芬没有任何反应。邢晋是我们当中最早买二手车的，他花了一万块钱就买了一辆旧拉达。他的二手车非常繁忙，但经常要带着妻子或者情人到郊外兜风，当然也包括科长一家。

现在，科长开始正式传达文件。科长讲话的频率与赵忠祥差不多，但是他的唾沫星子远远胜过赵忠祥。我、石素芬和邢晋都坐在离他很远的地方，只有周欣是个例外，周欣坐在他的旁边。这是科长特意安排的，周欣要记录的。我们离他那么远自然有我们的理由，我们是恐惧他兴奋的唾沫星子。在我们每个人的抽屉里，都至少有一百条手帕，那是我和周欣到湾里庙批发市场批发来的，我们时刻得准备要擦去科长光顾到我们脸上的唾液，有时，一天我会扔掉十条这样的手帕。

像往常一样，科长的手又伸到了桌子底下，他伸的是左手，因为他还要用右手去翻动文件。我注意到，紧挨科长记录的周欣也把手伸到了桌子下面，她伸的是右手，这样她就不得不用左手做记录。我记得周欣不是个左撇子，但是开会时反复出现的这个细节锻炼了她的左手，现在，当我们同时用左手画乌龟时，我们谁也比不上周欣画得好。但是这次周欣的灰指甲染了指甲油，这是科长无法预知的。科长戴着近视眼镜，念一段文件科长就要用左手推推掉到鼻子尖上的眼镜，这一次也不例外，科长没有想到周欣的灰指甲发生了某些变化，更没有想到指甲油在冬天里干燥得十分缓慢，所以科长不断重复推眼镜的动作时，也就不断把周欣灰指甲上的指甲油摸到自己的鼻子尖上，这点科长并不知晓。科长念文件时的频率依然和赵忠祥差不多，唾沫星子也远远胜过赵忠祥。我们看着科长的鼻子越来越红，我觉得那真是一个酒糟鼻子的大聚会，我和邢晋均忍辱负重地把笑声压在舌头底下。

会开完后，我们俩像两只受惊的兔子向洗手间飞奔，我们坐在便池上开始开怀大笑，等我们笑了十分钟后，邢晋止住笑声对我说，你这个一表人才的家伙，你还得帮我一个忙。我们之间隔着一块木板。我说，要还是上回那件事就免谈，我觉得做那种事十分下贱，就跟旧社会的面首一样。邢晋诚恳地说，兄弟，这一辈子我会记得你的。我一边用力一边说，少来，你记得我有什么用。邢晋说，怎么没有用？要是周欣再引诱你的时候，我还会解救你的，你不能看着我在火坑里烧死不是？反正你也是没事。况且这还能为你的生活打打牙祭不是？你要是愿意还可以和她睡睡觉什么的，我不在乎的。我说，去你妈的吧，你扔的破烂货想塞给我呀，你是在骂我呢。邢晋急忙解释道，兄弟，我没那个意思，事成之后咱们还是老规矩，天府酒店怎么样？我说，前一阵子我交了个女朋友，虽然没有成功，但是她勇敢地花去了我两个月的工资，这几天你

131

没看见我一直在吃馒头咸菜呀？怎么着，这剩下的十几天你不能让我饥肠辘辘吧？邢晋爽快地答应，没问题，我天天请你成了吧。后来，坐在便池上的邢晋就向我描绘了那个女人的外貌：戴一顶狐皮帽子，一副墨镜，右手无名指上有一个大大的绿宝石戒指……我听着听着坐在便池上睡着了。

邢晋与我不同的是，他可以一边上班一边赚钱，也就是说，在工作允许的情况下，他会做一些神不知鬼不觉的事，那些事给他带来了大把大把的钞票。这就给他时常要发作的拈花惹草筑起了牢固的基础。当他开始对某个女人厌倦时，他就想到了我，那时他会颇为羡慕地对我说，你这个一表人才的家伙，哪一个女人都会动心的。我完全可以不理睬他的苦苦哀求，但是我没有，我虽然一表人才，但却常常被失恋的舌头舔一下，这也许和我的秃头有关。我谈恋爱的季节常常选择在夏天，这并不是我的过错。源源不断的汗水会使我的假发有意想不到的表现，它时常突发奇想地掉到我女友的手上，于是她就会大惊小怪一场，而后惊恐地离去。于是，为邢晋当诱饵也成了治疗我失恋症的一剂良药。

我的任务很简单，引诱邢晋厌倦了的情人，故意让他抓住把柄，然后他可以体面而自然地抽身而出。这一次是第二次，行动之前我需要一个道具。我问邢晋，他这个情人喜欢什么书。邢晋笑着说，你都想不到，她居然爱看雨果的《巴黎圣母院》，她百看不厌。我大笑不止，笑完后我说，这真是一个奇迹。

在去图书馆的路上，我吃了一碗加州牛肉面，所以当我站到借书台前时，我嘴里就满是牛肉的味道。图书馆里人丁不旺，大约有十几号人在无精打采地看书，图书馆里洋溢着一种卧室的气氛，连我都直想打哈欠，我刚想用牛肉味的口气说话，突然闻到了一股臭味。我循着臭味转过头，看到了一个奇异的景象：在我左手的一个男人正弓着腰，把一个女人的丝袜使劲往头上套，那股臭味就是从袜子上传过来的，男人转瞬间把丝袜全部套好，他挺直身，猝不及防地从裤子口袋里掏出一把手枪，然后大喊一声，谁也不许动，把手举过头顶。男人的喊叫顿然撕破了图书馆中恢恢的空气,看书的人们目瞪口呆地看着那个男人,这其中也包括图书管理员,图书管理员是个年轻的小姐,她的脸色白里透红,现在她的脸色有些红里透白。没有人把双手举过头顶,对这种陌生的要求人们感到十分茫然,这当然也包括我。我被男人头上飘过来的臭味熏得喘不过气来,所有人都伸出手捂住了鼻子。男人大吼一声,把手举到头上去,不然我开枪了。他真的用枪指着图书管理员小姐。图书管理员小姐的脸色陡然间白透了,她像举两根木棍一样举起了双手,她的眼睛里仍然是一片疑惑。所有的人都举起了双手,他们一律张开了嘴,以避免用鼻子呼吸,人们都在顾忌那股庞大的臭味。男人用枪指着图书管理员小姐,把钱拿出来,不然开枪打死你。男人用眼睛的余光扫到了我,他发现我仍然垂着手,这使他很不满意,他用枪指着我的鼻子尖,吼道,你他妈把手举起来!我没有理睬他,我觉得那股臭气就要变成沼气,只要我跺跺脚就会爆炸。图书管理员小姐从兜里掏出五元钱,颤颤巍巍地递到男人面前,男人又把枪对准她,他使劲摇着头说,太少了,把保险柜里的钱全部拿出来!图书管理员小姐委屈而害怕地说,没有,没有保险柜。我看到图书管理员小姐白灵灵的脸上布满了可怜的泪水。怎么能没有保险柜呢?男人自言自语道。站在一旁的我提醒他,这里不是银行,你走错了路。男人又转过脸,用套着臭丝袜的眼睛瞪着我,你他妈还不把手举起来,我真的开枪了,我要先打瞎你的眼。但是我已经受不了那股臭味,我伸出手,一下子把他头上的丝袜抓住,使劲一拽。我只是想把那个臭丝袜扔得远远的,没想到那个男人被我一拽,非常无能地倒在了地上,手枪甩出去有一米。我手里拿着从他头上拽下的丝袜,走到窗户前,打开窗户,把臭烘烘的丝袜扔到了外面。然后我走回来,拾起那把手枪,那是支与真枪一模一样的玩具手枪。我走到男人面前,男人还趴在地上,他抬起头惊恐地看着我,哥们儿,你是不是个便衣?我说,对,我跟了你大半天了。男人用头使劲撞着地面,我看到了地板上的血迹。我把他拽起来,他居然号啕大哭起来,一边哭一边说,我他妈真是个笨蛋,抢银行都抢不成。我再次提醒他,这里不是银行,是图书馆。

他停止哭声，四下望望。我以为哪里都是银行呢，他说。他又咧开嘴哭了。我看到人们还举着双手，于是我说，放下你们的手吧，没事了。他们放下双手，纷纷走过来。歹徒说，我很穷，我没了工作，我的孩子没有奶水喝，我没有钱给他买奶粉。有一个好心的小伙子告诉他，银行在图书馆的左侧一百米。不一会儿，保安人员赶来了，带走了歹徒。

人们重新回到座位上，重新无精打采地看书。图书管理员小姐打开了所有的窗子，以便让刚才的臭气跑一跑，当她站到自己原来的位置时，她脸上纵横交错的泪水全部消失了，她冲我友好地笑了笑，她的脸色也恢复了白里透红，她感激地说，真是谢谢你，你真是个警察？我笑了笑说，我是警察的邻居。她笑了笑说，你借什么书？《巴黎圣母院》，我说。她进去有好大的工夫，屋内的臭气几乎要跑光了，她捧着一本书出来了。我看到书上有一层厚厚的尘土。她没有把书直接给我，而是走到窗户前，把书伸到窗户外，用力甩了甩，我就看到窗外晴朗的天空陡然昏暗了许多。回来后她说，这本书好像放了有十年没人动了。在我走之前，我知道了他的名字叫米丽。

那是一个天气晴好的星期六，我休息。借到书后我直奔目的地。我站在邢晋指定的楼洞前，等待着中午十二点的到来。邢晋说，他的情人芳芳每天十二点准时下楼，然后到饭馆吃饭。我的表很快就把我送到了时间的彼岸。十二点整，我看到楼门洞里走出来一个打扮入时的女人，如邢晋所描绘的那样，她戴着一顶狐皮帽子，一副墨镜，她的手上戴着皮手套，我无法看到是否有绿宝石戒指。她的身材比较丰满，这一点邢晋并没有告诉我。她先是向两边望了望，而后就急匆匆地向东边走去。我猜想她一定是饿坏了。我跟在她的身后。她走到一路公共汽车站牌下，她站在那里等车。我站在她身边，我不动声色地观察着她，我看到她摘下了右手的手套，有一道绿莹莹的光一下子刺入了我的眼睛，那是一枚绿宝石戒指，像邢晋所说的那样大。女人用左手轻轻地抚摸着那枚戒指。由于她捂得十分严密，所以我无法看清她脸上的表情，但是我从她痴情的抚摸动作来看，她是十分热爱手上的那枚戒指的。她上了车，我跟在她身后也上了车。公共汽车上乘客稀少，女人挑选了一个靠窗的座位坐下来。我装作若无其事地走到她座位的旁边，用手扶着头顶的把手，我用的是右手，同时我右手里还握着一本《巴黎圣母院》。公共汽车里十分寒冷，许多人在呼吸，但这没有用，我们无法使汽车里暖和起来。我的手在打冷战，出门时我忘记了戴手套。这样我就可以顺理成章而且是不可避免地抓不牢手中的书，于是书向下飞落，掉到了女人的膝盖上。书下落的姿势很像一只烤熟了的鸡。而女人是坐在桌前的食客。她抬起头，用墨镜对着我，她一定是责怪我的鲁莽。我惊呼道，是《巴黎圣母院》呀！女人微启双唇，我可以看到她嘴里飘出来的白白的哈气，她说，什么《巴黎圣母院》？这大大出乎我的意料之外，我的脑子立即转了一百八十度，我决定使用第二套方案，我连声说，对不起，天实在太冷了，我拿不住手中的书，你喜欢看这本书吗？女人不屑一顾地低下头，用两个胖胖的手指夹起《巴黎圣母院》，不像是夹一本神圣的名著，倒像夹一只苍蝇。我赶紧接了过来。我只好把手放到口袋里，再故伎重演已经毫无意义了，我只好闭上嘴，另做打算。车到了展览馆，女人下了车，我跟在她的后面。有一阵强劲的风吹过来，把她的狐皮帽子吹落下来，她停下来，紧张地回过身来，我急忙上前一步帮她捡起来，笑容可掬地捧给她。女人的脸色跟冬瓜瓤一样白，她接帽子的手明显有些胆怯，我从她的墨镜上看到了一丝游移不定的紧张。我说，你的帽子，小姐。她一把抓过去，急转身，快步向前走去。我别无选择地跟着她，她不断回头向我张望，她的动作渐渐变得不安起来。等她走到国际大厦门前，停下了不安的脚步，转过身等着我。我走到她面前，我气喘吁吁地对她说，小姐，你是不是喝过鳖精？她摘下墨镜，这回我可以看清她的眼睛了，她眼睛上的睫毛害怕地纠缠在一起。她说，我这是第一次。我不明白她的表白说明什么，我说，我也是第一次，你不是要吃午饭吗？我们进去吧。我绝对是用温柔而动情的语言对她说话的，我想，当一个一表人才的男人在寒冷的大街上对一个女人这样说话时，那个女人会被打动的。但是成为小辫的睫毛下面是迷茫的目光，她问，为什么还要吃饭呢？我含糊地说，我也不知道。我就往国际大厦的玻璃门那走，我来到门口，回过头来，女人并没有动，她慌乱地看着我，我说，难道你不饿吗？女人极不情愿地跟了进来。

我们坐到餐桌前，我把菜单递给了她，她问我，你们都这样干吗？我以为她知道了我的底细，我慌忙说，通常是这样。我故意又掏出那本《巴黎圣母院》，把它推到女人面前，我再次提醒她，是《巴黎圣母院》呀！但是女人无动于衷，她不敢正眼看我，神秘地问我，你什么都知道了吗？她的声音掺杂在饭店中的噪音中，显得十分细小。饭店中人声鼎沸，人们的情绪饱满，这个年代的饭店是一个大的集市，纷纷攘攘的人流使饭店中的温度陡然升高了，我们都比赛着往下脱棉衣。我看到旁边的一对年轻男女脱得只剩下内衣内裤了，这并不奇怪。当人们说话的时候，我面前刚端上来的盘子就会有趣地青蛙一样地跳几下。我和对面的陌生女人都脱得只剩下一件衬衣和一条衬裤，我的衬衣上打着领带。我小声说，当然，我什么都知道，你爱一个男人，那个男人的名字叫邢晋。我小声说话是怕面前的盘子上下跳动。她惊愕地说，连这个你也知道！然后她垂头丧气地说，你说怎么办吧，我这是第一次。她的头发紧张得像爬山虎一样贴在她的头上。我说，我还知道许多你不知道的事情。她的头发一下子又像草一样立了起来，她急迫地问，什么事？我慢条斯理地说，是这样，你要扶好桌子，你要有充分的思想准备。女人迷惑不解地说，我没有，我这是第一次。我说，我要告诉你关于邢晋的一些事情，他表面上是不是很爱你？她说，当然。我告诉她，那是一个假象，他一直在迷惑你，我告诉你一件事你就会彻底了解他了。有一次一家小公司来办公室办事，邢晋掌管的一个章能使他们公司起死回生，小公司是一对年轻夫妇开的，他们把邢晋请到了他们公司，男的让女的去引诱邢晋，但是后来我在他们公司的走廊里看到了那个年轻美丽的女人，她靠在墙上哭泣，我问她为何哭泣，她说，邢晋对我的美丽无动于衷，他看上了我的丈夫。女人警惕地看着我，问我，你这是什么意思？她的声音明显有些大，她面前的盘子就青蛙一样地跳了一下，里面乳红色的田鸡腿就掉到了洁白的桌面上。我严肃认真地说，这是很明白的一个故事，邢晋是个同性恋。她突然站起来，她的衬衣被汗水泡得胀胀的，像一件棉衣似的。不可能，这绝对不可能。我发誓说，这绝对是一个铁打的事实。她颓丧地坐下来，明显有些坐立不安。我感觉我的初步目的达到了，我站起来说，好吧，我们穿上棉衣走吧。

　　我们走出饭店时，我回头望去，我们待过的桌子上满是没有吃的田鸡腿，它们还在欢乐地跳着舞。跟在我身后的女人失魂落魄，这使我很满意，走到大街上，她问我，我们上哪里？我说回家。她不解地问，你真的让我回家？我爽快地说，当然，我为什么要留下你来呢？在这次会面的结尾，我的这句话终于打动了陌生的女人，她的泪花在眼睛里飞快地冻成冰，再融化，再冻成冰。她拉着我的手，说，你是个好人。分手时我再次掏出那本《巴黎圣母院》，问她，你真的不想看看这本书吗？她坚定地说，不，我不想。

　　星期一上班的时候，邢晋一副愁眉苦脸的样子，他吊着脸问我进展如何。我得意地说，她开始向我流泪了。邢晋没有上回那样欢呼雀跃，他心神不宁地说，好吧，下次我们就实施第二个步骤。我以为邢晋正在为提副科长的事情烦恼，所以并没有问他心神不宁的原因。提拔副科长一事已经酝酿两年了。这两年，有两茬麦子进入了我们的胃，但是我们没有产生一个副科长。副科长的人选是邢晋和石素芬。我以一个旁观者的身份看着他们俩明争暗斗，觉得那真是一件有趣的事。我感觉自己很有些像是奴隶贩子，挑选他们哪一个身板更强壮，更能干活。如果从自私的想法出发，我更希望是邢晋。这一方面是因为长期以来我们达成了一种默契，同时也因为他充沛的生活热情。有一次我问他，你又要照顾家庭又要赚钱又要拈花惹草又要想法抛弃情人又要往官位上拱你累不累呀？邢晋奇怪地看着我，而后他撩起衣服，向我炫耀他胸脯上的肌肉，他说，我要是不干点事，我这里会很疼的。但是当我看着石素芬一成不变的衣服和一成不变的沉默寡言时，我又有些倾向于她，我对她说，你的头发有些乱。虽然我没有头发，但是对别人的头发是格外注意的。三十八岁的石素芬就会羞愧地摸一下自己的头发，对我说，这都是因为没有男人的缘故，男人是女人的一面镜子，我没有这面镜子。我安慰她说，你可以找一面镜子。她用手指着眼角的皱纹给我看。我看到那里面湿漉漉的。她叹口气道，我还指望什么呢？我把生命全部奉献给了工作。那时候我的心就会脆弱地摇一摇，我想，是啊，不让她当副科长谁来当呢？

不可否认，那是一个民主的时代，我们时常用民主解决无法解决的问题，比如副科长。在两年当中，我们搞了二十次民主选举。不参加投票的科长在宣布结果时，每次都是一边抚摸着周欣的灰指甲一边不无惋惜地说，又是平手，石素芬两票，邢晋两票。于是我们又要进行另一次投票。连续二十次的平局使我渐渐失去了耐心，有一次我干脆写上了科长的名字，但是科长宣布结果时仍旧是二比二平。我知道这一切都无法改变了，信心十足的邢晋和石素芬也许要迎接第八十次、第一百次的民主选举。这天上午，当科长再一次要投票选举时，我借机溜了出来。我手里拿着一本书，书的名字是《巴黎圣母院》。

我走在去图书馆的路上，我要去还这本书。冬天的阳光软软地，像是病妇的手抚摸着我英俊的脸庞。大街上人潮如流，像是夏日的海滩，这并不奇怪，我们的城市正在被变幻莫测的季节诱惑着，这使得城市更像一个没有主意摇摆不定的怀春少女。我像许多人一样无所事事，这是我们这个时代的一个通病。这时刮起了一阵风，风如同胡同里突然跑出来的一个荡妇，一下子把我漂亮而逼真的假发刮离了我的秃头，它戏弄我一样把我的假发吹落到一位女人的脚下，我跑步追赶的姿势十分滑稽而不安，完全没有假发在头的美好感觉，我弯腰拾我的假发，那位女士用一种奇怪的目光盯着我的秃头，这使我很不自在，我匆忙戴上假发，转身向一家商场跑去，我在那里买了一顶皮帽子。

我走进图书馆，我听到鼾声四起，我仿佛来到了一家旅馆，看书的人们都趴在桌子上打着盹。我走到借阅台前，图书管理员小姐也把头趴在交叉的双臂上，我用《巴黎圣母院》使劲敲打着木质桌面，"啪啪"的声响使图书管理员小姐抬起了头，是米丽。米丽的眼睛在流泪。这使我很困惑。我有些举棋不定，我拿《巴黎圣母院》的手停在半空，我看到她的额头上有一个清晰而深刻的扣子印，是圆形的。米丽依旧泪水涟涟。我慌忙放下手，说道，你这么伤心，为什么不出去转一转？米丽没有用手去擦脸上纵横交错的泪水，她显然对我这个提议感兴趣，泪眼中的目光透出了一丝兴奋，随即这丝兴奋又消失了，她叹口气，我就看见泪水"噼里啪啦"地掉到桌面上。我鼓励她说，为什么不呢？这些人一时还醒不了。真的醒不了吗？她怀疑地问我。我肯定地说，当然。她诡秘地一笑，脸上的泪水顷刻间化为乌有了，她从抽屉里拿出一条鲜红的围巾，围到头上。我们结伴向外面走去。她的高跟鞋在地板上敲出清脆的声响，但是看书打盹的人没有理睬。

我们走在大街上，戴着鲜红围巾的米丽和戴着黑色皮帽的我，我们的脚步很轻，我们像是两个幽灵。米丽脸上没有了泪水，她说，通常这个时候我都在图书馆里睡觉。我说，我也在办公室里看别人染灰指甲。米丽笑了，她笑的样子一点也不忧伤，明亮而娇媚。我也笑了，但是我必须注意我的假发，这时候又有一阵风从我身旁经过。

中午时分，我们漫步进了动物园。我们都听到了彼此肚子里的咕咕叫声，我们相视一笑。我顿时觉得我们好像有了至少十年的相知，这种感觉温暖着我，我拉着她也日益温暖的手，向一群人那里走去。我们要去找一个吃饭的地方，中午时分人多的地方自然就有吃的。别的人没有我们斯文，他们健步如飞地向那群人奔去。我们来到时，已经是里三层外三层了。我们闻到了从人群缝隙袅出来的浓浓香气，这使我们肚子的叫声更加响亮。我们手挽手向里挤。多亏了我强壮的体魄，我几乎是抱着米丽，来到了人群的里面。那股香气顿时扑面而来，模糊了我们的视线，我流下了口水，我揉揉眼睛，看清了那是一个大平台，平台上卧着一只斑斓猛虎，猛虎旁边站着一个瘦弱的男人，瘦弱男人旁边靠近人群的地方是一个同样瘦弱的女人，女人身前是一只巨大的烤箱。那股香气就是从那里飘出来的。我惊奇地看到那只猛虎的左半边已经鲜血淋淋地只剩下骨头了，那个男人用一把锋利的刀子正在它身上割肉。男人割得非常仔细而地道，每一块肉都是那么匀称，而后他把肉放到一个大银白盘子里，撒上作料递给女人，瘦弱女人再把盘子放到烤箱里去，等她打开烤箱时，那一块块的虎肉就被望眼欲穿的人们抢购一空，人们一边大口嚼着肉一边有力地向四面八方跑去，他们奔跑的姿势一律有了下山猛虎的模样。而那只虎也在补充营养，它在吃着它面前的一堆血淋淋的什么肉。我握着米丽的手觉得有些颤抖，我转过头，看到米丽在泪雨纷飞。她愤愤不平地说，他们怎么能这样？他们怎么能这样？米丽的话给了她身边男人以压力，那个男人当然是我，我想这是在给我上弦呢。于是我松开她的手，跨步上了平台，我用手指着那个拿刀的瘦弱男人，大喝一声，你，停下来！但是他哪里听我的劝告，他用白眼珠翻了我一下，继续在猛虎身上割肉。我迈步走上前去，伸出右手，我想抓住他拿刀的手，但是我失算了，我不知道这个瘦弱的男人如何有猛虎一般的力气，我只听到了一股巨大的风声，而后我就失去了知觉。等我醒来时，平台上已经没有了瘦弱的男人和女人，连老虎的骨头都没有了，只剩下老虎吃剩下的肉，四周没有了饥饿拥挤的人群，只有两棵孤零零的枯树。我的头躺在米丽的腿上。米丽用手揉着我太阳穴上的伤痕。她低着头，轻柔地问我疼不疼。我说，不疼，但是我起不来。米丽笑了笑说，那你就多躺一会儿。然后她叹口气，眼泪又唰唰地往下掉。我急忙坐起来，说，我是不是把你的腿压疼了？她说，不是。我问，那你为什么流泪？她说，我不知道，我时常忍不住要伤心，一伤心我就流泪。我不解地问，真的有那么多让你伤心的事吗？她点点头，是啊，我怀疑是不是我有什么毛病。她泪眼后面的目光清澈而纯真，这是我很少看到的，我控制不住自己的情绪，用手捧起她的脸，吻了她湿润的脸颊一下。米丽脸上的泪水转瞬又消失了，她有这样的能力，她的情绪没有丝毫的隐蔽性。她摸着我吻过的脸，自言自语道，我不伤心，因为我喜欢被一个勇敢的男人亲吻。

被如此多愁善感而美丽的姑娘冠以勇敢的名誉，这使我兴奋不已，我忘却了头上的疼痛，拉着米丽来到冰冻的湖边，我要租一艘划船。管理员坐在窗户里萎靡不振，他大概已经坐在那里等了一个冬季而没有主顾。我看到他的睫毛上结了一层密密的蜘蛛网。他睁开眼，使劲眨巴眨巴眼睛，上面那个肥硕的蜘蛛就懒洋洋地晃了晃。管理员一扫委顿的情绪，笑逐颜开地接过我手中的钱，他站起来给我们拿桨时，睫毛上的蜘蛛掉到了地上，被他无情地踩死了。我看到米丽又在掉眼泪。

我们上了船。这才发现船只每行动一步都是那么艰难。冰冻的湖面给我们的热情浇了一盆水。但是这并没有阻挡我们热情的喷发。米丽说，我来给你破冰，你用力划。米丽此刻的表情灿烂可爱，她坐在船头，鲜红的头巾在风中猎猎飞扬，她把娇嫩的手伸到冰冻的湖里。我惊奇地听到了冰快速融化的声音。我用力划着船，奇怪的是我们的船在米丽的手的引导下畅行无阻，就如同在夏天的湖面上泛舟一样。游园的人们纷纷拥到湖边，他们站在冰冷的湖边，一边不停地踩脚取暖一边观赏我们悠闲地荡舟在冰冻的湖面上，他们一定以为这是游园的一个内容。如同各种展览一样。后来我满头大汗，停下了划船的节奏，我热情洋溢地看着米丽。米丽的身上在呼呼地冒着热气，米丽大呼小叫道，热死我了，热死我了。我们就偎在一起，米丽把她红嫩的手从冰面上抽出来，我们如同一对恋人那样窃窃私语，一会儿我们身上的温度就降了下来。米丽在我的耳边说，我要是爱上你可怎么办？我搂紧她说，我毫无办法。

这样，我和米丽就来到了爱情的湖面上。

我并没有忘记自己的承诺。在很大程度上我是一个守信用的人。比如我在办公室里说过科长是个色鬼，我还说过科长长得像一只老鼠，背地里我尊称他为老鼠科长。这是个事实，他的模样的确如此，我一点也没有夸张。但是我的无所顾忌的言语导致了科长的反感，按照学历和工作成绩，副科长的人选也应该有我，但是我被科长排除在外了，这一点我并不恼火。我恼火的是他喋喋不休的朗诵，他朗诵的是上级的文件。

那一天办公室里只剩下了我，其他人或有事或有病均不在，我正趴在办公桌上写一份报告，科长走进来说，开会了。我说，科长，就我一个人呀。科长皱了皱眉，加上我不是两个人吗？这样，我们俩就坐在会议室里，科长坐在桌子的一头，我坐在另一头，科长展开文件开始传达。科长一边正儿八经地念文件一边提醒我，不许打盹！我只好用火柴棍支住我的眼皮，以防止它的习惯性下垂。文件整整传达了两个小时，完后科长意犹未尽地问我，你是不是说过我是色鬼，而且还是老鼠科长？我眼睛根本无法眨一下，我说，是的。科长笑了笑说，很好很好。我不清楚科长说很好是什么意思。我说这件事只是想说明一下我的诚实，我不会把说出去的话扔到别人的垃圾桶里，现在，我就要继续我对邢晋的承诺。中午十二点，我在原先的地点没有等到邢晋的情人，我只看到一个陌生而且穿戴迥异的年轻女人从楼洞里出来，这个女人没有邢晋的情人那么胖，神思有些恍惚，一副若有所思的样子，仿佛丢失了什么东西。她的手上没有戴戒指，她的头上围着一条金黄色的头巾，右脸颊上有一颗黑痣。这个女人并不是我的鱼，所以我并没有在意。一连三天我都扑了空。第四天的晚上，我在灯火闪烁的夜总会门前徘徊，我时常这样打发夜晚的时光，我看着打扮入时的男女们出出进进，我并没有真正地投入其中，我只是徘徊。这一天我看到了邢晋，邢晋出现在我徘徊的视线中时脸上的表情有些僵硬，他一点也不高兴，他的右臂被一个女人挽着，那个女人正是他的情人。从他的表情来看，他正备受无法摆脱情人的煎熬，这使我心里很不好受，这里面有我的责任，于是我悄悄跟了进去。进去后，邢晋就和情人搂抱在一起，疯狂地跳舞。我坐在一个角落里喝着冷饮。几支曲子过后，我看见邢晋脸上的表情就开始有些痛苦，但是他的情人倒是兴致盎然。他们和周围的人一样开始脱衣服。室内的温度在随着乐曲而骤然升高，有一只丝袜飞到了我的脸上，我小心地拿下来，放到一边的椅背上。邢晋的情人脱得只剩下一条窄窄的胸罩和一条内裤，她用性感的胸部贴着邢晋的胸。我看到邢晋有些冷淡无情，看来他真是对面前的女人失去了信心。当他们跳着舞再次旋转到我面前时，他的情人首先发现了我，她红润的脸上露出了一丝惊慌，随后是邢晋，他有些无奈地摇摇头。当这支曲子结束后，我看到邢晋趴在一张桌子上睡着了，他的情人悄悄来到我身边，用手胆怯地摸一下我的手臂，她说，你在这里执行任务吗？她问得我莫名其妙，我不置可否。她凑近一些，我能闻到她身上的香水味正向下飞落，就跟被风吹落一样。她说，你不要把那件事说给我丈夫听好吗？我那是第一次。我惊讶地说，你丈夫？她说，是呀，那不是邢晋嘛，你不是说对他了如指掌吗？他是来陪我跳舞的，他在向我展示他不是个同性恋呢。我更加惊讶地说，你……？她接着说，是呀，那是我第一次干非法的事，就让你盯上了，你一定是个好警察，可是这不能怪我，当我想买个宝石戒指时，他总是对我说，戴上那个像一个婊子，可是他却给他的情人买了这么大的一个绿宝石戒指。她伸出自己白胖的右手，戒指并没有戴到指根，而是在前半截，她颇为羞愧地说，那个臭女人的手那么细，我只能戴到这儿了。我半信半疑地问，你是邢晋的妻子？她得意地说，当然，我到那个贱女人那里是给她一个警告，好端端的为什么非要当别人的情人呢？你真的不告诉我丈夫吗？我说，你戴着戒指不是告诉他了吗？她莞尔一笑，不，我告诉他这都是我买的。她说完扭着屁股向睡觉的邢晋走去。我坐在那里不知所措。随后不久邢晋来到了我身边，他小声斥责我说，这几天你在干什么？芳芳那里一点反应都没有，相反却比以前黏得更紧了，这是怎么回事？实际上邢晋还没有听我解释，就惊慌失措地躲到了桌子下面，我的目光十分容易就找到了令邢晋惊慌的源头，在夜总会里，仍然穿着冬衣的一个人是一个女人，她刚刚进来，正怒气冲冲地向邢晋的妻子冲去。我注意到那正是我前几次见过的那个年轻女人，她的右脸颊上有一颗痣。她肯定就是芳芳。邢晋美丽而丰满的妻子还在抚摸着手上的绿宝石戒指，她裸露的丰腴肩膀一下子就让芳芳尖尖的指甲挖了几道血印。随后两个女人就扭打在一起。邢晋躲在桌子底下，我听到了他安详的鼾声，我想是我出击的时候了。我站起来，那时候我穿着一条秋裤和一件衬衣，我走路时的步伐十分轻盈。两个女人的打斗没有影响其他人的兴致，他们醉心于自己的快乐之中，他们舞蹈的动作十分夸张，难度极高，这使我联想到毕加索画中的人物。穿越舞蹈的人群使我的汗水开始活跃，它们迫使我脱掉了秋裤，我站到了两个扭打的女人面前，我摸了摸我端正的假发。

两个女人已经分出了胜负，丰满的女人占了上风，那是邢晋的妻子，这使我想到许多古代故事中的情节，正房总是压倒偏房，我的正义感油然而生，我伸出手，抓住了邢晋妻子乌黑的长发，这使得骑在芳芳身上的她不得不站了起来。她胆怯地说，我这是第一次。我说，我知道，你可以走了。她再次感激地说，你真是个好人。芳芳趴在地上好半天没有起来，她在小声哼哼。我扶起她，让她坐到沙发上。我给她要了一杯冰镇啤酒。我说，你应该压压火气，你为什么不跳跳舞呢？芳芳的火气显然还在高空中翱翔，她怒气冲冲地把啤酒打落在地，然后冲过舞蹈的人群。她奔走时撞倒了五六个人，他们躺在地上还手舞足蹈。我急忙穿好衣服，我在桌子底下找不到邢晋了，他一定是追赶自己的妻子去了。我跟着芳芳来到寒冷的大街上，路灯光像是冰冻的一样拂着我的脸，我看见自己的哈气在假发上冻成了冰，我赶快把假发正了正。这样我追赶上跌跌撞撞的芳芳时，我的形象就保持着固有的洒脱。我说，外面很冷，我打个的送你回去吧。她猛然止住步，看着我，你为什么要管我？你是什么人？我说，我不想让你冻病了，因为你长得很美。我想，这时候我开始进入了角色。芳芳顿了顿，我看见美丽真的在她的脸上飞来飞去，那是一种充满亮色的透明体。她继续朝前走，她说，你别跟着我。我没有听她的警告。我看到她身上的衣服由于刚才的扭打而破烂不堪，这使她走路时的动作不怎么连贯，她的身体在抖动。于是我脱下自己身上的皮夹克，披到她的身上，我说，这会把你的美丽冻跑的。直到此时芳芳才给了我一个微笑。我一直陪着她走到她家楼下，而且我只穿着一件衬衣。最后分手的时候她说，这真是一次温暖的散步。我的牙齿冻到了一起，所以我说不出话来，我使劲眨眨眼，我听到冰条碰撞的声音十分动听悦耳。回到家后，我扔掉假发就开始发烧，我整整烧了一夜，第二天无法去上班，但我无法对自己的诺言偷懒，所以在上午十一点我出门时，我的身体摇摆得像海水中的海带。

我走在去图书馆的路上，我仍旧需要一个道具，就是那本《巴黎圣母院》，邢晋的情人芳芳百看不厌的书。在路上我注意到了天气不怎么友好，它沉着脸，在高耸的楼后面郁郁寡欢。路过鲜花店时我买了两支花，一支是红玫瑰，一支是百合。我想我的意思很明显，我要对米丽表达我的爱意。

图书馆里依旧是老样子，我手拿两支鲜艳和清爽的花，站在借书台前，我说，米丽，是我。米丽从桌面上抬起头，她的额头上还是一个红红的扣子印。她的眼睛里满含清冷的泪水。我说，你怎么还那么伤心？我的意思是说，你的生活里有了我为什么还要流泪。我一边说一边把手中的花递给她。米丽的手留在桌面上战栗了好一会儿，她的手在犹豫。我催促她，拿过去呀，送给你的。米丽的表情显出一丝痛楚，她的目光终于坚定地眨了眨，她伸出白嫩的手接花。我笑吟吟地松开了手，这样两支象征爱情的鲜花就落到了米丽纤弱的手上。但是随即我就看到了一个令人瞠目结舌的现象：花一落到米丽的手中便开始枯萎，红色的、白色的花瓣转瞬间暗淡了、蔫了，我看到它们直挺挺的花瓣像是着了魔一样卷曲了，它们变得黑不溜秋的没有一丝生机。我张大了嘴巴，这是怎么回事？米丽迅速扔掉手中的花，重新趴到桌面上失声痛哭。她哭着说，我不想拿它，你偏偏要给我。我拍拍她的头发安慰她说，不要紧，我重新给你买两支好不好？米丽抬起头，惊恐万端地看着我，你不要再送给我花好不好？任何美丽的花只要一到我的手里就会死的。我惊讶万分，为什么？她颓然落着泪，说，我全身都在伤心呢。我把手放到她的手中，我说，我怎么不死呢？米丽笑了笑，她脸上的泪水顿时没了，旋即她忧心忡忡地说，我不敢保证以后会不会。

与米丽分手后我身体的热度没有降退的迹象，我的步履依旧轻描淡写，它无法牢靠地落到地面上。我夹着一本书到达目的地时，正好是十二点整，芳芳正好从楼洞里出来，她没有向两边张望，但是病恹恹的我肯定在她的视线之内，她却视而不见。她昂着头向前走去。我使劲跺着脚，跟在她的后面，后来她上了五路公共汽车，我紧随其后。她坐在一个靠窗的座位上，而我没有，我挪到她旁边，我用右手拿着书握住头顶的扶手，公共汽车照例要在红灯面前急刹车，我照例要有些前仰后合，于是我手中的书自然而然地要掉落下来，由于我飘飘悠悠的身体，所以我的计算出现了一丝偏差，《巴黎圣母院》途经芳芳的面前，没有平均地落到她的两个膝盖上，而是落到了她的右腿上，晃悠了一下又落到了地上。即使是那么快速地一晃悠，芳芳仍然辨认出了她熟悉的东西，她急迫地弯下腰，捡起那本书。这使我一阵窃喜。我迎着她抬起的面孔。她问，这是你的《巴黎圣母院》吗？我就是从那时候起不断打喷嚏的，我感觉我的鼻腔里有些凉爽的东西在爬行。我说，当然，阿嚏这本书我百看不厌。她亮晶晶的眼睛里布满了渴望，能不能让我看看你这本书？我说，当然，你也爱看这本书吗阿嚏？她欣然道，是的，我每天都要看这本书，这成了我生命中的一件大事，我用看《巴黎圣母院》打发我一个人的时光。我问她，阿嚏那么你是有这本书了？芳芳扭捏作态地说，当然，我想换一本看看，你不知道我那一本书上摞满了指印，现在它有这么厚。她用两手比画着。我都无法搬动它了，我想换一本轻的再看看，她说。我爽快地说，你拿去吧阿嚏。

由于我借书给她看，所以芳芳盛情邀请我与她一起共进午餐。当我们坐在燕风楼一楼的一张桌子前时，我的脑子还是热乎乎的像只气球，有些悬空的感觉。芳芳关切地问我，你怎么了？你是不是对这里不满意？我连忙说，满意阿嚏满意我非常满意。点完菜，芳芳仔细地端详着我，她惶惑地说，我看你挺面熟的，我在哪里见过你吗？但是我想不起来了。对于这样一个有健忘症的女人，我毫无办法，我失望地说，阿嚏没有，我没见过你，你也没见过我，阿嚏。芳芳感兴趣地问，阿嚏是你的口头禅吗？我说，阿嚏。芳芳自言自语地嘀咕道，不对，我肯定在哪里见过你。

饭菜端上来，脱去棉衣之后，芳芳打开书，她说，我忍不住要看几页，你不介意吧？我说，阿嚏你随便。于是芳芳就一手拿着筷子一手拿着书，她的目光像糨糊一样粘到了书上，她如饥似渴地读了两页，而后掩书而叹，真是一本好书！我附和道，是啊是一本阿嚏好书。

显然由于《巴黎圣母院》的缘故，芳芳对我印象极好，她喝下几杯冰镇干白后便开始滔滔不绝。你肯定跟我一样，内心有许多痛苦的回忆。我说，阿嚏我没有。她诧异地说，那你为什么爱看这本书？我看这本书可是事出有因的，你不知道，我的生活很不幸的。我父亲以前是个局长，那时候我过着无忧无虑的生活。有许多人求我父亲办事他们经常要给我父亲送礼。

那时候我天天换一个金表戴，因为我家的墙上挂满了别人送的金表。有一回我父亲站在那面墙下欣赏着满墙的金表，不知怎么就有一块大大的金表掉了下来，正好砸到他的头上，我父亲再也没有睁开眼睛。随后不久我母亲也因为伤心过度而去世了。他们把我一个人留在了这个世界上，而我也遭受了一次沉重的打击，我的男朋友弃我而去。我觉得生活走到了尽头，

这时候我遇到了邢晋，你不知道邢晋是一个多么甜言蜜语又心肠好的男人，我被他征服了，我深深地爱着他，虽然我知道他有老婆，他不能离婚，我理解他，谁让他有一副菩萨般的心肠呢？我不怪他。她一边说一边狠命地吃着面前的八珍豆腐，她也许觉得那是她可爱的情人邢晋。我烧得只穿着短裤，我的胸膛红红的，我几乎要支撑不住了，就要趴在桌面上睡着，但是我狠命地掐自己的大腿，直到把它掐出一个个的大血包。我强作欢颜道，阿嚏你说邢晋是不是？我认识邢晋，你愿意我给你说说关于他的一些阿嚏故事吗？芳芳满嘴的八珍豆腐，她高兴地说，愿意愿意。我说，那是一个假象，阿嚏其实邢晋根本不是个男人。芳芳哈哈大笑，她捂着自己的肚子说，可是他让我有了孩子呢。我说，那是一个假象，你被迷惑住了阿嚏，我的意思是他不是一个真正的男人，我告诉你一件事你就会明白了。有一次一家小公司来办公室办事……我说，阿嚏你明白了吧，邢晋是个同性恋。芳芳并没有表现出应有的惊奇和伤心，相反她疑虑重重地看着我，你说的是真的吗？我郑重其事地说，当

然，我真的不知道阿嚏谎话是什么滋味。芳芳满面愁容，她说，先是一个男人说爱我，现在又有一个男人来说他是不能爱的，我该怎么办呢？我鼓励她，阿嚏忘掉他。她拼命摇着头，不行，现在他成了我身上的一个器官呢，比如鼻子、嘴，我丢不开他了，你说怎么办？我说，有些东西比如阑尾阿嚏就可以丢掉。芳芳无奈地摊开手，可是邢晋不是我的阑尾，他是我的心呀！我说，阿嚏阿嚏。此时我已经头晕目眩，我看到有无数亮闪闪的头发丝在我面前飞舞，那一定是芳芳的。

后来我们走在城市午后的街道上，天空如一个巨大的阴影罩着我们。寒冷的风像一条条绳子抽打着我的脸，我回头看摇摇摆摆的芳芳，她的脸色绯红，缩着肩膀，有一枚树叶刮到她美丽的眼睛上，这使得她的脚步一下子出现了慌乱，她被自己的脚绊了一下摔倒在地，那本《巴黎圣母院》被抛在两米之外。倒在地上的芳芳没有顾及身体的疼痛，她紧紧盯着那本书，像个婴儿一样爬着向前够那本书。我走上前帮她捡起来，同时扶起她，但是我虚弱的身体却无法承受她身体的重量，我的双脚顿时向空中飞去，身体悬空，我重重地倒在了冰凉的地面上。冬季此时如同我的兄弟和我紧紧拥抱着，我失去了知觉。我苏醒时，发现已是华灯初上，我躺在城市的便道上，水泥砖块在我的身下暖融融的，而我的假发上则结满了冰，我的身体上盖着一件女式大衣，它泛着甜蜜的橙色光芒，那是芳芳的大衣。我坐起来，我看到芳芳就坐在我的微机旁，借着路灯光读着《巴黎圣母院》。她的神情专注，目光如炬，明亮的灯光照在她由于寒冷而透明的脸颊上，这使得她的表情圣洁而祥和。她穿着一件红色毛衣，她的手指上结满了冰凌，它们亮晶晶的一直垂到地面。我走过去，把大衣披到她的背上，同时打碎了她手指上的冰凌，我感觉那些叮当作响的冰凌暖洋洋的，像是一根根香喷喷的香肠。我说，我们为什么不回家呢？我惊奇地发现我并没有打喷嚏。芳芳从书上抬起头，嫣然一笑，我发现你还有些英雄气概，我喜欢。她看着我的目光情意绵绵，这正是我需要的。我顿时听到我头发上的冰在她灼热目光的抚慰下"滋滋"地快速融化，我的脸上就挂满了水，我的视线开始模糊不清。

实际上那天晚上我们没有让激情燃烧起来，我想我不应该破坏她看书的连贯性，以及她愉悦心情的延伸。我把她送回家，然后我就跑步回家。我跑得满头大汗。

　　邢晋说，这个世界是把削肉的刀子。近一段时期以来，邢晋的体重在急剧下滑，他以前与时代同节拍的喜气洋洋的胖脸现在变了，他的脸瘦成了一张长脸。我警告他说，芳芳是个很可怜很可爱的姑娘，你不应该不负责任地将她抛弃，你应该和你老婆离婚，娶她。邢晋满脸不满地看着我，你把事情搞得一团糟，我老婆总是怀疑我是同性恋，所以我就得拼命表现表现，要是再这样下去，我的肉就没了。我骂道，你他妈活该。

　　这几日办公室里总是没有开水喝，我的嗓子一到十一点就冒烟。这都是因为石素芬，以前打水这项任务她自愿承包了，但是最近她有些神出鬼没，办公室里时常没有她的身影。周欣偷偷告诉我说，她谈恋爱了！说这话时周欣用一种特定的眼光看着我，她的意思十分明白。但是我故作不解地说，她要是再不结婚就没人要了。周欣一边往灰指甲上抹指甲油一边持之以恒地诱惑我，她说，那么我呢？要是世界上只剩下我们两个人了，你会怎么办？我说，那我就投海自尽，这么大个世界留给你一个人该有多好。周欣勃然大怒，她抹了一下指甲油，她没想到愤怒使她的动作有些过火，指甲油瓶一下子被她捏碎，指甲油洒了她一桌子，她赶紧去拿桌子上的文件、报告，指甲油趁机跑到了她的手上、脸上、身上，她全身红通通地在那里跳来跳去。我纵声大笑，我指着她说，你这样才显得可爱。周欣红红的眼珠看着我，她刚要发作，电话铃响了。周欣红红的手臂穿透空气就抓住了电话，她有这样的爱好，她说，不在。然后她气恼地放下了电话。我知道这是找我的，而且还是个女的，她的鬼把戏已经持续了许久，为此我耽误了许多姑娘的善意邀请。我暗暗积蓄力量，等待电话重新响起时一触即发。周欣就那样全身指甲油地坐下来，她的眼睛一眨一眨地放着红光。我哀求她说，你赶快去把指甲油洗掉吧！她固执地张开红红的嘴巴，我不，我偏不，你不是说这样可爱吗？我没有办法，只好把头低到裤裆里。大约过了五分钟，电话铃重新响起来了，我急忙把头从裤裆里拔出来，伸手去拿电话，这回我如愿以偿地拿到了电话。这纯属侥幸，因为周欣也在伸她的快手，但是指甲油帮了我的忙，黏糊糊的指甲油使她的胳膊黏在桌面上起不来了，她只好眼睁睁气呼呼地看着我享受电话的初听权。我说，喂？听筒里果然是女人的声音，而且是米丽，她说，我心神不宁的，无法再安心伤心地睡觉，你能陪我去逛逛超市吗？我迫不及待地说，当然。我站起身向外走。周欣喊住我，你得把我的胳膊拿起来。我说，你该把它们都锯断。我丢下恼羞成怒的周欣向外跑去。

　　我到达超市门前时，米丽正站在广场前的大圆球前，伤心地看着别人掉头发，她泪雨纷飞。我拍了一下她的肩膀，我说，喂，米丽。米丽回过头来，一看到我她脸上的泪水就踪迹皆无了。她挽着我的胳膊，兴致勃勃地跳了跳，她说，你来得真快，我们进去吧。

　　超市里是自动售货，没有一个售货员。这里人潮拥挤。我们的鞋没走几步就会被踩掉，这使米丽伤心不已，她弓下身去，手捧她的红色高跟鞋，实际上红色的高跟鞋快变成黑色的了。米丽说，这哪是购物中心，这纯粹是踩鞋中心。她的眼泪又喷薄而出。我们不得不把鞋脱下来，背在肩膀上，但我们的脚仍然要倍受疼痛，我们的脚很快就肿了，后来我们坐在水果柜台上，我从兜里掏出钱放到自动售货箱里，然后我拿了两个苹果，我们俩边吃苹果边揉疼痛的脚。米丽的泪水突然止住了，她的内心一定被什么快乐的想法摸了一下。果然，她说，我真的喜欢上你了，方向，我控制不住自己，一想到你我的伤心就停止了。我高兴地揉着她红肿的脚，我说，你为什么不老是想我呢？她羞涩地低下头，我总在想呢，所以我心神不宁。她的脸色跟苹果一样红。这使我的心跳动不已，我突然松开抓住米丽脚的手，我痴痴地说，米丽，我可以吻你吗？米丽不解地问，为什么呢？我解释道，因为我们相爱了。米丽说，可是这里这么多人。我说，他们在为我们加油呢。米丽就快乐地说，那好吧。我

150

有些手忙脚乱，我搂着她，热烈地吻着她，我们的身体失去了平衡，我们顿时滚到了苹果堆里，这使我们的身体从里到外溢满了苹果的香气。但我们没有停止相爱的接吻，等我松开嘴，米丽长长舒了口气，真香呀！再来。于是我们继续在苹果堆里接吻。我们整整吻了有半个小时，这半个小时米丽没有掉一滴眼泪。后来米丽买了一些性感的内衣，她显得十分不安，她说，这些衣服我只穿给你看，你说行不行？我乐滋滋地说，行。当我们再一次不得不坐下来揉自己的脚时，不知从哪里刮来一阵风，这是很奇怪的，我感到我的假发错了一下位，我坐立不安地想引开米丽的视线，然后正一下假发，但是米丽看着我滑稽的动作突然放声大笑，这是我第一次听到她的笑声，所以我非常吃惊。米丽笑完后一把就把我的假发拽了下来，她说，你别装了，其实我早知道你是个秃子。我满脸羞红，我不好意思地说，我不是故意要这样。米丽说，没关系，我不在乎你是不是秃子，上回在动物园你昏倒时我就发现了，可是我还是爱你，这并不碍事，我觉得跟你在一起能够不伤心。她把头靠在我怀里，把假发抱在自己怀里。我光着头搂着自己喜欢的姑娘，心里跟滚开了水一样幸福。我对米丽保证说，我要治好你的伤心病。在假发柜台，米丽特地给我挑选了一种新型的假发，那使我看上去更加神采奕奕。米丽含情脉脉地看着我，你真的是上天送给我的白马王子。

在出超市之前，米丽盯着我的假发，突发奇想地说，我们为什么不试试呢？在无人看管的超市购物，只要你不付钱，你只要一出超市就会使劲掉头发。米丽说，你没有头发，你为什么不试试，开个玩笑呢？米丽的这个想法仿佛不是她想出来的，这和以前那个整天伤心不已的米丽是不符的，我想一定是爱情使她焕发了快乐。我当然不能让她再伤心，于是我顺手就拿了一条钻石项链，我们手挽手向外走。我们来到外面，我摘下假发让米丽观看，我没有头发当然就无发可掉，但是随即米丽就笑语喧天地指着我的下巴说，你摸摸你的胡子，你的胡子在往下掉呢。我急忙抚摸下巴上茂密的胡子，胡子果然在迅速地脱离我的下巴，我把手放到眼前，我的手上满是胡子了。我同时感到腿上的汗毛也在下雨一样地往下掉，这使我浑身痒痒地难受。我急急忙忙返回超市，把那条钻石项链放回原处。我走出超市，我的胡子又恢复了原样。米丽挽上我的胳膊，评价说，看来，只要你做了坏事，老天爷就会记住你的，你即使逃脱了一种惩罚，还有另一种惩罚在等待着你呢。她的目光充满了哲理的睿智。我搂着我的快乐而哲理的米丽回她的图书馆。

我催促邢晋赶快结束他和芳芳的游戏，实际上我是想留出更多的时间陪陪米丽，米丽的笑声日渐增多，这使我的生活充满了欢乐。邢晋瘦削的脸上看上去十分疲惫，他说，好吧，我必须精心算计一下我的时间。于是在他日夜努力下，他告诉了我具体的时间和地点。

芳芳对于我的出现欣喜异常，她打开门，她穿着浴衣，头发湿漉漉的，手中拿着那本《巴黎圣母院》。芳芳一把将我拉进她的家。我看到她的家里十分凌乱，地上堆着一些破碎的花瓶，沙发歪倒在地上，只有地毯上有一个枕头，有一个完整的人形的空间。芳芳解释道，这都是邢晋的老婆干的，她那么胖，那么有劲，我都无法阻止她，她还抢走了我的戒指和狐皮帽子。我把沙发扶起来，坐在上面，问她为什么不收拾收拾。芳芳神秘地说，我没有时间呀，

我在抓紧时间看书呢。那一天我围着一条褐色的围巾，围巾的一头搭在胸前，这种形象很有一股书卷气。果然芳芳很喜欢我这种装束，她看着我，说，你真的很帅呀，你比邢晋英俊多了。我趁她钟情于我的英俊，说道，我们为什么不出去吃一顿饭呢？天天在家里多闷呀！芳芳的眼睛看着我，眼珠向外鼓，睫毛向后卷，她这种神情使我感到一丝恐怖。我说，今天怎么样？芳芳靠近我，用湿湿的头发甩打着我的面颊，我都等你有一年了。她的语气跟树胶一样稠，喷到我眼睛上，黏住了我的眼皮。她帮我把眼皮翻开，用另一种干爽的口气说，我觉得另一种冒险的生活在向我摇尾巴呢。

我说服了芳芳出去吃饭时不要带《巴黎圣母院》，这费了我许多口舌，所以当我坐在黄昏的饭店中时，第一件事就是喝了两大杯扎啤。因

为没有随身带着那本书，芳芳显得神思恍惚，她的目光一点也没有神采。我喝下两杯扎啤后问她，你看上去像丢了魂。芳芳妩媚地笑笑，我没带那本书呀！那本书就是我的魂呀！那时候她的睫毛疯狂地向后卷。因为没有那本《巴黎圣母院》，所以芳芳吃饭的速度十分缓慢，这正合我意，我不停地向门口张望，我盼望着邢晋能早点出现。同时，芳芳开始把注意力集中到我身上，她吃一口菜就把目光滚烫地放到我的目光上，这使我的眼睛很疼。芳芳不知什么时候脱掉了皮鞋，她用脚摩擦着我的腿，她的声音打着旋来到我的耳朵里，她说，你为什么不正眼看我呢？我长得不美吗？她搔首弄姿的样子还真使我的耳朵根有些发热，我手中的啤酒一下子洒了一桌子，我慌乱之中拿起身旁我的围巾，擦桌子上的啤酒。我悄悄说，你很美。因为我们说话的声音很小，所以我们桌子上的杯盘没有剧烈地跳动。此时芳芳脱去了她的衬衣，她只穿着胸罩，她用胳膊夹着胸脯，这样她裸露的胸脯就显得较为丰满，她向前探着身子，你为什么不多吃一些？我喜欢强壮的男人。我用手拿起盘子中的一块牛肉，放到我的胸前，我问她，我够不够强壮？芳芳低声尖笑起来。

这时邢晋出现了，他有些缩头缩脑，他没有像他保证的那样一个人来抓把柄，他的身旁有一个丰满的女人，那是他的妻子。我很不高兴。邢晋用眼光扫了一下我们，和他的太太在离我们有二百米远的一张桌子旁坐下来。他们点了菜很快大吃大喝起来，他们说话的声音一定比我们大，因为我看到他们桌子上的盘子跳得比我们的高。我想他会寻找机会来抓住芳芳和我幽会的把柄的，但是他没有，他坐在妻子对面如同一只胆怯的兔子，我真搞不懂他是如何有胆量拈花惹草的。因为芳芳始终把目光集中到我身上，所以她没有看到邢晋和他的太太，芳芳把我当成《巴黎圣母院》一样读，她伸出手来抚着我的胸脯，她说，这儿有一块牛肉渣，让我来把它吃掉吧！我想这个场景正是邢晋求之不得的，我眼巴巴地哀求地看着邢晋，但是邢晋根本不敢往这儿看一眼，他一直低着软弱的头专心吃饭。我失望地低下头，我闻到芳芳头发上飘散的啤酒的香气，于是我就把鼻子埋到她头发里，深深地吸了一口。芳芳抬起她深情而迷离的目光，问我，你爱上我了吗？我看到她的胸脯比刚才丰满了许多，这一定和她内心情爱的迸发有关。我没有回答。

我大声咳嗽了一声，我看到每张桌子上的盘子都蹦得高高的，我们桌子上的酒杯也蹦得很高，它把啤酒送到了芳芳微微启开的嘴巴里。然后我借机向卫生间走去，我能感到芳芳的目光像蛇一样跟着我。我进了卫生间，我看到有一个人趴在马桶上睡着了，我把他放到旁边的地板上，我注意到他的脸上很幸福。不一会儿邢晋就进来了，这是我的咳嗽起了作用。我气恼地抓住他的背心，你他妈泡我呢，我没工夫陪你们玩了，我要走了。那个时候我很惦念米丽，我怕她再伤心落泪。邢晋愁容不展地说，老弟，你帮忙帮到底，我实在没法子，老婆看得太紧，我的时间就跟他妈的挤牙膏似的。我说，你还不如辞掉你老婆，娶芳芳多好，长得不丑而且喜爱读书。邢晋急忙说，小声点，这话别让我老婆听到。我讥讽他害怕老婆的样子。邢晋叹口气说，唉，没办法，这也是一种生活方式呀。

我们商量好，利用饭店中混乱的场面，用最短的时间演完我们的节目。于是我们向卫生间外走去，为了防止邢晋的太太看到，我们是爬出卫生间的，但是我们首先看到的是一对丰润赤裸的脚，那是邢晋再熟悉不过的了。邢晋跟一只吃了老鼠药的耗子一样趴在了地上。他太太蹲下身来，我只好坐起来，我看到她的胸脯比芳芳的要丰腴好几倍。邢晋的太太拧着他的耳朵，吼道，你想耍什么把戏，你以为我没看到那个小贱人呀，我早就看见了，我就知道你没安好心，你是想和她来幽会偷情的吧，可是她跟一个男人在谈情说爱呢。邢晋的妻子狂笑不止。我看到每张桌子上的盘子都飞到空中，打了几个滚才回到原位。这时候他太太看到了我，她盛气凌人的神色顿时减了下来，她张张嘴但是没有说出话来。我只好站起来，无精打采地向芳芳走去。芳芳关切地拍拍我的脸，你的脸色这么难看，你是不是喝得太多了，这一杯酒我替你喝了吧。说完，她真的一仰脖把我那扎啤酒喝了下去。喝完后她的嘴边满是酒沫地问我，我好像看到了邢晋的胖女人，你看到没有？我说，没有，你一定是太热了，汗水掉到你的眼睛里，你的眼睛花了。芳芳说，我看你时眼睛才花。我垂头丧气地躲开她的目光，我看到了邢晋的一个背影，他跟在太太身后，慌慌张张地消失在饭店门口。

　　我们互相搀扶着来到城市明亮的夜色中，这一次我没有被病魔或者酒意击倒，慢悠悠倒向水泥地的是芳芳，她的头发蓬松地散落在地面上，瞬时便结成了冰。她没有像我一样彻底地失去知觉，她睁开妖娆的眼说，你把我抱回家。那时候我想到我晕倒时的那个下午，所以我没有别的选择，我只好弯下腰，抱起芳芳，我站在路边准备拦一辆出租。芳芳在我怀里扭动着腰肢说，不，你抱我回家。于是我就抱着芳芳穿行在城市的夜色中，明亮耀眼的光芒时时刺得我的脸皮一松一紧的。另外，接踵而至的恋人们快速地与我擦肩而过，他们的呼吸把他们粘在一起，我必须小心地躲避着他们的呼吸，后来，我的一只鞋被他们踩掉了，后来是另一只。我没有办法弯腰寻找，因为那会使甜甜睡去的芳芳无辜地掉到地上的。我只好一跛一拐地向她家走去。那时候我多么希望邢晋能横空出世，把这个场面扔到他的眼睛里呀。

　　来到芳芳凌乱不堪的房间里，我刚把她放到地毯上，芳芳就睁开了眼睛，实际上是眯着眼睛，她用那种带蜂蜜的目光舔着我，她说，我们一起去洗个澡多舒服。我灵机一动，慌忙说，你为什么不先看看《巴黎圣母院》？芳芳顿时睁大了眼睛，她目光中蜂蜜的味道变成了一道焊光，她急切地说，当然，我想得好苦。她顺手就拿到了我借给她的那本《巴黎圣母院》，翻开如饥似渴地读起来。那时她的脸色圣洁而安详。我轻轻喊了两声：芳芳，芳芳。但是她没有听到。我趁机蹑手蹑脚地向外挪，挪到门口时我看到了一双男人的拖鞋，那一定是邢晋的，我急忙让赤裸的脚安了一个家，我打开门，再一次回头望去，芳芳一动不动地看着书。我看到有一束红红的光在书上来回飘动，那是她的目光。我侧身而出。轻轻地关上了门。

　　有一天我接到了一个电话，那天周欣正好没来上班，不然我会与这个电话失之交臂的。电话是米丽打来的，她又在伤心地哭泣，我一听就是她，我急忙问，你在哪儿？你为什么还在伤心？米丽哭着说，我在医院里。

我匆匆忙忙赶到医院。医院里静得出奇，我看到的人都戴着白色面罩，只露出一对惊恐的眼睛和一张嘴。我找到米丽住的病房，那是一间空旷的大病房，只在中间摆着一张病床，白色的床上，白色的被单下躺着一个人，她同样戴着白色的面罩，露出一对惊恐的眼睛和一张嘴，我脚步趔趄地扑到病床边，抓住床单外那只纤弱而发白的手，我一看那就是米丽的。我结结巴巴地说，米……米丽，你……你是怎么了？米丽露在外面的一双眼睛轻轻眨了一眨，我就看到泪水汹涌而出，浸满了脸上的白色面罩。所谓的面罩其实是几层白色纱布。我说，我给你换一些纱布吧。米丽叹口气道，没用的，换不过来的。我坐到床边，抚着她冰凉的手，我不知道说什么好。米丽哀怨地看着我，她的泪水少多了，她说，对不起，我欺骗了你的爱情，其实我早就得了病，这种病是无法治愈的。我说，你需要什么，肾脏、眼睛，我可以移植给你一个。米丽的泪水再一次泛滥成灾，但她的嘴却笑着，她使劲握握我的手指，她说，什么也不需要，没有用的，你生我的气吗？你不是老问我为什么总是伤心吗？现在你知道了吧？我急迫地说，不，我不会生你的气的，生你的气的人是个傻瓜。米丽说，我挺不过这个冬天了，我非常感激你，你使我最后的这个冬天充满了快乐，我说过你是上天送给我的白马王子。我再也控制不住自己的感情，泪水夺眶而出，我把头埋在她的身上，米丽伸出手托起我的头，为我擦着脸上的泪痕。她说，你看看，窗外的小鸟都在笑话你呢。我回过头去，窗外的窗台上果然落着几只羽毛鲜艳的小鸟，它们也在潸然泪下。米丽说，它们是时常在图书馆窗前嬉戏的小鸟。米丽从她的枕头下面抽出一个本子，她说，你翻开，里面都是治疗秃发的偏方，你要是长出头发来，一定会更加迷人。我含着泪说，好的，可是我到哪里给你找治病的良方！米丽抚摸着我的脸，我知道你爱我，这就足够了，你掀开

156

我的被单。我摇摇头说，不，那会冻坏你的。米丽笑着说，没关系，我一见到你，身上都直冒汗呢，你掀开，我会给你惊喜的。我掀开盖在她身上的被单，我看到她竟然穿着上次我们在超市购买的性感黑色内衣，这衬托着她裸露的肌肤泛着一种让人揪心的白光。米丽笑着说，我说过只穿给你看，你说是不是很好看？我别过头去呜咽地说，好看，真的很性感。我看到我的眼泪画着一道明亮的直线向下垂落，它们来到我的手背上，砸得很疼。米丽鼓励我说，那你为什么不上来和我躺在一起？我脱衣服的手明显有些不听使唤，等我躺在米丽身边，身体和她的身体贴近之后，我的身体还在摇晃，米丽在我耳边说，你的身体这么凉，你搂紧我，我给你暖和暖和。她的身体果然那么温暖，一点也不像一个病人的温度，我于是搂紧她，让她裸露的嘴贴在我的胸膛上，同时我还摘掉了假发，我感觉我的身体温暖了许多，也安详了许多。米丽说，我要是给你生一个孩子还来得及吗？我连忙说，来得及，你不会离开我的，我要娶你为妻。米丽快乐地说，好吧，那就让我给你生一个孩子吧。

随后的一段时间我就天天守在米丽身边，我尽量让她天天没有泪水，我还带她去了趟动物园，我们绕开了吃老虎的人群，来到冰冻的湖边，我们仍旧租了一条船，米丽把手伸到冰面上，为我们的船开路。当船来到湖中心时，米丽无比向往地说，这要是在海上该有多好，天空和海水都是那么蓝，连呼出的气都是透明的蓝色。我发誓说，我一定要带你去一趟海边。

由于我时常陪着米丽，所以就无法正常上班，这就给了科长发挥权力的足够空间，他开始扣我的工资，然后和办公室里的人到最豪华的酒店吃饭，科长也不忘记叫上我，通常情况下我都不会去。有一天，神出鬼没过一段时间的石素芬终于彻底消失了，她被人发现死在一个陌生男人的家中。陌生男人不知去向。死在陌生男人的家中给石素芬一向清白的名声抹上了一丝阴影。但是石素芬的死却使邢晋乐不可支，在长时间的僵持之中，他们二人谁都没有当上副科长，现在他唯一的对手死于非命，对于邢晋来说这无疑是喜从天降。但是事与愿违的是，科长很快就给了他当头一棒，科长在石素芬被发现死亡的第二天就宣布了另一个候选人，那一个人就是周欣，就是那个每天往灰指甲上涂指甲油的周欣。尽管如此，邢晋仍看到了希望，因为投票选举的人只剩下三人，肯定不会再出现平局。于是，我这一票成了关键，他们二人开始用一种黏糊糊的目光看我。我被米丽的病搅得痛苦万分，根本无暇分辨他们目光的含义。邢晋说，你可以开着我的车带米丽兜风。我向他保证说，到时候我会投你一票的。我能看到邢晋在递给我车钥匙时，他的胸脯乐滋滋地一鼓一鼓的，就跟青蛙的肚皮一样。所以那几天我就有机会开着车带米丽到郊外兜风，虽然冬天的景色十分凋零、破败，但这同样令病中的米丽兴奋不已。我把车停在郊外空旷的田野中，我们坐在邢晋破旧的二手车中，让浓浓的汽油味和二氧化碳包围着我们，我们互相依偎着看着夕阳西下，此时，米丽再一次表达了她对海的向往，她说，当夕阳落入海水中的时候，一定比这个更壮观。实际上那时我就开始在心中酝酿去海边的事情。

　　石素芬追悼会在五天之后举行，在科长泪流满面地追忆石素芬的丰功伟绩时，周欣来到我的身边，她装作十分痛苦的样子，趴在我的肩头，她热辣辣的脸不停地摩挲着我的脸，她悄悄对我说，我费尽心机找到一个治疗米丽病的消息，你想不想要？我顿时眼光一亮，在哪里？周欣神秘地说，在我的家里，我是从一张报纸上找到的，开完追悼会你和我去拿吧。我急切地说，不，现在就去。于是我们偷偷溜出了追悼会厅，我们坐车来到周欣的家里，一进门我就迫不及待地追问，好了，消息在哪里？周欣靠在我肩头，别急嘛，我想让你给我染染指甲。我只能无奈地说，好吧好吧，快点拿指甲油，伸出你的灰指甲。周欣转身进了卫生间，我觉得在外面等了有一年，等她出来时，我惊奇地看到她赤裸着身子，我说，周欣，染指甲油要脱光衣服吗？周欣一步步地向我走来，她的身体顷刻间贴到了我紧张的身上。她说，你不是说我浑身染上指甲油更加可爱吗？现在你染吧，我把整个身体都给你。周欣的话把屋顶最亮的一盏灯给勾了下来，灯掉在地上摔得粉碎。我气喘吁吁地说，周欣、我、我要治病的消息。周欣也气喘吁吁地说，消息、消息在我的身体里呢。她一边说一边脱我的衣服。面对这样一个虽然有灰指甲却是健康充满活力的女人，我再也把持不住，我闭上眼睛说，消息、消息。后来我们并排躺在周欣火热的床上，周欣用灰指甲的手抚摸着我的嘴唇说，你知道，新的一轮投票要开始了。我向她保证说，我会投你一票的。当然，周欣并没有什么治病的消息。从周欣家里出来，我直接去了医院，米丽没有在病房内，她被送进了输血室，她在换血。她被推出来时，我看到她的睫毛又掉了许多，每一次换血都会这样，她的眼睛就显得格外地孤独。我吻着她孤独的眼睛流下了泪水，我说，我要是能治好你的病该有多好。米丽虚弱地说，你就是我的医生，难道你不知道吗？

投票选举终于开始了。科长重新印制了选票，选票上郑重其事地印着两个人的名字：邢晋和周欣。在科长发票的时候，邢晋和周欣不约而同地向我递送了一个暧昧的目光，我看到他们的脸上看似很平静，可是他们的脚面都肿得很高，那是一种激动的肿。我伸出脚在他们每个人的脚上踩了一下，这没有用，一旦我的脚离开他们的脚，他们的脚又兴奋得肿起来了，我只好专心致志地看我的选票。科长在宣读填写选票的注意事项，科长的身体大不如以前，以前科长念两个小时不用逗号，现在科长念五个字就要用一个句号。科长满头大汗。我也满头大汗，我拼命脱衣服，却没有用，汗水模糊了我的视线，我抬头看看邢晋和周欣，他们低着头认真在自己的名字下打个对勾，都用眼睛的余光使劲刺着我薄薄的脸皮。我说过汗水模糊了我的视线，在不甚分明的视线中我还看到了伤心不已的米丽，这使我的手有些隐隐作痛，于是我把笔使劲按到选票上，我打了一个对勾。

选举的结果是一比一平，一票弃权。我的视线更加模糊不清，我弃权了吗？我明明打了一个对勾，我依稀看到科长大汗淋漓的脸上露出得意之色，而邢晋和周欣均对我怒目而视，他们分别走到我面前，装作没看着我一样，在我的脚上狠狠踩了一下，这样，我的两只脚面真实而痛苦地肿了起来，这和他们兴奋的肿是不同的。科长像鸟一样飞出了办公室，邢晋和周欣都坐得离我远远的，我先走到邢晋面前，我说，邢晋，我没有骗你，这是你的车钥匙。邢晋怒不可遏地接过车钥匙，把目光别到窗外去。我又走到周欣面前，我说，周欣，我没有骗你。周欣也别过头不理我。我走出办公室，来到了科长室，科长正在抽烟。我说，科长，我要看看选票，我明明打了对勾，怎么是弃权呢？科长说，选票是不能看的，我把它卷成烟抽了，再说，也不一定是你弃权的呀。

　　后来我失魂落魄地走在城市拥挤的街道上。我觉得自己是个不合时宜的人，我看到一头驴子自由地穿行在熙熙攘攘的人群中，它来到我的面前，趾高气扬地打了一个响鼻。我顿时闻到了一股浓重的干草气味，那股气味把我吹到一米高的空中，又重重地掉到地上，等我鼻青脸肿地从地上爬起来时，我乌青的眼睛看到了芳芳。她肯定欣赏到了我像跳水运动员一样地自由下落的姿势，她抱着电线杆狂笑不止。我说，你这样笑会把你漂亮的鼻子笑掉的。芳芳果真听话地停止了狂笑，她离开电线杆，温情脉脉地站在我面前，脸上的表情顷刻间变得多愁善感，她一说话我就看到有几粒雪花飘落下来。她说，你到了哪里，我一直在寻找你，你连电话号码都没有留下来，我找你找得腿都细了，眼睛都变小了。她撩起裤腿，指给我看她光滑润泽的小腿，她说，你攥一攥，是不是细了许多？我蹲下去，用手掐住她的脚脖子，我说，真的细了，可以打狗了。芳芳气急败坏地把我推倒在地，然后她也坐到地上，靠在我身上，柔情蜜意地说，我都饿好几天了，要是你再不露面我就会饿死的。我说，你要是饿死了才好呢。芳芳抱住我的头吻了一下，她说，你怎么能这样说呢，我是因为没有你才不想吃饭的，我觉得你就跟辣椒一样，能帮助我下饭呢。有无数的人要经过我们身边，他们无意之中就踩到我们的肩膀，这使我感到很疼，我说，

160

我们去吃饭吧。这使芳芳兴奋异常，她站起身来，拍拍身上的雪花，高兴地说，我终于可以使小腿变丰满一些了。说着她掏出那本《巴黎圣母院》说道，我们去天府酒店吧。她说完就打开书，一边走一边入神地观看书上的文字，有一个大块头的男人莽撞地和她走了个对面，芳芳仰面倒在地上，但是她手中的书始终没有离开她的视线。我把她扶起来，我们继续前行，我轻轻喊了两声，芳芳，芳芳。芳芳只顾埋头看书，好像旁若无物一样，我想故伎重演，于是我拔腿向人群密集的地方奔去。但是这一次我没有得逞，我的脚没跨出三步，后背就被机警的芳芳抓住了，她笑盈盈地看着我，这回可不能让你溜掉了。我只好作罢，观察四周，伺机再次逃脱。当我们邂逅一支热闹非凡的送葬队伍时，我的机会来了。我们看到的送葬队伍在街道中穿行，穿着鲜艳的人们谈笑风生，他们显然在为一个生命的结束而欢欣鼓舞，他们一边谈笑风生一边嗑着葵花子。我听到嗑瓜子的声音腾空而起，响彻上空，有许多路灯灯泡被这种声响震碎而发出更加嘹亮的爆炸声。这是一个逃身的最佳时机。我走到那个手捧遗像的中年男人身边，轻轻拍了一下他的肩膀，我说，喂，该哭了。说完我就向送葬的人群中挤去，我感到我已经嗅不到芳芳身上的气息了，我被送葬的人们包围着，被他们嗑瓜子的声音拍打着脸庞，我暗自庆幸，于是我拍打一下四处飞来的瓜子皮，正正假发，看准方向，准备向医院方向走去。我的不幸再次降临，我不知道芳芳是从哪里冒出来的，她的眼睛仍旧没离《巴黎圣母院》，她的手紧紧抓住我的手，她说，你跑不掉的，难道你那么讨厌跟我在一起吗？这使我再次失去了信心，我们伴随着葬礼的队伍走了一段，在一个十字路口，送葬的队伍分成两队，一队向南，一队向北。那时候我们站在十字路口的中央，我被芳芳温软的手拉着，茫然不知所措。突然之间我看到了邢晋，我看到邢晋独自一人开着他那辆二手车正经过十字路口。车速很慢，于是我大喊一声，邢晋！我这一嗓子起到了出奇制胜的效果，芳芳的手猛然松开，她放下《巴黎圣母院》，眼睛东张西望。这时正好有辆公共汽车从我身旁经过，我一跃身，从窗口跳了进去。

　　米丽的病情在急剧恶化，她已经无法自己下地走动，我时常在半夜醒来的时候看到她往自己的脸上缠纱布，我知道她是想在白天到来的时候，让我看到她的脸还像前一天那样饱满，实际上我从她身上的骨头能够猜到她脸上枯槁的样子，我说，你干脆摘去纱布吧，我不在乎你脸上是什么样。但是米丽执意不肯，她说，我不想让过去从你记忆中消失。

　　在我的生命中，如此亲近地与一个女人相处是第一次，但却是心力交瘁的一次，我并不感到痛苦，痛苦是留给记忆中的那个米丽的。当我独自徘徊在医院的花园中时，我仿佛看到生命停滞时的模样，宁静而和善，类似于白昼与黑夜交错时的状态。那种状态使我昏昏欲睡。就是那时候我还可以看到芳芳，她从医院的大门走进来，穿着一件灰色的大衣，她向医院的大楼走去，一路向人打听着我。

　　在卫生间里，我和邢晋坐在马桶上，我们之间有一块木板，我绝望地说，赶快结束你和芳芳间的游戏吧，不然我会杀死她的，我现在随时都有这种欲望。我听到木板那边的邢晋狞笑了两声，随即没有了下文。我拍着木板说，你他妈倒是放个屁呀，你把我拉进来，你得把我拉出来呀。邢晋有气无力地说，你可以撒手不管呀。我惭愧地说，我干事情不喜欢半途而废。

　　邢晋长长出了口气，好像是他处于一个尴尬的地步中，好吧好吧，我来安排这个结尾吧。他的口气听上去十分不耐烦。

　　邢晋安排的结尾是在一个晚上。我们共同在一家饭店吃完饭，邢晋抹着自己油腻腻的嘴巴说，你先去，一小时后我准到，一小时够不够你展开场面？我说，够了。于是我走出饭店，乘一辆出租车到达了芳芳的楼下。

　　芳芳还在看书，她的身边放着一碗泡好的方便面，她指着沙发对我说，你先坐那里随便看点什么，等我看完这一章。于是我就坐下来，我低头看到了一个与我的膝盖一般高的类似于木盒子之类的东西，我抚抚上面的尘土，一看正是《巴黎圣母院》，是芳芳以前的那一本，我翻开沉重的封皮，里边的每一页纸上果然沾满了密密麻麻的指印，这使得每一页纸都跟一块木板一样。实际上那上面的字已经模糊不清。我的心思不在辨认上面的文字上，于是我合上那沉重的封皮，走到芳芳面前，和她并肩坐在地毯上，我说，芳芳，你是不是觉得我特英俊，比邢晋还英俊？芳芳头也不抬地说，那当然。我继续我的台词，那你是不是像爱邢晋那样爱我？芳芳伸出一只手抚摸着我的脸，轻描淡写地说，那当然。我说，那你为什么不吻我一下呢？芳芳说，我没时间，我在看书呢。我只能不争气地说，那我吻你怎么样？芳芳目不转睛地说，你随便。我只能脸朝上，穿过她的胳膊，非常艰难地去迎合她微启的嘴。我费尽周折地吻了吻她，我尽量吻得富有激情，但是我没有把她的注意力从书上拉回来，她只是用舌头舔了舔嘴唇。我偷偷看了看表，已经过去了半个小时，我要尽快让她投入预定的情绪中去，于是我说，你的肚子咕咕叫呢，你应该吃点饭了。芳芳说，我马上就要看完。我只得坐直身子，看着她目光随着文字快速地移动，脸上的肌肉随表情忽高忽低，我看着表一秒一秒地向我们预定的时间逼近。我看到只剩下十分钟了，于是我使出了撒手锏，我站起来说，我要走了，有另一个姑娘在等着我呢。这时候芳芳一把抓住了我，她用另一只手小心地把那本《巴黎圣母院》放到旁边，她像是刚刚睡了一个安稳觉一样伸了个懒腰，她说，我看完了，我不能让你再溜掉了。说完这句话她眼睛里居然头一次溢满了泪水，她把我拉到她身边，说道，你为什么那么狠心，一连几天不来看我，你不知道你在我心目中的地位有多高，我日夜思念你，你摸摸我的胸口，你在那里面跳动呢。我摸了摸她不甚挺拔的胸脯，我说，那不是我，那是邢晋。芳芳拼命摇着头，怎么会是他呢？我都把他忘记了，他能够有我这样出色的情人，我为什么不能有呢，我的情人也照样出色，是不是呀你？我挺了挺胸脯说当然。时间已经到了，我的心跳得"怦怦"响，我在焦急地等待着那个时刻的到来。实际上我在等待钥匙开门的声音。没有。也许邢晋的二手车在路上遇到了塞车？我想。芳芳显然听到了我胸口激动的

163

心跳声，她把手伸到我的衣服里，她说，你的心也在跳，你这里是不是我呀？我说，肯定是。她说，我想看一看。说完她就给我脱衣服。我看到她眼睛里的泪水此时变成了两汪波澜壮阔的海水，蓝茵茵地涌动着，她的头一甩，那些蓝蓝的海水就滚落到我的胸口上，滚烫滚烫的。时间已经超过了半个小时。我的耳际仍然听不到钥匙的声响。我在内心里说，等一会儿，等一会儿！芳芳说，你说什么呢？我连忙说，没有，我在说，你长得真漂亮。芳芳的动作没有停止，她开始脱自己的衣服，她一边脱一边说，我热，热得难受。我惊奇地看到她身上的衣服开始燃烧，火光像是从水中喷薄而出，湿淋淋的，红红的火光映着她的肌肤饱满欲滴，她一边脱那些燃烧的衣服一边把手伸向我，过来，抱住我，给我降降温。我没有靠近她。那些衣服一离开她的手就熄灭了火焰，她把最后一件衣服脱掉后，她的头发也燃烧起来，她快步投入我的怀抱里，她头发上的火立即消失了，她的头发又恢复了秀美和润泽。她说，抱紧我，抱紧我。我抱住她，我闻到那股情欲烧煳的味道那么浓烈和呛人。我不禁眼泪横流。

时间已经超过了一个小时，我彻底地绝望了，我抱着这个与我毫不相干的女人，突然感到了一阵阵的酸楚。这股酸楚顺着我的心脏来到我的脑袋里，我的头顿时想要发泄一下，我疯狂地摇摇头，我的这个举动收到了良好的效果，我的假发掉到了芳芳的脸上，她一定被这个毛茸茸的家伙吓坏了，因为她从我怀里跳了出去。她先把假发拿在手里，而后神色紧张地看着我的秃头，她的嘴是歪的，她说，你的原形是这样的？她使劲把假发扔到我身上，指着我说，你这个秃子、骗子、流氓，你滚！滚！我接过我的假发，小心地戴到头上，走到镜子前，认真地矫正一番，然后慢条斯理地穿好我的衣服，出门时我优雅地冲着仍然赤裸身体的芳芳鞠了个躬，我说，再见，希望你再找一个英俊的情人。

我决定带着病重的米丽去海边，我向她描绘了海天合一时蔚蓝的景色和日出时的壮观场面，这一切都使米丽泛黄的肌肤闪现出一丝潮红。

她说话时已经失去了连贯性，她的头发也已经掉光，成了和我一样的秃子，我为我们这次远行做了充分准备，我给她买了一个漂亮的假发。

出发的那天我看见周欣和邢晋头碰头地在窃窃私语，他们的脸上一律闪烁着蠢蠢欲动的激动，他们对我说，难道你不去医院看看科长吗？我说，不去。科长因为用公款吃喝太多而得了脂肪肝住进了医院，据说科长在医院里大呼小叫，还让医生给他揉肚子，当然医生没有理睬他，我说，我不去。我提醒他们，你们脸上长出了青草。他们吃吃笑着看着我，对自己脸上在萌芽的青草听之任之。

我推着米丽走在冬天的街道上。我们的火车还有一个小时就要启程，我们经过一家鲜花店时，我闻到了一股非常熟悉的臭味，于是我推着米丽走进了鲜花店，有许多蜜蜂在冬天的鲜花丛中采蜜，它们看到有一个穿着艳丽的女人进来，全都嗡嗡地飞向米丽，离米丽还有一米远就有许多蜜蜂中箭一样落到地上，其余的蜜蜂则仓皇逃窜，霎时飞得无影无踪。我看到米丽又在流泪。我踩着"卡吧"作响的蜜蜂的身体来到柜台前，那股臭味更加浓烈，我看到了一个熟悉的身影，一个人的脸上套着女人的丝袜，手中拿着儿童手枪，用枪指着漂亮而大惊失色的小姐们，快点把保险柜打开，把钱统统拿出来。我走过去，轻轻拍了一下那个人的肩膀，那个人恼羞成怒地转过他臭烘烘的脸，一看是我，立即扯下丝袜，塞到裤兜里，而后扔掉了手中的玩具手枪，他痛苦不堪地举起双手，说，怎么又是你。我也奇怪地说，怎么又是你，你不是被抓起来了吗？那个人苦笑一声，他们说我对社会危害不大，又把我放出来了。我看着刚才还花容失色的漂亮小姐们把他五花大绑起来，我说，这次你又没有摸到银行的门。那个人悔恨地掉下了眼泪，我他妈的真笨，我以为这儿是银行呢。他想扇自己的嘴巴，但是他的手被小姐们牢牢地捆住了。我推着米丽向外走，我注意到，鲜花店中所有的花都低下头，这一定是米丽的缘故。我们快步走出了鲜花店。

我们按期到达了海边。那是一个阴云密布的日子，天空贴在我们脸上，使我们的呼吸十分局促。我们面前的大海没有米丽想象中的茫茫无际的蔚蓝，从沙滩延伸而去的海水是黄褐色的，而且不时有一些饮料罐、塑料袋翻卷在混浊的浪尖上，浩渺的大海，却没有一丝蔚蓝，这使在兴奋巅峰翘望的米丽突然放声大哭。她说，这哪里是，大海，大海！我搂住她，悲戚地向她解释，这是因为天气的缘故。实际上我知道，这种现象在北方的近海是相当普遍的，我们时常看到的电视上的海离我们还很远。我说，我给你捧点海水吧。米丽摇着她轻飘飘的头颅，她裸露的眼睛更加向外鼓胀，她说，不，这样的海水我宁愿不要。我安慰她说，天放晴了就会好的，海水的颜色其实是天空的倒影，现在天空都是昏黄的色彩，你就不能有太多的奢望。米丽没有说话，她闭上双眼。这时天下起了雨。米丽再次失声痛哭，她边哭边说，一定是因为我，因为我天空才会这样阴沉，我走到哪儿，我的伤心就会跟到哪儿的。我尽可能不让眼泪来到我的眼睛里，我感到它们在我的脑子里搅得湿乎乎的，使我的思想十分沉重，我说，不会的，这纯粹是我们的运气不好。米丽说，你不用安慰我。

　　我们在海边待了三天，阴雨绵绵的天气一直散不去。第四天的上午，天空陡然间放晴了，我推着米丽来到空气清新的海边，一路上米丽没有睁开眼，等我停下来，我背转身，我知道她睁开了眼，她一定看到了依旧浑黄而博大的海水，一个浪头打过来，把一些浑黄的水溅到她的身上，我听到了一声尖厉的叫声。我回过头来，看到轮椅上已经没有了米丽，一只黑白相间的俏丽的海鸥从我面前腾空而起，迎着绚丽的阳光向远方飞去，向有着蔚蓝色海水的远方飞去。我不禁泪水长流，泪水一直流到我的脚上，打湿了我的鞋，我不明白米丽为什么不向我道个别。我顿时万念俱灰，我的头发就是那时候开始生长的，它们踏着我的悲痛增长的速度，飞速地从我光秃秃的头皮上生长出来。我的悲痛成了头发疯长的化肥，不到半个小时，我乌黑而茂密的头发就覆盖了我的肩膀，我在海边徘徊，我的头发被微微的海风吹得高高的。在白得耀眼的阳光中春天来临了，我闻到了春天芬芳而温暖的花香了。在春天的陪伴下，当天我就返回了我所在的城市。

我披散着头发出现在我的办公室，这没有引起别人的吃惊，因为办公室里并没有邢晋和周欣的影子，而只是两个胡子稀稀拉拉的年轻人，他们抬起头打量着我，他们说，我们这里不欢迎摇滚歌手。我说，他妈的我在这里上班。其中一个小心谨慎地问，你是方向？我说，是。他说，你被开除了。我气愤地问，这是谁说的？他回答，科长，科长这么说的。另一个补充道，副科长也这么说了。我抛下两个年轻人，转身向科长室走去，因为有了真正的头发，我走路时的脚步声很大，我吸到办公室门上方的玻璃牌发出了叮当作响的音乐声。我径直推开了科长办公室的门，我看到了邢晋和周欣。他们都跪在各自的椅子上，身体向前倾着，头碰着头，胳膊支在桌子上，邢晋正不厌其烦地给周欣的灰指甲染指甲油呢。我进去时他们只是瞥了一下眼，继续他们的工作，邢晋说，怎么样，这样是不是很好看？周欣说，只要是你染的都好看。周欣接着问，你请摇滚歌星参加我们的午宴了吗？邢晋说，没有，我最讨厌那帮人了。那个时候我明白了一切，于是我没有再停留，我悄悄带上门，走出了我曾经熟悉的办公大楼。

　　我无所事事地在大街上闲逛。春天降临我周围的每一个角落，此时的春天是清丽阳光下的一个阴影，它们在高楼间、大树下、人们的鼻翼、眉宇间跳跃和闪动。我却没有。当我来到高楼大厦的阴影中，我感到凉飕飕的，我觉得它们都是缠了纱布的米丽。整个白昼我在大街上踯躅，当夜晚降临时，我开始想念米丽，米丽没有给我留下一件值得纪念的东西，这使我感到自己很可怜，突然我在记忆的深处抓住了一个让我感动的记忆，那就是米丽借给我的《巴黎圣母院》，于是我迈步向芳芳家走去。我敲开了芳芳的门，开门的不是芳芳而是满脸笑容的邢晋，他诧异地看着我，说，我好像见过你，我们没有请摇滚歌手助兴。我说，我是方向。邢晋拨拉一下我长长的头发，你真的是方向？我苦笑了一声。邢晋没有邀请我坐到他们热气腾腾的桌边。屋子里其乐融融，洋溢着一股家庭的气氛，我看到那个插满鲜花和美味的桌子旁坐着两位衣着鲜艳、美丽动人的女人，她们是芳芳和邢晋的太太，她们的脸上一律飘扬着幸福的笑意。邢晋说，芳芳要为我生孩子了。我说，我来要我那本《巴黎圣母院》。芳芳站起来，从一个角落里翻捡了半天才找出那本书，她走到我面前，说，拿去吧，我不再需要它了。她抚摸着自己微微隆起的肚子，靠在邢晋的身上，她动情地看着邢晋说，是不是呀？这时邢晋胖胖的太太也走到他身边，邢晋就一边搂着一个女人，问我，你还有什么事？我说，没有了。我转身就走。邢晋喊了我一声，他问我，你的头发是真的吗？我说，是真的。邢晋说，你并不是什么也没有得到。我再次转身离开了那个家庭氛围让我窒息的地方。我来到城市明亮的夜色中，我把那本《巴黎圣母院》放到我的胸口，我听到有一只海鸥在我的胸口发出了一连串美妙动听的鸣叫声。

声音的集市

　　讲座已经结束，我还无法走下讲台，有几名听众上来索要签名。讲座的大厅是个小型的剧场，平时会偶尔有一些演出。今天是周末的上午。人流稀稀拉拉地向外走，像是一出散场的戏剧。风穿堂而过，刚才讲课时没感觉到冷，因为我脚下有一个电暖气吹着，现在才发现，剧场里根本没有暖气。真不知道，台下的那些人是怎么坚持听我讲完的。我微笑着签名，照相。最后看到了她。她一直躲在其他人背后，直到讲台上只剩下我，她才挪过来，开始我还没有意识到有什么问题，用眼角扫了一下她，长头发，一个约莫二十岁的姑娘。她递过来一张白纸，一支笔，轻声说："老师，请给我签个名。"

　　这是冬天，在城东的绿岛剧场。她特别补充了一句："请您给我写一句话。"我不假思索，随手在白纸上写了一句"书山有路勤为径"，签上我的姓名和日期，把纸递给她时，才发现她是个盲人。她脸色微红，腼腆地说："谢谢老师。我还有个问题，能不能问？"

　　一旁开发区文联的李主席根本没把这个盲人姑娘放在眼里，他已经在催促我去吃饭了。我示意他稍等一会儿，耐心地对姑娘说："你尽管问吧。"

　　姑娘说话的声音很柔很慢："老师，您今天讲座里，提到了水浒英雄李逵，您说黑旋风是个大恶人是吧？"

　　我愣了一下，然后笑着说："姑娘，你理解错了，我没有说李逵是个恶人，我只是说，在《水浒传》这部小说里，施耐庵给我们呈现的李逵，是一个充分展示内心恶的形象。我并没有说他是恶人。"

她攥着那张纸，腮边微红，陷入了沉思。

这时，区工会的李主席一把抓住了我，用力拽着我向外走："走吧，我们区委黄书记已经到酒店了。"

我匆匆走下讲台。这个时候，剧场已经人去屋空。讲座好像真的是一场集市。由我这样的人来兜售自己的想法，其他人照单全收，完全是卖方市场。李主席快步地向前走，行色匆匆，充满了因为冷落领导的内疚。我回头看了看讲台之上，那个姑娘还在那里，像座雕像，一动不动。

今天我讲的什么题目？那姑娘的问题稍稍让我的思维出现了停顿。是的，《善与恶——文学中的角色扮演》。我讲到了李逵。此时，在我几乎是被李主席推进汽车里时，我仿佛看到，在李逵打打杀杀的场面中，有一张疑虑重重的姑娘面孔若隐若现。李逵那把闪闪发亮的斧子四处飞舞，那个姑娘像片弱小的叶子一样，瞬间就被砍得粉身碎骨。

冬天给了我们有关温暖的记忆。这个季节里，竟然有那么多人在等待着被文字和文学的所照耀，我像一只火把，一只由文学缠绕在一起的火把，不知疲倦地穿梭于礼堂、大学、工厂、社区，把文学的暖意留在冬天里。每一次，我面对的都是不同的人群，不同的对温暖充满期待的人群。我不断地重复着一个或者两个、三个题目的讲座，而每一次，我都讲得热血沸腾，仿佛都是第一次讲给自己听。可意想不到的是，在时隔一周之后，我又一次碰到了盲人姑娘。

第二次是在师大的讲座，夜晚，文学是这座北方城市罕见的星光。这一次，她不是最后一个映入我视线中的听众，而是我从讲台上走下来，就看到了她，她从后面向前走，还不时被退场的学生碰到，险些摔倒。我等着她，我几乎已经忘记了她上次最后的提问内容。我只是觉得她是个执着的爱好者，也许，她在写诗或者散文。我对仍然跋涉在这条路上的人心存敬意。我说："慢一点。"

她说了一句话，吓了我一跳，她说："老师，您在讲座里说，李逵是个时代英雄。"她这句话，一下子就让我对自己今天的讲座有些怀疑，我没有讲到李逵吧？我含糊其词，在想着怎么回答她。我们一前一后向外走。师大的校园里，有一种特别的情调，让寒意稍稍地减弱。我谢绝了郭老师要请我去消夜的美意，我看着他开着黑色桑塔纳消失在图书馆后面，然后转头看了看站在暗处的盲人姑娘，我问她："你怎么回家？"

"黑暗即是我家。"她轻描淡写地说道，却如此诗意。这更加坚定了我的揣测，她是个文学爱好者，一个对诗歌执着的人。

我肃然起敬，我说："我送你吧。反正我也要穿越黑暗回家。"

她没有拒绝，上车后我问她去哪儿。她反问我去哪儿，我告诉她去东二环。她说："那你就把我放到万达广场吧。"

路上我说："姑娘，你是第二次听我的课了。"

她说："老师，您记错了。不是第二次。"

我暗自吃惊。我说："我想不起来……"

她提醒我说："在残联那次。您忘记了吗老师？"

"残联？"这个词离我非常遥远，我从来没有与残联打过交道，我矢口否认："没有，我从来没去残联讲过课。"

姑娘斩钉截铁地说："没错。是您，董老师，董仙生老师。我虽然看不见，但是我的耳朵就是我的眼睛，它用听觉来看这个世界。我相信我的耳朵，比你们正常人的眼睛还诚实。那是个雨天，您讲得题目叫《文学的面孔》。"

我一惊，思想一下子就抛了锚，汽车轮胎打了滑，险些蹿到其他车道上，我定定神，汽车平稳下来，说："这个题目我确实讲过，而且不止一次。可是残联那地方，打死我也没去过。我根本不知道残联在哪儿。"

"就是在那个雨天，那次讲座上，您讲到了李逵，讲他是一个时代英雄，时代造就了他，他也顺应了时代。您的话我都记在脑子里，我的脑子就是个笔记本，毫厘不差。"姑娘的语气极为自信，仿佛这就是在残联的讲座之上，而我正在向众人描绘着一个叫作李逵的大汉，讲他在时代的旋涡中披荆斩棘，讲他的英雄故事。

171

"那不是我。"我的辩解那么苍白无力。她的脸始终面向前方，脸露微笑。那是一张意志坚定的面孔。她的表情让我感觉自己真的做了亏心事，内心有愧。

"而您在桥东的绿岛剧场讲座时，又说李逵是一个恶人。您竟然会把一个人说成两个人，就像你在讲座里提到的那个分成两半的子爵，那个叫梅达尔多的子爵，两个完全风马牛不相及的人，我一直都心里不安，不知道该相信雨天的那个董老师，还是剧场那个董老师。"不时闪过的车灯照在她疑虑重重的脸上。

好在她看不到我，这让我稍感心安。而且，万达广场已经到了，我解脱了。我停在路边，告诉她，她已经到了。她打开车门，下了车，回头冲我说："董老师，我还会去听您的课的。"

我赶紧逃离了她，过了路口向后看了看，在摇曳的霓虹、不时闪过的车灯、不离不弃的路灯光的交相辉映中，那个路口早已没了那个姑娘的身影。我都不知道她叫什么，做什么的，为什么总是去听文学讲座艺术，而又为什么去听我的讲座。

第二天，鬼使神差的事情发生了。我竟然在拥挤的车流之中，七拐八拐，来到了残联门口。残联在桥西偏北的合作路上，离我上班的社科院已经超出了三公里。我从车窗里看着那幢灰头土脸的大楼，看着从那个大门出出进进的人，他们几乎和我一样，我仿佛看到自己在社科院门口出出进进的情景。我疑惑地问自己，我真的来过这里？

在这座城市里，不同的人扮演着不同的角色，彼此并不矛盾，我们互相友好地演好自己，共同上演着一出人生的戏剧。我认为自己是一个好演员，一个著名的文学评论家，一个文化名人，一个用自己的思想来塑造自己并影响别人的精神抚慰者。有时候，我是靠惯性在行动，比如讲座，就像是打了吗啡，它在我的生命中是永远无法停止下来的。它是我人生角色中的重要一环。

这一次是在省图书馆。我走上讲台的第一眼就看到了她。她坐在第一排，正襟危坐，微笑着面对我。她眼睛看不到，但是一定能听到我的窘迫，在她面前，我总觉得被一双锐利的目光注视着。我是真的不想看到她。不过，我到底已经锻炼成了职业的讲座家。一讲起来，便忘记了她给我制造的一点点麻烦。除了偶尔能看到她那张凝神听讲的脸，让我稍感不适外，大部分的时间都是被我自己强大的内心掌握的，面对如此情景，我游刃有余。

讲座结束后，她紧紧地跟着我，没有提任何问题，让我略感轻松。省图的宋主任注意到她，问我她是谁，是不是跟我一起来的，要不要一起用午餐。我还没有回答。姑娘却抢先说："我是跟董老师一起来的。"

吃饭的时候，她紧挨着我坐下来。令所有人意外的是她却不吃一桌子丰盛的饭菜，而是从自己的包里摸出一袋饼干，一瓶矿泉水，独自吃起来。她身边的小杨替她把菜夹到面前的盘子里，她说："谢谢。我只吃饼干。"他们都诧异地看着她，然后再看看我。我解释说，我们吃我们的，她这是习惯。其实我哪里知道她有这样的习惯，我不过是才见过她三次，况且我连她的名字都不知道。这顿饭吃得寡淡无味。匆匆吃完，在停车场告别宋主任一行，我上了车，姑娘也跟着上了车。我挥手告别宋主任，车开出拥挤的停车场，我对姑娘说："课讲完了。"

盲人姑娘说："董老师，您不是说好了要送我吗？"

我想了想，没记得什么时候承诺要送她了。我只好说："你去哪儿？"

姑娘想都没想，"长安公园西门。"

我专心开车，姑娘先开了口："董老师，我感觉到您闷闷不乐。"

我说："没有啊。"

姑娘说："您骗不了我。我看不到。我能听到。听到您在想什么。"

我说："我什么也没有说，什么也没想。"

姑娘说："可是那些人在说呀，他们一直在想啊。他们一直在说，都是说些您不爱听的，可您还得附和着他们，装作很认同他们。他们对您毕恭毕敬，但也只是场面上表现出的热情，心里不定怎么想的。那个叫宋主任的，其实一点也不喜欢您，从骨子里不喜欢您。他只是因为工作的关系，没有办法，而打着官腔。那个杨经理，不过是想利用您的地位

173

和影响力，来给他们读书俱乐部涨涨人气。那个小黄，是一个像我这样的文学青年，他只想着和您套套近乎，好让您在文学的道路上帮他一把，给他的书写篇评论，推荐评奖。"

我暗吃一惊，她看不到，却能感觉到我在想什么，其他人在想什么。我停下车，"你到了。"我说。

姑娘没有下车，她说："董老师，还没到。我说的是长安公园西门，不是南门。"她看不到外面的景色，真不知道她是怎么感觉到的。

她继续着她对这个看不见的世界的探寻。她说："董老师，您六月六日那天，在燕赵讲堂讲课，讲座的题目是《四大发明与中国历史》……"

她还没有把问题抛出来，我就有些发毛，她的想法，远远不是一个文学爱好者的思维方式。我立即制止了她："那不是我。姑娘，我没有讲过四大发明。我是个文学工作者，对历史没有太多的研究。没有研究过的内容我从来不会讲的。你肯定是认错人了。"

不管我如何辩解，都无济于事，她是个认死理的姑娘，一旦她认定那个讲四大发明的人是我，那肯定就是我。我无法按照她的想法与她沟通对话，只好沉默不语。但是表面上安静的她却思路大开，滔滔不绝地说起来，"我以前是个闷葫芦。几天都说不了一句话。我父母都以为我变哑巴了，他们害怕极了，一个瞎子，再变成一个哑巴，你说他们得有多倒霉。他们的人生该多么失败。我也替他们发愁，可我就是什么也不想说。越不想说话，就越紧张，越紧张就越说不出来。那些话像是结成了一个疙瘩，窝在我心口里。可是有一天，我去父亲单位，偶然听到他们礼堂里有人在讲课，那是您，董老师，您在红星机械厂的礼堂里讲孔子，正讲到君子坦荡荡，小人长戚戚。我一下子就被那内容吸引住了，给我打开了另外一个辽阔的世界。您那天的声音现在还回响在我耳边，您就是我的大救星，给我解开了胸口的疙瘩。我停在那里，完全融入了您带给我的另外一个世界，那个世界如此美好。"

我听着听着，竟以为自己到过那个叫作红星机械厂的礼堂，在那里讲过一堂论语课，讲过君子之道。而红星机械厂，据我所知，早就在二十年前就倒闭了，现在那个位置，耸立着一个已经濒临绝境的商场。

长安公园的西门已经到了。这一次，我没有感觉到那么漫长和无聊，我不知道为什么竟然有些享受她的虚构。

她下车时，我突然想起来，"你总得告诉我你叫什么。"

她摸着车门，笑着说："董老师，我叫莫慧兰。"

我一下子蒙了，莫慧兰，不是九十年代的体操明星吗？"你确定你叫莫慧兰？那个跳体操的？"我万分惊讶地问道。

"是叫莫慧兰。我以前不叫这个名字，是后来我爸给我改的，他希望我像那个体操明星一样，能自由地跳来跳去。"

在那段时间里，我和她，一个叫莫慧兰的盲人姑娘，几乎是见面最频繁的两个朋友，好像我们早已有约，早已心有灵犀。不知道为什么，我能够有足够的定力进入她的世界，进入她内心看到的那个我，那个到处去讲座，到处去展示自己才华的董仙生。有时候我会不自觉地去寻找她提到的曾经有过的那些地方，我站在红星机械厂的旧址前，可是我怎么也想不起，红星机械厂红火的那些日子里，我在干什么，只是有一点我可以确定，那个时候，我没有到处去给别人上课。

我们的谈话基本都是在我的车里。我成了她的专用司机。讲座之后我开车，她坐在我的身边。她提到了许多地方，都是二十年前的地方，一次，她竟然说我在解放路商场讲过如何在北方种植樱桃。她说得有鼻子有眼，还说她按着我的讲座，在自己家里做了努力和尝试，就在她家的院子里。结果，没有结出一颗樱桃。她自责地说："我反复过多次，都没有成功。我就反思自己，一定是那次讲座我没有听得那么仔细，漏掉了什么。"她还用陈景润的例子来安慰自己，说明成功不是一蹴而就的。还有一次，她说我在展览馆讲过我国第一颗原子弹的爆发，讲原子弹对我们国家安全的重要性。万幸，她没有去尝试原子弹。在她的世界里，那个她看不到的世界里，那个被她叫作董仙生的讲述者不断变换着角色，一会儿是评论家，一会儿是历史学家，然后又变成了生物学家，育种专家，航天英雄……五花八门，她把我想象成任何一个能够推动社会进步的人，一个高大伟岸的人。实际上，我的名字成了她心中的一个符号。从冬天到夏天，我不断地面对一个陌生的姑娘，对她重复着一句话："那不是我。"这句话如此苍白，如此软弱。而我，在不断地否定她的同时也已经习惯了跟随着她跳跃的思想，一会儿成为另外一个人，一会儿又回到了二十年前的某个地方，在自己与他者之间，在现实与过去之间不停地转换。我发现，与她一样，她在黑暗中摸索着现实，而我在她的想象中，竟然也感到了某种不太明晰的感觉，开始审视自己，对自己的行为产生动摇。为什么我要怀疑自己？这让我有些隐隐地担忧。

不仅是我，就连她自己，也在不断地想象之中，对我的身份认同有了不同的见解。那一天，她竟然破天荒地要求我领她去看华北五省的美术联展。当她提出这个要求时，我愣了一下，半天没缓过神来。她怎么去欣赏那些美术作品？她敏锐地感觉到了我的犹疑，她说："你是不是觉得我什么也看不到。感觉不到任何艺术之美，我去那里纯粹是耽误您的时间？"

我急忙辩解道："不是，不是，我没有那么想。"

她说："我看得到。"

我附和说："是的，你看得到。"

美术联展的地点是中山路上的省博物馆，在闹市区。她早早地就在博物馆门口等着我，心情很迫切。这不是开展第一天，展馆里人并不多，稀稀落落，很安静，与馆外的世界形成鲜明对比。我们慢慢地走着，每到一幅画作前，她都站在那里，停留数分钟，仰着头面对着那幅画陷入沉思。我没有再提出任何的疑问，我配合着她，站在她身旁，也仰头端详着那些画，国画、油画、工笔画……花鸟、人物、静物……或细致入微涓涓细流，或气势磅礴惊涛骇浪，或引人入胜曲径通幽。

参观到一半时，她突然低下了头："我能看到，水在流动，鸟儿在鸣叫，骏马在奔跑，山峰高耸入云，晴空万里。"

我说："我知道。"

"这幅画上是一个忧伤的姑娘。"

我说："是的。"

然后是沉默，我们能听得到展厅里非常轻的脚步声，有个人从我们身后经过。我下意识地感觉到哪里不对劲，扭头看她时，她的脸上已经泪流满面。我伸出手，握住了她的手。她抽泣着说："董老师，您嘴上不说，但您心里肯定在笑话我，笑话我无知。"

我连连否认。

她接着说："我知道我什么也看不到。我面前就是黑暗，就是万丈深渊。这是我的世界，我熟悉的世界。这就是我的全部。我不知道你们的世界是个什么样子。黑暗与光明的区别。但是我能感觉到我父母的忧伤。他们每天沉浸在另外一个世界里，哀伤的世界。我想改变，让我的世界与父母的世界相通相连。但是上个星期，最爱我的父亲去世了。我能够看到他，他现在和我在一个世界里，黑暗的世界里。但是我看到的父亲，仍然没有微笑。"她说不下去了，身体颤抖着。

我把她抱住，轻轻拍着她的肩头。我们就像是这个美术展厅里的一个行为艺术雕像，引得其他人驻足观看。等她慢慢地平复了情绪，平静下来，然后我拥着她，继续我们的参观。只是，我成为她的一双眼睛，我轻声地给她讲述每一幅画，讲构图、色彩，讲作品的内容与想象，讲作品的艺术冲击力，我是把自己对于美术的所有理解都滔滔不绝地讲给她。她边听边向往地点着头，似乎已经完全被感染。

等我们向外走时，我已经口干舌燥了，嗓子眼里直冒火。而莫慧兰似乎已经忘记了父亲逝去的忧伤，脸上挂着满意的微笑。她挽着我的胳膊，脚步轻快。走出博物馆，我急着去找一个小超市去买瓶水喝，她却突然问我："董老师，您的世界是什么样的？"

"我……"我一时语塞，我还没有想过这个问题，在一个看不见世界的人面前，给她描述我个人的世界面貌。

"是四处去讲课吗？"她小心地问。

"这怎么可能？"我反驳她，"我还有更多重要的事情去做，搞研究，做课题，教学生，写论文，开座谈会、研讨会、交流会、纪念会、追思

177

会，帮学生找工作，给领导写讲话……你说我有多忙。怎么就成了一个专门搞讲座的江湖骗子了。"

"没有。我不是这个意思。"莫慧兰嗫嚅着，"我是说，您看上去那么享受，每次我听完您的讲座，我觉得您都在构建一个属于自己的全新的世界。我坐在下面，心潮澎湃，那一两个小时的时间里，我坐在众人之中，屋子里只有您构建的那个世界在回响，我觉得，我和您的世界接通了。我跟着您的声音，去了虚拟的文学世界，去了能够闻到味道的果园，去了辽阔而湛蓝的天空，去了枯燥的哲学天地……"

我小声说："那不是我……"

她好像没有听到我的辩驳，继续说："董老师，您就没有对自己的世界有过什么怀疑吗？您的世界生来就是如此，还是和我一样，是您自己想象出来的？或者说，您也和我一样内心有个黑暗的世界？"

"这个……"我竟被她问住了。我感觉像是捂在自己身上的被子被别人掀开了，我没有回答她的问话，而是借故还有一个重要的会议，仓皇地与她匆匆告别。我连回头看看站在博物馆台阶上的她的勇气都没有了。

那次美术展，于我是一次不小的冲击。多少天，我都觉得是自己在看一次画展，我恍惚觉得，自己迷失在那间不大的展厅中，看不到自己，也看不到墙上的画。失明的那个人不是莫慧兰，而是我。

那次画展之后，我们彼此的内心世界好像发生了某些变化，产生了某些怀疑。我开始反省自己，我是如何成为一个夸夸其谈的人的，一个喜欢被别人捧在天上的人的，一个喜欢到处去兜售自己廉价思想的人的？于是，从那个夏天开始，我不再有求必应，不再频繁地去四处讲学。而她，仿佛也改变了。我不知道是因为父亲的离世给了她巨大的打击，还是因为对那些经过她想象的世界失去了兴趣。在讲座中我很少再能碰到她，最后一次碰到她竟然是在外地，在三百公里以外的廊坊学院。

我根本不会意识到她会出现在这里。所以当讲座结束，当人流散去，她站在我面前时，我惊讶着看着她，半天才问她怎么会出现在这里。她说，她来送父亲回家。她父亲老家是这里的。在吃晚饭前，我陪她在校园里边走边聊。她抱着父亲的骨灰盒，试探着问我，想不想听听她父亲的故事。

我默许了。

"我父亲是个徘徊在现实与想象之中的人，"她这样评价自己的父亲，"他是个矛盾的人。从我有记忆开始，他就告诫我，要做一个真实的人，一个能面对自己内心的人，一个无愧于自己内心的人。可是他自己却从来没有做到。我不是从出生就是个瞎子，我两岁的时候，得了一场病，从此就失明了，但是我对这个世界没有一点印象。这对我来说是一件幸运的事情。因为，一开始我的世界就是黑暗的，所以对我来说，并没有突然坠入黑暗的那种撕心裂肺的痛苦。而父亲不一样。我的失明就像是他自己失明一样。我相信，从我两岁起，他也失去了他熟悉的世界，和我一起坠入黑暗之中。是他在黑暗中非要寻找一条通向光明的道路。他几乎是我的眼睛，他每天都会让我去认识这个世界，把这个世界真实的状况告诉我。直到有一天，他觉得已经无能为力了，他累了，无法自圆其说了，在他的叙述中，那个真实的光明的世界有些前后不一致，有些混乱，所以他开始带着我去听讲座。"

"你是说，都是你父亲带着你去听各式各样的讲座？"我问她，我从来没有看到过她的父亲，这让我有些疑惑。

莫慧兰说："是的。就是这样。他开着车，把我带到各个能听讲座的地方。我都不知道他是怎么知道哪里有讲座的。他把我送到那里，自己从来不进去，只是躲在车里，等我听完，然后再带我回家。"

"不是我带你回家？……"我疑惑地说。

莫慧兰解释说："我坐你车的时候，我父亲都开车在后面跟着。直到我从你车里下来，再上他的车。"

我看着她怀里的骨灰盒，感觉有双眼睛在看着我。我问她："以后还去听讲座吗？"

她抚摸了一下骨灰盒："会的。"

那是我最后一次见到她。在接下来的一年时间里，她再也没有出现。

她的缺席，不影响任何一次照常进行的讲座，但是却影响了我的心情。我不知道为什么心情会越来越坏，我常常在讲座中间感到某种空虚和无助，有那么一分钟，所有的思想好像突然被一个虚无的人带走了，那个人明明就在讲台下的人群之中，我似乎看到了她，看到她从他们当中抽身而出，飘飘然向外走去。

甚至还有些淡淡的忧伤。我仿佛一下子看清了自己，看清了那个在现实中的我。就像莫慧兰说的，我真的是在自己的世界中吗？我越来越没有自信，没有了做讲座的心情与自信，直到慢慢地推掉了所有的讲座，连我妻子都说我是不是得了抑郁症，催着我去医院看医生。

几天之前，一个阴雨天，我开车从煤机街经过，突然看到路边有个熟悉的身影正在匆匆行走，是莫慧兰，我喊了一声。她没有听到。我急忙停在路边，跟着她。她已经拐进了一个门洞里不见了，我也进了门洞，是个很暗的地方，然后顺着一条狭窄的楼梯向上走，来到二楼。二楼有个长长的走廊，走廊里也光线昏暗。没有看到她的身影。我听到了响亮而熟悉的声音。顺着声音走过去，踏进去的是一个大大的房间，类似于一个社区的活动室，里面挤满了人，年轻人居多，有一个讲台，讲台上一个人正在亢奋地高声讲话，正是莫慧兰。她讲道："钱不是万能的，但是没有钱是万万不能的，如果你有了钱，你会让你的父母过上最好的生活，让你的子女接受最好的教育……"下面的人脸上都洋溢着狂热的表情，人群不时地爆发出阵阵的欢呼声和掌声，讲台像是一个强大的磁场，在屋子里形成一个气流，旋转着，越来越快，聚到讲台上。每个人都被气流牵引着，忘我地狂呼着，兴奋着。我竟也不自觉地被吸引了，挤在他们之中，忘掉了自己的身份，与他们一起鼓掌，呼喊着同样的口号。我浑身燥热，血向头顶涌。正当我忘乎所以的时候，突然有一只手握住了我的手，那只手凉凉的，一下子就给我降了温，我回过头来，是莫慧兰，不知道她是什么时候从讲台上走下来的，她拉了拉我，我被她拉着向外走，走到外面，走下楼梯，走到大街上，已经下雨了。我们没有打伞，她的头发湿了。

她说："老师，我记得您给我说过，刚才那个人不是我。"

船长的迷航

　　船长直到四十岁以后才见到真正的河流。看着横亘在自己面前的那条大河，看着在波涛汹涌的海面上乘风破浪的船只，船长不禁泪流满面，泪水打湿了他光光的下巴。那个长长的泛着光亮的下巴是船长对这条河流的敬意。在这之前二十多年的时光里，船长的下巴从来没有这样轻松过，它长年都被稀疏的胡须侵占着。大河的流动像是一根粗粗的绳子抽在船长的心上。两岸苍茫的景色映到船长刚硬的脸上，船长的表情就是一条穿越二十年时空的船只。

　　这是多年之后，我的大哥船长第一次被外界的某个东西所打动。船长是我赠送给大哥的绰号。我大哥的名讳是徐光辉。给我大哥起这个绰号时我才六岁，我从一本小人书里看到一个五大三粗的船长，模样像极了我大哥。那个时候我就以为，所有的船长都是我大哥那个模样。徐光辉对自己的新名字十分地喜爱。他讨厌自己的本名，那个名字给他带来了不少的麻烦，比如在我们居住的陵西大街上，在茂密的梧桐树下，那些淘气的孩子一看到我大哥，就会异口同声地喊着："徐光辉，摔一个。徐光辉。摔一个。"我大哥有点毛病，是与生俱来的，他总是无缘无故地摔倒在街道、公共厕所、医院、百货大楼、防疫站（那些都是我们经常疯玩的地方），然后口吐白沫，浑身抽搐。船长犯病的时候没有人敢靠近他。我有些恐惧，我看着他就像一只被宰的小羊。但他的样子却成了那些淘气孩子们的节日。我不喜欢我少年时代的伙伴，更多的原因就是因为船长。但是我的船长大哥却从来不把此放在心上，他仍然混迹在一拨一拨的孩子们当中，在任何吵闹的地点，在孩子们扎堆的时间里。船长的身影总是不甘人后。在孩子们当中，那个个头最高、块头最大、嗓音最粗的人就是船长，我的永远也长不大的大哥。

船长第一次和女人的接触已经二十一岁了。他意外地成了一个桃色事件的主角。而事实上，船长自始至终都没有搞明白，什么是女人。即使是现在，二十多年过去了，女人对于他来说仍然是一个永远也解不开的谜。也许他从来没有想过要去解开它。而也就是从那次意外开始，我的父母意识到了，船长已经是一个成年的男子，也就是从那时候起，我父亲心里有了某种担忧，而我的母亲开始为船长的婚事奔走。

陵西大街土地局楼上的"小凤仙"是个风骚的女人。她的胸脯是陵西大街最挺拔的，声音也是最让人起鸡皮疙瘩的。我们从来不知道她的真实姓名。小凤仙的名字像是风一样在街道上穿行着。据说，小凤仙的男人走马灯似的更换。在我的头脑里，小凤仙像是正月十五的灯笼上那些被光芒映出来的美女。看是可以的，你要想接近她，没准会连灯笼一起烧掉的。就是这样一个女人突然间就和我大哥联系在了一起，和我们那个正统而严肃的家庭串在了一起，有很长时间，她就是一块难看的膏药，贴在了我们家每个人的脸上。而把她贴到我们脸上的人，就是我的船长大哥徐光辉。

船长出事时已经近黄昏。我父亲带着我一起匆匆地赶到了派出所。派出所的老张是父亲的战友。那个叫小凤仙的女人还待在派出所里。她的头发是湿的，弯弯曲曲的，我觉得她整个人都像是弯曲的蚯蚓似的。她的目光令我很不舒服。老张避开我们，把父亲拉到一边，两个人窃窃私语了半天。我看到父亲的脸色在派出所明亮的灯光下，快速地变化着。就是在这个过程中，小凤仙盯着我看了半天，她问我在哪里上学。我老实地回答了她。她伸出手摸了一下我的脸。我没敢吭声。小凤仙叹口气说："长大了可别学你哥。"

我大哥究竟做了什么，我是之后陆陆续续地听伙伴们说起的。原来，不知道在谁的怂恿下，船长在那一天的下午居然闯进了小凤仙的家。而小凤仙正独自一人在洗澡。后来我曾经问过船长，我说那天下午你都看到了什么。船长回忆着，汗珠把他紧绷的眉头弄成一个亮晶晶的大包。他吐口气说："水，有那么多水。"

我问他是不是想去当船长了。

他摇了摇头。

而那天黄昏我的父亲却无法轻松地面对湿漉漉的小凤仙，浴后的小凤仙身上有一股浓浓的香味。那股香味使派出所里的空气异常地活跃。船长坐在一条长凳上，若无其事地摆弄着老张的圆珠笔。我们听到嘎巴一声。圆珠笔断了。父亲走上前去狠狠地冲船长的后脖砸下去。也许刚才父亲已经积聚了太多的怒气，他下手很重，把船长打得趴在了地上。船长趴在那里哇哇痛哭。这倒让小凤仙有些焦躁不安。她说："你打他有什么用。事情都已经发生了。你说该怎么办吧？"

我平生第一次看到父亲六神无主、手足无措的样子。

而那天替我父亲解围的不是他乱糟糟的思想，而是小凤仙。小凤仙看着父亲突然说："你不是医院药房的主任吗？"

父亲点点头。他脸上凝重的颜色和窗外的天空一样。要下雨了。小凤仙急着回家，她不想让自己刚刚洗过的身体再让雨淋一下。她临走之前留给父亲一句话："明天我去找你。"

在随后的几年时间里，我父亲可能都不得不给小凤仙提供她需要的药品。而父亲和小凤仙之间暧昧的关系也持续了很长时间，如果我们家是一片平静的水面的话，那么小凤仙就是一颗即将引爆的炸弹，没有人知道她会什么时候爆炸。而把她扔进我们家庭水面的那个人就是船长。这是第一次，船长的一个错误而莽撞的行为，使我们的家安宁不再。如果说，大哥是一个船长的话，那他只能是一个不合格的船长。我们都任他把我们家庭的船只驶向了暗礁。

那天夜晚，父亲的叹息在房间里像是雷一样滚动着。船长却早早地鼾声如雷。母亲说："该给他找一个女的了。"母亲用了一个词"女的"，显然母亲对于船长的婚姻并不乐观，一个女的，似乎就满足了。

船长相亲那天我突然又想起了小凤仙的事。船长正襟危坐，目不斜视。我叫了几声"船长"，他才目不转睛地说："有屁快放。"我问他："你真的喜欢女的呀？"船长愤怒地挑着他浓重的眉毛，生气地说："狗才喜欢。"

船长对女人的定义注定了父母的努力会付之东流。

船长那天穿的衣服十分滑稽，藏蓝色的。是我母亲把珍藏多年的一块布料贡献出来的。剪裁衣服的一定是个南方人，衣服做得太合身了，以至于让人觉得，船长疯长的身体要向外溢。衣服的样式也极其古怪，既像中山装，又有些像是军装。穿上这样衣服的船长显得十分拘束，他左右扭摆着，额头上已经出现了汗珠。我相信船长的汗珠不是紧张所致。紧张的那个人是来相亲的姑娘。姑娘低着头不敢看船长，也不敢看任何人。我弯下腰看了看姑娘的脸，那张脸红通通的，像是被煤球烤过的。那个叫黄素英的姑娘哪儿都好，就是腿有些不大正常，走路一瘸一拐的。但是坐在那里就看不出来了。

船长的首次相亲，最有力的见证人就是我。等大人们都借故走出家门之后，我又返回来，我躲在窗根下面，我想看看船长的话到底是不是真的，他到底喜不喜欢女孩子。船长的表现令我这个偷窥者非常地失望。他们的相亲过程短暂而令人乏味。船长坐在那里像个真正的傻瓜，他惜字如金，东张西望。就是不看那姑娘。倒是那个黄素英姑娘此时胆子大起来，她终于沉不住气，轻声说她口渴。船长说，喝吧。水是早倒好的。姑娘喝了口水，暗中打量着船长。姑娘又问，你多大了？船长此时却不合时宜地突然犯病。我不想过多地指责我大哥，我相信，他已经无法控制那个如影随形的病魔，那个病魔甚至知道在何时跳出来狠狠地打击他一下。船长犯病的情形固然可以成为孩子们取笑的理由，但是他们心中仍然隐隐地会感到一丝的恐惧，毕竟，那个场面不值得他们回味，而只能让他们在噩梦中惊醒。结果是不言而喻的。他把黄素英姑娘吓得大声尖叫，然后落荒而逃。

船长第一次与女人的接触就这样无疾而终。为此而伤心不已的不是船长而是我的母亲，她狠狠地打了船长。船长却依旧笑呵呵地在大街上疯狂地追逐和打闹。父亲此时已经偷偷地被小凤仙拉下了水，所以他的反应也比较平淡。父亲说，他没有这个命，也就算了。母亲流了泪。从此也就死了那条心。

　　但是母亲想要给船长找一个归宿的想法却没有彻底地死去，它就像一条僵而不死的虫子在她的头脑中潜伏着，复活的时候已经是十年之后。那时候父亲去世已经整整两年。父亲奇怪的离世与小凤仙有很大的关系，在长达十年的时间里，父亲与小凤仙都保持着一种令人困惑的暧昧关系。我坚持以为，这十年时间里，父亲是屈辱的、被动地承受着小凤仙的爱。所以当某一天，船长突然把他看到的那一幕告诉我们全家人时，我们恨透了船长兴奋而纯真的目光。父亲的内心世界是无法用恨来表达的。在母亲目光的注视下，父亲仿佛一下子步入了老年。没有人知道，当父亲同样屈辱地走完他人生历程的最后两个月时，船长的目光到底给了他多么大的影响。

　　父亲的背叛给了母亲最无情的打击，母亲的身体每况愈下。父亲去世两年之后，母亲已经病入膏肓，在弥留之际，她看着围在病榻边仍然快乐无比的船长，那条僵而不死的小虫便从她的头脑深处浮了上来。她突然间感到了恐惧，那恐惧不是因为自己的不久于人世，而是对船长未明前程的担忧。母亲叮嘱我和姐姐，她死前只有一个愿望，就是让船长找到一个女人结婚，母亲说："我死了，谁来照顾他呀。"虽然我和姐姐都保证会照顾好船长。但母亲倔强地摇摇草一样的头颅，她说："我想死得安心一些。"

　　为了让母亲走得安心。姐姐徐静绞尽了脑汁，最后她想出的最好的办法是用假象给母亲一个安慰。这是一个不得已而为之的办法。徐静付出一枚金戒指的代价找到一个合适的人选。那位姑娘其实已经结婚，孩子都已经上学了。姑娘只有一只手。母亲对那个姑娘十分地满意，她用微弱的声音询问了姑娘的生活能力，母亲说："没关系，我儿子有的是力气，他什么都能干。"她把脸转向兴高采烈的船长，船长正专心致志地吃着一个棒棒糖，这是姐姐给他买的，为了让他更好地配合这次行动。

母亲对他说："你以后要好好地和小张姑娘过日子，什么话都听她的。"

船长被棒棒糖给迷惑住了，他全然忘记了我和姐姐对他的千叮咛万嘱咐，他随口说道："我才不和她过呢。她老头跟孩子在外面等她回家吃炸酱面呢。"

船长的这句话让我母亲死不瞑目。她没有责怪我和姐姐。她握着我的手，她的手那么松软，如果不是我努力地握住，随时都会从我手里滑走。母亲最后的那些话此后就一直印在我的脑海里，让我在困顿和犹豫之间时时地提醒自己，母亲生前的嘱托是对我的信任。母亲把船长托付给了我。她反复地让我发誓，不管到什么时候都不要放弃大哥。我含泪向母亲发誓，哪怕我的生命里只剩下一根面条，也要让大哥吃。

我不知道我的誓言是否给了母亲以安慰。我也不知道，母亲临终前那微弱的笑容是不是发自内心的。我只知道，当我们送别母亲时，哭得最痛的那个人是船长，也许他已经预感到了，随着母亲的去世，在这个拥挤的尘世上，他的孤独是不可避免的。

船长究竟要把我们家庭的这艘船带向何方，谁也预测不到。现在，那条寒意浓浓的船已经十分轻盈，唯有我和姐姐的心情更加地沉重。我姐姐徐静坚持要让船长和她回家，可是我没有同意。姐姐家的情况比蜘蛛网还复杂，她的公婆一个瘫痪在床，一个患上了帕金森症。我姐姐在家里完全是一个护士。我对姐姐说："大哥非把你家闹个底朝天。"

姐姐不得已对我妥协。她叮嘱我说："你什么时候烦他了，就把他送给我。"

那是我大学的最后一个学期，离毕业还有整整两个月，船长几乎每天都跟在我身后，他跟在我身后一起去导师家里，跟在我身后去食堂吃饭，跟在我身后去教室里听课，跟在我身后去见我的女朋友小邓。别人怎么说船长都无所谓，关键是小邓。小邓很不习惯在和我约会时有一个壮汉在身后发出怪声，做出怪样。有一次，船长甚至把手伸进了小邓纤细的脖子里。船长没有丝毫的邪念，他只是想把掉到小邓脖子里的一根头发给抓住。在他眼里，那根头发几乎就是一只可恶的蚂蚱，他非要把它逮住。我相信，当我和小邓坐在石凳上就我们不可知的未来进行深入探讨时，船长的眼睛十分地忙碌，他的眼睛紧紧地盯着小邓的头顶。在小邓乌黑的秀发之上，有一片绿色的树叶。心情烦躁的小邓显然没有意识到她头顶的重量发生了变化。她的脸色阴沉，她言不由衷的话语是那个春天给我的另外一个打击。船长的专注使他看到了另外的东西，树叶很快地被一阵风吹落了，而随着树叶一起降落的还有一丝头发，那丝头发比树叶的飘落还要缓慢，船长的眼睛慢慢地随着那丝头发，一寸寸地向下滑动，最后消失在了小邓脖颈的深处。船长的眼睛突然被一片晃眼的粉色的衣领遮挡住了，于是他毫不客气地把手伸进了小邓的脖领里，她要把那个溜走的头发给揪出来。那个午后的小邓显得那么暴躁不安，那么歇斯底里，我从来没有看到过淑女一样的小邓会有那么过激的反应。她指着我无辜的脸说："让你和你的大哥都见鬼去吧。"

很显然，小邓的愤怒不单单是因为船长的无理举动，她一直在和我探讨的问题是船长的归宿，她无法容忍在我们的生活里硬生生地插进一个人来，她说，就像是在我们两个人之间挡了一个板子。她甚至委婉地向我表示，如果我们身边没有船长这个多余人，我们的爱情或许仍将进行下去。我断然否决了小邓无理的要求。

看着小邓无情地离开其实是件非常痛苦的事情。毕竟我们已经相恋两年。那天晚上，我独自走出了家门，我在大街上狂奔不止，等我停下脚步，我发现自己竟然站到了学校女生宿舍的楼下。我正对着的那个窗户已经漆黑一片。多少个日子里，那扇窗户都是通向美好爱情的秘密通道。我流下了泪水。然后我沿着和小邓经常行走的路线，在校园里跑了个遍。等我大汗淋漓地回到家已经后半夜了，奇怪的是船长并没有在家。十几分钟后船长才摸索着开了门，躺到了床上。"你去哪儿了？"

我突然的发问吓得他从床上跳起来。船长神秘地笑着说:"没事,跑步。"

我懒得理他。我脑子里挥之不去的是两年来小邓的形象。

令我没有想到的事情却在第二天发生了。上午九点多钟,我还躺在床上。便听到了一丝女人嘤嘤的哭泣,睁开眼,眼前的景象犹如梦中,站在我面前的是刚刚抛下我的小邓。我还以为她回心转意,我刚要对她说声欢迎她回到我身边的话时,小邓的哭声更响亮了,她哭诉道:"好啊,徐光明你好恶毒呀。使这么个阴招、损招,你以为这样就能让我重新投入你的怀抱吗,你休想,痴心妄想!"

她的话把我打入了冷宫。我无辜的样子更让小邓以为抓住了我什么把柄,她的控诉也更加地无以复加:"你想得美,就是天下只剩下我们三个人,你,你大哥,还有我。我也会选择自杀。"

我这才看到躲在小邓身后的船长,船长的身形比小邓要大一号,所以他的躲藏是徒劳的。我喊道:"船长,出来吧。"

船长从小邓身后闪出来,双手交叉在前,向我讪笑着。我说:"是你让她来的。"

小邓喊道:"他哪儿是让我来的,他是绑架我来的。"

我叹了口气,明白了一切,对小邓说:"你走吧。"

小邓回头看了看船长。船长冲她友好地微笑着。她不相信地说:"我真的走啦?"

我说:"走吧。"

小邓小心地看着船长,一步步地向后移。船长试图去阻止她。我喊着:"让她走。"我的喊叫吓住了船长。小邓已经走出去了,又探身对我说了最后一句话。她说:"你应该早点把这个傻子处理掉。"我没想到我曾经深爱着的小邓会说出这么一句告别的话。她做得那么绝情,甚至连我向她发怒的机会都没有留。我看着空荡荡的门口,目光渐渐地结了冰。船长问我:"她说的傻子是谁?"

我答非所问地说:"船长,你能不能出去玩会儿。我想睡会儿觉。"

船长说:"你喜欢她。为啥你又把她放走。"

我懒得向他解释，把脸扭向了墙。片刻之后，我听到船长的脚步声渐行渐远。就像是小邓，已经与我的生活彻底地决裂了。

大学毕业后我进了一家媒体工作。我的工作还算顺利，略有遗憾的是我的感情生活从此仿佛进入了一片沙漠地带。船长的存在，阻挡了绿洲的蔓延。数年时间里，船长就是我的影子，我走到哪里他跟到哪里。船长的如影随形开始并没有引起我的高度重视，我也觉得这是一种责任在激励着我。我感到母亲临终前的话已经融化到我的身体里了，所以对于船长的跟随，我也渐渐地习以为常了。我根本没有意识到，这有什么不妥；也没有觉察到，危险会悄悄地降临。

船长的故事成了周围人讥笑我的把柄。有的时候，我感觉他们甚至把船长和我混为一体。比如，他们说，在工商局局长宴请记者的酒桌上，我被他们灌得愤怒异常，居然把一瓶酒都甩到了局长的脸上；而事实是尾随我一起去赴宴的船长做出了那种出格的事。但没有人想到船长，我的上级一直耿耿于怀的是我。在上级的眼中，我是一个平静和疯狂的混合体。更加让我难堪的一次发生在一家效益颇好的企业，他们正开足马力进行生产。但是在某一个上午的某一个时间点上，生产戛然而止了，因为那个时间正是我在做现场的采访。即使有企业的副总和我的同事小马在现场，我们共同经历了停电的那个刹那带给我们的惊愕，但仍然有人在说，我利用所有人都麻木的时刻，偷偷地跑到了动力车间，我把从路上捡到的一根钢筋扔到了正在安全运行的主盘之间。他们说，那一刻我还为激起的剧烈的火花手舞足蹈。那次采访并没有进行下去。当我们往回赶时，船长的脸上还洋溢着灿烂的笑容。他的头发有一半被燎成了灰色。车上弥漫着他头发的焦臭味。回来后我在全报社做了一个深刻的检查。我说我要把企业造成的损失补回来。社长说："你拿什么补，你会发电呀。"那件事情还是在社领导的斡旋下不了了之。但从此以后，我就对影子般的船长提高了警惕。

让我痛下决心要摆脱掉船长的并不是他给我的生活和工作带来了

多大的不便。而是我姐姐徐静的死。

我姐姐徐静是个苦命的女人，她的一生都在替别人操劳，我仿佛觉得，徐静从我记事起，她的面容就像我母亲一样苍老。那一年，我大姐徐静的公公已经过世，躺在床上的老人只剩下那个病恹恹、半死不活的婆婆。我大姐的压力并没有丝毫减轻。我给她买过一件大衣，墨绿色的。她穿上去很好看，也显得年轻几岁。但我从来没有见她穿过。她对我说，等我彻底没事了，再穿。她把那件大衣套上塑料套，挂在了大衣柜里。据我姐夫黄建设说，我姐姐每天都会打开大衣柜，看一看，摸一摸。但她从来都不舍得穿出去。

当我需要出远门时，有时候我就把船长放到了姐姐家里。船长有姐姐家的钥匙。但他从来都不用，他的身体粗粗壮壮，但是爬起窗户来却十分地机敏。每次当他从窗户上跳进屋子里，能让姐姐的婆婆吓得死上两回。但是大姐的婆婆并没有直接向船长发泄不满，她把所有的怨气都撒到了大姐的身上。躺在病床之上的那个老太太，即使没有牙，她的怒骂和诅咒都能让空气落泪。大姐长年待在她的怒骂之中，虽然已经成了习惯，但大姐的内心没有人知道有多苦。姐夫还算是个通情达理的人，他尽可能地帮助大姐。但是心理上的压力是没有人能够帮她化解的。

春天里的那个上午被死亡的阴影笼罩着。窗外其实阳光明媚。船长在洒满阳光的大街上闲逛了有一个小时，他的心情不错，他买了一串糖葫芦，一路吐着山楂子，回到了大姐家，一进门，正好听到了老太太用细弱的声音在诅咒大姐。大姐忙忙碌碌地干着自己的事，大姐看到船长，便对他说，自己要出去买菜，让船长老老实实地待在家里。大姐走后，老太太的诅咒仍然没有停止，她轻微而顽固的骂声此刻显得十分地刺耳，以至于影响了船长品尝山楂的兴趣。一个山楂子还卡在了喉咙里，老半天才把它抠出来。抠出山楂子的船长来到床前，他的脸因为刚才的那一突发事件而有些红。他低下头看着老太太，老太太的嘴依旧没有停，她的嘴就像是条水龙头，怒骂声就像是涓涓细流，不断地流淌到了船长的耳朵里。船长的心情一下子就变得十分烦躁，他低沉着嗓音说："别骂。"

190

老太太的目光转都不转，也许她根本就听不到，也许她根本就不把船长放在心上。她继续她的怒骂，像是歌唱。她陶醉其中，完全忽视了船长的威力。船长气急败坏的样子丝毫没有引起老太太的注意，等她意识到什么不对时，船长的大手已经捂到了她的嘴上。老太太的嘴骂起人来十分尖酸刻薄，可要是应付起一只愤怒的大手，就有些力不从心了。骂声顿然就消失了。

春天的阳光并不被某些意外干扰。大姐徐静从外面进来时，阳光还停留在她的肩上。但是一看到婆婆的样子，阳光便像鸟一样飞走了。老太太死了。她的嘴还保持着骂人的形状。从上午那个时刻到傍晚时分，我大姐徐静都呆呆地坐在婆婆的身边，船长胆怯的表情无法弥补大姐内心的迷茫。直到太阳西下，徐静抬头看了看钟表，姐夫下班的时间在大踏步地逼近。然后，大姐就走出了家门，她的身体晃晃悠悠，但走得相当快。船长没有跟在大姐的身后，他不知道大姐要去干什么。他还以为，大姐像是平时一样走出家门，去为他们买菜，去为他们买便宜的排骨。一边想着排骨，船长的嘴角就有些湿润。后来我想到，如果船长真的跟在大姐身后，他能救得了大姐吗？大姐徐静走出门时已经抱了必死的决心的。我根本无法想象，她是怎么穿过整座城市，来到城市南边的滏阳河的。从她出门到我们接到她的死讯，其间只有短短的半个小时，那十里的路程，她是飞过去的吗？

我想，我大姐是被逼无奈，她想了整整一个下午。也没有想到如何向我姐夫交代。其实她根本不会知道，当我姐夫被如此沉重的事实折磨得死去活来时，他是多么后悔没有来得及关心一下大姐脆弱而多难的内心世界呀。

大姐的去世给了我思考船长未来的时间，这时间虽然有些痛苦，但它缓慢地到来，仍然让我倍受煎熬。开始时我把船长关在了屋子里，算是因大姐去世对他的惩罚。船长自知理亏，头两天他还老老实实地待在屋子里，反醒自己的过失，他偶尔还掉一下眼泪。他的眼泪让我一度丧失了警惕。所以第三天的一大早，船长便趁我不注意，溜出了家门。直到三天之后才失魂落魄地回到家里。这三天时间里，我几乎找遍了我能想到任何地方，船长的足迹比钻石矿还稀有。我在报纸上登了寻人启事，我十分留意电视和报纸上的每一条消息，我害怕报道出来的每一个意外事故都有船长的分。因此，我跑了无数的事发现场。我的同事笑话我得了案发现场综合症。

船长几乎瘦了一圈，眼睛黑黑的。我问他去了哪里，他眼睛看着别处。不回答我。我知道再怎么问也是徒劳，便索性打消了念头。船长沉默了一会儿突然说道，把我打发出去吧。

船长首先说出打发他出去的想法，让我略微地感到一丝的惊讶。但仔细想想，他也许意识到了，他给这个家庭的所有成员都带来了不幸，不知道哪一天，不幸会降临到我的头上。当船长说出那句话时，他的眼里充溢着泪水。在他的泪水之中，我仿佛一下子看到了临终前的母亲，我的耳边响起了母亲的嘱托，所以我犹豫着说，如果你不情愿你还可以跟着我。船长摇了摇头。那天晚上，我睡得并不踏实，我相信船长也和我一样。但是令人称奇的是，船长一夜无事，我几乎听不到他任何的动静。那一夜那么安宁地度过了。可是第二天一大早，我却发现了异常。我家卫生间的陶瓷洗脸盆断成了两半。我知道那是船长的杰作。昨天晚上，他一定犯了病，他克制着自己，把力气都用在了那个厚实的陶瓷盆上了。当天，我悄悄地换掉了那个已经毁坏的洗脸盆。

我在想着船长的那句话，我该如何打发他。我错误地以为他是想找一个女人，来代替生活中我的位置。我发动周围的同事和朋友，最后选中了一个女人。那女人比船长大一岁，失去了双腿，但她的脑子很好，这一点可以弥补船长的缺陷。有一天，我领着船长去相亲。女人的父亲以前是村子里的支书，现在自己办了一家轧钢厂。相亲的地点就在轧钢厂的院子里，我想，女人的父亲故意选在那里是想告诉我们，他完全有能力让船长成为一个专业的女婿。我们穿过轧钢厂，来到一个小院子里，那里绿树环绕，少有的安静，但是铁的味道仍然很浓重。

厂长的意思显然是把那些毫无表情的铁块当成鲜花一样的东西来

迎接我们了。我对此倒没任何的感觉，我关注的是这个家庭的人，从我的眼中，我看到的基本上是满意的，对厂长、对他的女儿。我们坐在葡萄架下，葡萄架上才刚刚可以看到一点绿色。厂长女儿的目光还有些羞涩，移动的速度像她的身体一样缓慢。我和厂长谈着话。但是我忽略了船长，我似乎觉得他对那个女人根本没有多看上两眼，没有人注意到，他从我们的视线中消失了，他越过葡萄架，来到了轧钢厂的大院里，他对女人的兴趣显然没有摆放整齐的铁块大，他拿起一块沉甸甸的铁块。有几个工人停下手中的活看着这个厂长未来的女婿，他们议论着船长对铁块的兴趣应该是个很好的开始。他们笑盈盈地看着船长，他们丝毫没有意识到，接下来发生的那一幕会那么血腥。船长把铁块举起来冲着阳光看了看，这家伙又不是透明的，所以船长的举动引起了那几个人的窃笑。船长根本没理会其他人。他可能是感觉到铁块太重了，所以他快速地放下了铁块，但是船长放下铁块的路线出现了问题，铁块直接砸向了他的头，我们还坐在小院子谈话，便听到了船长的一声惨叫。我先跑到了事发现场，身后是厂长。船长已经倒在了那一排铁块旁边。在他身边，有一摊不大的血迹。我蹲下身子抱住了船长。

船长的这次相亲就这样草草结束了，船长的头上落了一个大大的疤痕。在医院里我问船长，对那个女人有什么感觉。船长嘿嘿笑着说："你说好就好。"

我强调说："这是你在找老婆，又不是我。"

船长说："都一样，都一样。"

和船长根本没有道理可讲。

我们的努力仍在继续。

就是在这个时候，我有了一次旅游的机会，去三峡，我带上了船长。轮船航行在长江之中，我的大哥船长激动不已。他连夜晚都不放过，他靠在船舷上，眼睛盯着夜色下仍旧湍急的流水。仿佛有什么声音在召唤着他。我睡到半夜来到了夹板之上，风很大，船长的身影是夹板之上最孤独的风景。我劝他回去睡觉，船长突然对我说："你累不累。"

我以为他说的是出来玩身体是否疲惫，我随口说道："累，累死我了。"

船长没有说话，停了一会儿他又问："你说妈妈在水底能看到我们吗？"

母亲是南方人，我们把她的骨灰的一半撒入了大海。我怔了怔，然后说："看得见，妈妈看见你不睡觉会不高兴的。"

从三峡回来我们说好了，要去见第二个女人。但是突然之间节外生枝，第二次相亲便夭折了。

船长在医院里问过我一句话，当时我并没在意，我以为他只是随口说说而已，他问我："你光给我介绍对象，你自己为啥不找个女的？"事后我想想船长的那句话，他显然是在提醒我什么。但是他的表达和我的理解出现了偏差，我们没有及时地就这个问题说下去。如果我当时了解了船长的想法，也许后面的悲剧就不太可能发生。

那个给了我痛苦一击的夜晚看上去有些平淡。月光在树梢悄悄地滑动。夜空似乎是一块巨大的绸缎。我披着夜色往家赶。我看了看表，时针指在二十三点整，它被一丝酒气蒙蔽着。我摸黑刚进家，电话就响了。电话里的声音让我恍惚有重新回到过去的感觉。声音是小邓的。不管过去多少年，她的声音仍然令我难忘。小邓一听到我的声音，立即就哭了，她声嘶力竭地说："你快点来医院吧。你大哥不行了。"

我大声喊道："怎么了怎么了，发生了什么事？"

小邓的声音已经哑了，她哭着说："你到医院就知道了。"

坐在出租车里的我忐忑不安，船长怎么和小邓在一起。这么多年来，我和小邓虽然在一座城市里生活，但我们形同陌路，她结了婚，离了婚，然后又结婚。这一切我都有所耳闻，仅此而已。那她怎么会和船长一起在医院呢，我早晨出门时还看到船长捧着一只大碗在喝豆浆，他还冲我乐了。怎么一天的工夫就去了医院呢？怎么就不行了呢？

我所有的疑惑是在医院里被慢慢揭开的。在那个充斥着苦涩和哀伤的地方，疑惑的揭幕像是撕下身体上的皮肤。

在医院里我见到了船长，他躺在急诊室里已经奄奄一息，他的胸口血肉模糊，目光无神地扫过我的脸。我紧紧地抓住了他的手。他宽大的手上沾满了血迹，无力地搭在我的手心里。躲在我身后的是神情恍惚的小邓，多年不见，她有些发胖。我没时间和她说话，所以，当我面对弥留之际的船长，当船长与我做最后的诀别之时，疑惑仍然那么地浓重，它和悲痛混在一起，把我的心情搅得很乱。

船长说："这一天早就该到来了。我害死了爸爸、妈妈和姐姐，我不能再把你害了。"

我没有说话，泪水打湿了他无力的手。船长像要伸手给我擦眼泪，却无法抬起。他拼命侧着头去看我身后的小邓。我让开一点身体，小邓靠过来。船长说的最后一句话竟然是对小邓的，他微弱的呼吸像是一根线支撑着他同样微弱的话，他说："我老弟是个好人，他一直爱着你。"

船长的告别既悲伤又尴尬。我看着他的目光一点点地消失，眼睛里成了一片沙漠。多年以来与船长的朝夕相处，此时只能化作泪水。我想起了父亲、母亲、姐姐，他们任何人的死都与眼前的船长有关，他们并没有去责怪他的无知和无理。因为他们知道，命运其实也并不掌握在船长的手里。

小邓一直没走，她胆怯地见证了船长告别的场面。在我悲伤的路途之中，小邓对于那个夜晚发生的一切，似乎虽然觉得是一场梦。就如同她曲折的人生之路一样。

她说，已经有很多天了，船长都在跟随着她。开始她没有认出船长，她还以为是什么流氓。有一天船长把她拦下来。船长一说话，她就知道他是谁了。船长对她说的第一句话就是我还爱着小邓。我每天都在思念着她。船长说，我珍藏着小邓的一缕长发，每天都会偷偷地拿出来端详一阵。船长添油加醋的描述仿佛就在眼前，让我想到了这么多年的生活。小邓接着说，船长希望她也还爱着我。船长说，你为什么不去找他。小邓以为船长的出现是我的一个阴谋，所以那时小邓的心里只有"卑鄙"两个字。船长找过她三次，一次是在下班的路上，一次是在单位里，最后一次是在家里，也就是那个令人不堪回首的晚上。

小邓说，因为第二天一大早她要出差，所以早早地睡下了。她根本没想到船长会偷偷地摸到她的家里。他是从阳台的窗户跳进去的。她的丈夫听到了动静，警惕地拿了一把菜刀，来到阳台门口正看到一团黑影闪进来。小邓的丈夫挥起菜刀把那团黑影砍倒了。

小邓听到喊叫声从床上爬起来，她看到倒在血泊中的船长。她说船长捂着自己流血的胸口，还冲她笑呢，船长对她说："我老弟喜欢你，从来就没变心。"

听完小邓的讲述，没有任何语言可以代表我此时的心情。我突然问了一句，我们几年没见面了。

小邓脱口而出，十二年。

会飞的父亲

　　"我想和你说说我老爸，可以吗？"委婉，央求，这是童丰收的语气，他拿不准能得到什么答案，怔怔地看着那个人，手指关节处酸酸的，像是被灌进了稠稠的原油，而他的手指就是不通畅的管道。桌子底下的手悄悄地伸了伸。

　　那个人坐着，旁边还有一张椅子，是空着的。那个人手里玩着一支中华牌铅笔。童丰收看不清那支铅笔是哪个型号的，HB？2B？或者2H？铅笔在那个人的手里来回转动，一会儿快，一会儿慢，略微纤细的手挡住了显示型号那部分。那个人咳嗽了一声："有什么意义呢？"

　　童丰收声音略微高了八度，略带一丝的亢奋："是的，对我来说很重要。"

　　那个人向窗外看了看，从那里可以看到远处的火炬，它在燃烧，火焰呈一种柔和的心形，小而坚定。那个人看了看旁边空着的一张椅子，目光回转时，盯着童丰收，轻描淡写地说："随你便吧。"

　　"谢谢。"童丰收松了口气，如释重负。

　　"我爸他喜欢飞翔。"童丰收说出这一句话时，陡然间心情很愉悦。而那个人的反应只是一瞬间，眉头皱了一下，内心肯定有一星半点的惊诧，但是那个人没有说话，仅此而已。

　　童丰收接着说："你一定会问我，我爸他怎么可能会飞呢。除非是在梦中，不是，在梦里，他从来不会飞，他的飞翔是在现实中，在生活里，

197

在我们身边，在窗外，你看，就是那里。"他把头转向窗户，火炬光像是静止一样，在湛蓝的天空中显得有些虚假。手抬起来，手指竟然没有了僵硬的感觉，他灵活地指向那个白昼的光亮。顺着他手指的方向，那个人机械地转动头颅，表情呆板严肃。

"我爸是炼油厂的元老。火炬竖起的那天，他是参与者之一。之后，每两年，他都会和他的伙伴爬上去一次，更换火炬头，维修长明灯。你知道火炬有多高吗？一百〇五米。三十多层楼那么高。火炬的直径从九十厘米至一百一十厘米，加上盘旋上升的塔架，最大的直径也不过一百六十厘米。在那么空旷的天空中，火炬显得太瘦弱，太细了。我不知道你有没有站在火炬单元下面，抬头向上望过。我是因为工作的关系，经常会去火炬系统。别看，平躺在地面上时，火炬的身体庞大无比，可我每次向上看的时候，都感觉就像是一根细长的筷子，插向无边无垠的天际。看得久了，就能感觉到它在晃动。但是那是视线的一种错觉，那么一个铁家伙，你根本看不到它在晃，在左摇右摆。"童丰收晃了晃头，仿佛他现在就站在火炬下面，随着火炬的摇摆而晃动。

那个人听着有些乏味。他站起来，到旁边的桌子续了一杯水，坐下来，他喝水的声音很大。在他起身回来的过程中，那支中华铅笔都没有离开过他的手。

童丰收看着那个人的喉结上下蠕动，这让他想起那年河间原油管线泄漏的情景，原油汩汩地向外冒。"我爸他第一次登上火炬顶时，三十岁。那时候我才五岁，可是我记得从火炬上下来的兴奋不已的爸爸，他把我举起来，做出飞翔的姿势，一圈又一圈，把我转得晕头转向，俨然他已经学会了飞翔。我爸他很喜欢那种感觉，在空中，向下看时，他能看到脚下的鸟儿。之后的多年时间，我爸都作为检修火炬的主力，经常爬上百米火炬，享受那种飞翔的快乐。在我成长的过程中，爸爸有关飞翔的讲述总是陪伴着我，比如他说攀登的过程中，身体会随着塔左右摇晃，实际上，塔的摇晃可能是极其轻微的，可是在他的描述中，那摇晃成了一种飞翔的姿势。火炬之巅，站在那里，会强烈地感觉到棍子一样的火炬摇摆的幅度会更大，飞翔的感觉也更真实。每一次，在火炬的顶部，他都能听到自己身体的响声，他说那是翅膀在想冲破身体的束缚而破壳而出。老爸说，他相信他是有一双巨大而有力的翅膀的。直到有一天，他的飞翔就突然停止了。那一年，他四十六岁。那一年我在石油大学上大三，没有在家里，不知道发生了什么事。不知道为什么那么喜欢攀登火炬的一个人，就如此决绝地告别了飞翔。那年暑假，当我提出要去火炬下面看看时，我爸一反常态地没有作答。他的脸色瞬间变得灰暗无比。妈妈把我拉到一边，警告我，以后再也不许提火炬。我问妈妈原因，妈妈没有告诉我，她也不让我问。从那以后，火炬，火炬之上飞翔的美妙感觉，就此离开了我爸的生活。他变得悒郁，少言寡语，总是低着头，目光向脚下看。整整十七年，我就感觉他没有昂起过头，没有说到一次火炬。"说到这里，童丰收依稀能看得到当年失落的父亲，看到几乎把头埋到身体里的父亲，他的情绪有些忧伤与失落，那个人仍在转动着铅笔，"你了解一个失去了人生最大乐趣的人的悲伤吗？你懂得一个没有了目标的生命是一种煎熬吗？"

那个人停止转动铅笔，没有迎接他的目光，摇了摇头，不知道要表达什么内容。

"我也不了解，不懂。"童丰收说，"我从来就没有读懂过爸爸。对我而言，爸爸像那个高高的火炬，你永远不知道，他经历过什么样的风雨雷电，经历过什么样的岁月摧残。但是现在，我爸他六十六岁了，老了，病了。虚弱的身体像是一片无光泽的叶子，病痛虫子一样一点点地蚕食着他。他突然把头抬起来了，他开始仰头向上看，目光转向了火炬。"

那个人打了个哈欠。

童丰收已经完全进入了对父亲的追忆情景之中，所以那个人的心不在焉并没有影响他的情绪，他不像是对那个人在讲一个父亲的故事，而更像是对他自己："三年前他的身体出了状况，按医生的说法，他最多还能活三年。从医院回来，他突然向我提出了一个要求，那天，我记得清清楚楚，在他的卧室里，母亲在厨房里忙碌着，我们能听到水龙头流水的声音，切菜的声音。光线很强，打在他的脸上，他的脸早就没有了棱角分明的轮廓，鼻子、嘴巴和眼睛，像是一团荒草。目光突然从混沌的荒草中飞出来，盯着我，我要上火炬！这就是他在六十三岁时最让我震惊的一句话。我曾经设想过老爸会有什么要求，我都会尽量地去满足，比如他想回一趟抚顺老家，去看看他从小生活过的地方，见见他的老朋友，因为他无数次地向我和兄弟们提起过那些人，在他的讲述中，那些故人都是血气方刚的小伙子，义气，重友情，有酒量；再比如他可能想去祖国的大好河山转转，尤其是南方，他从来没有去过黄河以南的地方，南方，在他的梦境中曾经出现过，让他既向往又害怕。可是，他偏偏提了一个不可能实现的想法。他把头转向窗户，他以为他能像我一样，坐在一个六层楼的房间里，一扭头就能看到火炬。他不能，他看到的只是我们窗外那一棵歪歪扭扭却依旧顽强的香椿树。每年春天，老爸都用一个长长的铁钩子，从上面拽下碧绿的香椿树叶子，他让我妈用滚沸的水浇到上面，再撒点盐，很长时间里，他都吃着香椿叶子，香椿叶的味道会在家里飘很久，那是典型的北方味道。我看着老爸，他好像是一夜间就变得如此地衰老，他坐在卧室的床上，瘦弱得犹如一棵秋天的苇子。但是他看着那棵香椿树，照样能想象得到火炬的高度。他的眼里是满满的渴望。他说，我一定要再登上去。他说得很坚决。我的第一个反应是打消他不切实际的念头，于是我说，爸，你刚刚出院。他的胳膊上到处都是输液留下的痕迹。爸爸轻轻摇着头，他仍旧看着那香椿树，我的身体我知道。我说，你好好休息几天，我放下手头的工作，带着你和我妈，我们一起回一趟东北，去抚顺。要不就去我姑那儿，成都，你不也很想去吗？我爸爸，他倔强得像个孩子。他几近哀求地说，让我活得有点尊严好吗？老爸的眼里竟然涌出悲伤的泪滴。尊严，当老爸说出这个词时，我并没有当作一回事，我急于要回车间，焦化车间抢修调查度会在等着我这个车间主任呢。我匆匆地离开老爸的家，在随后不久的调度会上，在紧张的工作中，很快就把老爸那句哀求抛在了一边。"他停下来，喝了口水。

那个人站起来，显得有些焦躁，来回走了几步，然后看到了报刊架上的报纸，他把报纸拿下来，走回到自己的位置，坐下来，目光盯着报纸。中华铅笔被报纸遮盖住了。

显然是讲到父亲那句话，童丰收口干舌燥，心里冒火，"你知道为什么我爸他会那么渴望再上一次火炬塔吗？是死亡。是越来越近的死亡，他能看得到那死亡的阴影就在他床前徘徊。这是他说的，他说，在医院里，他看到了死亡的影子，那个影子不是别人，而是一位故人。故人的名字叫黄大波。这是个多么陌生的名字啊。他早就淹没在时间的长河中了，可能只有我爸，一个垂暮的老者，还在念着这个叫黄大波的人，而且，这十七年，这个名字不知道在他的心里已经默念了多少次。那天晚上，妈妈焦急地打来电话，说爸爸不见了，他说到楼下坐一会儿，可是晚饭的时候，妈妈下楼看到只有马扎在那里，而爸爸却没有了踪影。妈妈几乎要哭出来了，她说，他不好好养病，能跑到哪里呀！我匆匆忙忙地赶回去，在周围找了个遍，也没有爸爸的身影，他的身体，是不适于长久地活动的，他不可能走得太远，我安慰着妈妈，心里却七上八下。我找遍了两个生活区，子弟学校、俱乐部广场、医院，甚至通向四面的乡村公路我都走出去了几里地，可是都没有找到爸爸。当我站在秋风瑟瑟的田野之中，突然感觉到周边的黑暗是那么强大，那么恐怖。我不禁身体抖动着。老爸啊，你会到哪里去呢。你永远不会想到，三个多小时，在我和妻子、儿子几乎跑断了腿，一无所获时，却意外地找到了他，我的让人揪心的爸爸。对面楼上六层的一家，装卸油车间的王工，他偶然向窗外看时，发现了一个人影。老爸就在我们家的楼顶，他一直待在那里。我火急火燎地爬到楼顶时，才发现通向楼顶的天窗是打开着的。黑暗中，他就坐在楼顶，任秋风吹拂着。我把一件外衣披在他身上，任何埋怨的话此时都是不恰当的。

老爸仍然像是雕像一样钉在那里，他遥望着远方，火炬的方向。我叫了一声"爸"，他一动也不动。他说，你让我看看吧，我已经有十七年三十八天没有好好看看它了。那天晚上，老爸第一次向我说到了他逃离火炬的原因，深秋的月光淡淡的，像是有一层透明的薄膜包裹着虚弱的爸爸。是恐惧，对死亡的恐惧。他说，整整两年，他都不敢抬头看火炬，只要是瞥见火炬的影子，他就战栗不已，头冒虚汗，闭上眼，那个影子就清晰地浮现在眼前，赶也赶不走。老爸提到的那个人名黄大波，对我来说是个多么陌生的名字呀。我根本不知道，在十七年前，就是我上大三的那一年，那个高昂的火炬会有一场悲剧上演，而我老爸，正是那场悲剧的见证者。他看着火炬，穿越深秋的夜色，火炬的光焰冰冷凄美。那一天是上午，火炬早就熄灭了，爸爸说，作为检修火炬的主力，他和黄大波是最早爬上火炬塔的两个人，他在前，黄大波在后。这是惯例，以前的检修也是这样。到一半的时候，老爸就能感觉到火炬的摇动，腾空一样，虽然踩在盘旋上升的梯子上，但脚下总是空的，向下看，除了看得到黄大波蓝色的安全帽，就是天空，爸爸说，向下的视线中天空是空荡荡的，广阔无垠。越往上走，摇晃感越强，飞翔的感觉也就越真实。多少次，他都想张开双臂，扔下束缚在身上的安全带，真正地融化在那蓝天之中。可是，老爸盯着那几乎是静止的火炬的光，说，那个勇敢地飞翔起来的人并不是我，而是黄大波。那天艳阳普照，刚跃到火炬塔架顶层的老爸觉得一下子就被阳光拥抱住一样，暖暖地。爸爸还未来得及抖落身上的暖意，黄大波就站到了他旁边。一百米，这是与地面的距离。老爸说，他也是大意了，在从准备到整个爬塔的过程当中，他一直就没有注意到，黄大波异乎寻常地沉默，往年，他们还一边向上攀登，在中间休息的时候还聊聊天，可是这次他一句话也没有说。为什么我就没有觉察到这一点，如果我早一点发现他心神不宁，也许，悲剧就不会发生，老爸不住地埋怨自己。黄大波留给爸爸的印象是一个快速下坠的影子，看不到他的脸。黄大波立足未稳，便纵身一跃，跳了下去。爸爸看着那个倏忽即逝的黑影，先是一愣，然后才发现，身边的黄大波已经不见了，他扶着栏杆向下看时，那个影子已经变成了飞翔的鸟，急速地向下飞翔，快速地变成一个越来越小的黑点，然后静止了。几乎没有任何响动，他飞起来了，老爸说，轻轻地，真的像一只鸟。"

此刻，那个人才被他的叙述所吸引，但他只是从报纸上抬起头来，看着童丰收："他死了吗？"

童丰收点点头："是的。一百米啊，钢铁人都得散了架。那年他三十五岁，比我爸小十一岁。老爸说他是对生命极度地厌倦，他的孩子从小就是弱智，老婆得了精神病。他失去了活着的动力，没有了活下去的勇气。可是他平时看着也乐呵呵的，不像是个心事极重的人，悲观厌世的人。老爸说，如果早看出他有了轻生的念头，他就会留意，就会看紧黄大波。可是，老爸哪里知道，一个抱着必死决心的人，任何人都是无法阻止的。黑暗中，老爸陷入了长久的沉默之中，他也许还能够看到那个飞速下降的黑影，在夜空中一闪而过，就像是流星。我劝他走下楼顶，回到二层的家里。老爸好像没有听到我的劝说，他自言自语，从那以后，我再也无法爬上火炬，再也不知道飞翔是什么了。那长达十七年的时间里，老爸都在学着忘记，忘记火炬，忘记痛苦地飞翔，忘记一个人的名字。老爸是一个恐惧、悔恨、深深自责的男人。每一天，他醒来，都会对着墙枯坐半天，不像其他的人，会在室外，在绿树成荫的院子里，享受美景。因为他知道，火炬，就是炼油厂的眼睛，无论你在哪里，它都能照耀着你，看到你。爸爸，成了一个闭门不出的人，下了班，老爸尽量地待在家里，即使出门，他也显得匆匆忙忙的，低着头，怕见人似的。那个深秋的夜晚，六层的楼顶，在无边的静寂和寒意之中，老爸的追忆到此告一个段落，他在我和妻子的搀扶下，艰难地从天窗爬下去，我真的不知道，他是如何爬上去的。"

那个人面前的报纸始终是在那一页，他也许根本没有看到什么内容，他想到了那支中华铅笔，把手伸到报纸下面，抓住了它，他把那支笔拿在手里，仿佛就抓住了内心的安宁。童丰收仍旧看不到铅笔的型号。那个人说："你爸……我应该认识他吧？也许，我真的认识他。"

"老爸飞翔中止的故事我知道了，仅此而已。我只是知道了当初他突然不再喜欢火炬的原因。十七年，这样的疑问也早就沉睡于时间的河流之中，像是一块朽木，变沉变硬，对于忙碌的我来说，早就失去了它

203

的吸引力。我在应付着工作，应付着爸爸的病，也在应付着爸爸不切实际的要求。在以后的三年时间里，我一直在和老爸周旋，在回避着他的要求。我告诉他，我不能以权谋私，让火炬再次成为一个被动的杀手。我告诉他，爸，你明明知道的，就算一个完全健康的人，在登火炬前都要到医院去做全面的检查，血压、心脏，各项指标都得正常，你觉得你能像当年一样吗？老爸给我说到了医院，说到了飞翔是如何回到他的身体里的，说到他身体里正聚集着的能量。他说，躺在医院里，他能看到自己的生命从身体里飞出去，轻盈得像一只鸟，它飞出了病房，飞跃了树梢，越飞越高。我爸说躺在病床上的他竟然看到了火炬，十几年后，头一次，他摆脱掉了对火炬的恐惧，他说，那只鸟就是以前的他。"童丰收说着，他感觉自己的身体也变得轻飘飘的，有了一种要飞升的欲望。

"那是因为他看到了死之将至，反而不害怕了，恐惧还有什么意义呢。"那个人转动着铅笔。

童丰收惊奇地看着那个人，他有些激动，看来，他没有白费口舌："那么，他渴望重上火炬，是为了什么呢？"

"是因为……"那个人说到这里，像是突然醒悟似的，他白了童丰收一眼，"这关我什么事。他总不会像那个黄大波，爬上去，再飞下来吧。"

童丰收摇摇头，"他才不会那么干。三年时间里，我爸他都在证明自己能够登上火炬，他把已经生锈的哑铃从地下室翻出来，偷偷地练习臂力；做下蹲动作，以增强腿部的力量。实际上，他的气色在一天天地好转起来，这让我妈感到很宽慰，所以她并没有阻止他。他还去看望了黄大波的老婆孩子。那女人一年的大半时间都在精神病院里，而黄大波的儿子，已经长成了一个壮壮的小伙子，留着光头，穿着一件破破的警服，每天在大街上充当警察。我跟在爸爸的身后，走到光头小伙子身边。他在认真地比画着手势，很传神，表情冷峻。爸爸热泪横流，他对我说，小伙子和黄大波长得一模一样。他激动地走上前去，像要和小伙子说句掏心窝子的话，共同怀念一下黄大波。他刚走到小伙子面前，小伙子就看到了，小伙子面色严厉地伸手挥了挥，示意他远离马路中心，我爸犹豫了一下，继续迈步向前。小伙子急了，更激烈地挥动手臂，而且对着他吹着口哨，掏出一张红牌，对着他使劲晃了几下。我拉着他走开了。我劝爸爸，他什么也听不懂，他只是徒有黄大波的外貌。他不是黄大波。我想，爸爸是把那个沉浸于警察假象中的小伙子当成了黄大波，那个从火炬塔上飞翔的黄大波。他垂头丧气地跟在我的身后，走得很慢，突然开口说道，你说，他飞下去时，有没有痛苦？老爸以前是一个沉默寡言的人，从医院回来之后变了一个人，想说话，想与人交流，爱追忆往事。而我，却觉得他唠叨，每当他和我提起往事，我都是敷衍了事，这一次，我对他说，他痛不痛苦，只有天知道。我始终认为，爸爸把太多的思想集中到那些往事对他的病情不利。他老人家很不满意我的回答，生气地甩下我，独自蹒跚着回家。有好几天，他都不理我。他对我的态度越来越不满，想要重新登上火炬的念头牢牢地占据着他所有的生活，尤其是今年，医生的审判日期日益临近，他的心情就更加迫切。实际上我知道，不管他多么努力地想要强壮身体，为登火炬做足了准备，他的身体已经是日暮西山，没有这种可能了。我只是等着他被自己打败，被自己的身体打败。可是，在生命的最后一程，那执拗的想法就像是加足了马力的泵，不断地给他孱弱的身体提供着源源不断的动力，他在心里跟我较劲，他知道靠他自己的能力，他根本无法靠近那个火炬。这让老妈妈忧心如焚，她流着泪央求我说，给他一次机会吧，要不他死不瞑目。妈妈的眼泪让我彻底地妥协了，我安慰她，我只好不顾一切地犯一次错误。你知道，今年又是检修年，熄灭的火炬看上去像在沉睡。这是爸爸说的，他说他们登上火炬就是在打扰它的梦境。那天，吃完晚饭，我决定向老爸摊牌，我告诉他，我准备违背原则，违反规定，冒着被处分的危险，在检修的间歇，让他登一次火炬，我看着坐在沙发上的老人，问他，你准备好了吗？爸爸略显紧张，他迟疑了片刻，才抑制着内心的激动，说道，我已经准备了二十年，你说我准备好没？"

那个人问："你父亲，他最后登上火炬了？"

童丰收低下头，沉默良久，抬起头来的时候，眼里闪着泪花："没有。

205

我想，从此以后，我的一生都会因此而自责，而愧疚。我算好了检修的空隙，让车间的安全员、工人们做了所有的预案，以防万无一失。安全员还因此有些顾虑，他说，这会不会出问题？我说，出什么问题由我自己扛着呢，只要让他上了火炬，就是把我这个车间主任撸了也认了。老爸是想飞，而我是抱着死的决心的。一旦确切的时间定下来，爸爸反而显得心情沉重，失去了开始时的兴奋。我看着他日渐地委顿，身体也一天不如一天，于是我试探着问他，爸，其实你已经战胜了内心的恐惧，能够正视过去，不惧怕火炬，你已经做得很好了。躺在床上的他眼睛突然放光，坚定地说，不，我还是以前的我。想要时光倒转的老爸，却最终没有越过心理和身体的双重压力，在最后一刻功亏一篑。时间定在八月的一天下午，天气并不是很热，有一丝的南风吹在火炬上。我布置好了一切，就等着妻子把他送到火炬区的检修现场。可是从下午三点一直等到黄昏，从黄昏一直等到黑夜降临，他们的影子都没有。我踩着夜色回到家里，客厅里漆黑一片，我刚要伸手拉灯绳，被一只手抓住了，妻子小声说，别开灯。我的眼睛适应了屋内的黑暗，才看到坐在沙发上的爸爸，他的影子虚幻而模糊。我吓了一跳。妻子把我拉到卧室里，悄悄告诉了我原委。原来，妻子和爸爸从家里出来，要去火炬时，在路上遇到了一起车祸。那天下午，黄大波的儿子，照例在大马路上指挥着交通，他太过投入，以至于没有看到从背后驶来的一辆汽车，他倒在车轮下的身体还保持着手臂指挥通过的样子。爸爸正好目睹了那场车祸。他一下子瘫软下去，倒在了马路上。妻子匆忙把他送回家。他回去后就一直坐在沙发上，没动过，妻子告诉我。他坐在那里，呆呆地发愣，他不让妈妈开灯，也拒绝和任何人交流，一直到天明。我试图劝他回到床上，让睡眠平息一切，可是爸爸痛苦的脸在黑暗中显得十分狰狞，他摆摆手，示意我离开。一夜，可能等于二十年。第二天一早，他便彻底崩溃了，他被再次送进了医院，在他的病床边，看着人事不省的爸爸，妈妈啜泣着，埋怨着：都是火炬。我紧紧攥着她的手，只能让沉默慢慢化解她内心的忧伤。"

"他醒过来了吗？我是说现在。"那个人手中的笔停止了转动，他紧紧地握着那支笔。

"没有。"童丰收说，"他还在医院中，他恐怕熬不过这个月了，这是医生说的。"

"你是不是觉得特别轻松？"那个人突然发问。

这下让童丰收有些猝不及防，他抬起头，呆呆地看着那个人，那个人目光狡黠，暗藏着一丝的奚落。童丰收急忙收回目光，低下头，"为什么？"他茫然地问道。

"因为你不用再因为冷落了父亲而内疚，你也不用再担心，因为违章让一个局外人登上火炬而承担巨大的责任。如果那件事发生了，你以为你这个车间主任还能当下去吗？你以为拿一个人的生命当儿戏，赔上整个企业的安全指标，厂长会当这个冤大头吗？"那个人自我感觉看透了一个人隐秘的内心世界，而嘴角微微翘起。

童丰收为了掩饰内心的慌乱，扭头向窗外看了看，火炬的光还在，仿佛它是一个提示，只要他能看到，那火焰就一直在那里，等待着他。那天下午的等待似乎就在眼前，开始，他布置好了一切，安全员、起重工、铆工、焊工，甚至他还找来了厂医院的护士小白，剩下的只有等待。等待父亲的到来。他仰头看了看火炬，那一刻，他突然感觉有些失落，巨大的挫败感呼啸而来。他想到了父亲即将终结的生命，更多的想到的是自己，我要干什么？他问自己。

"我想替我爸做件事，爬一次火炬，替他还愿。"

"你上去过吗？"

"没有，从来没有，我都是安排工人们上去。我从来没有。对我来说，这也是一次挑战。"

"你觉得你能爬上去吗？即使你爬上去，你能体验到飞翔的感觉吗？"那个人眼睛里闪烁着怀疑的光。

童丰收躲避着他锐利的目光："我不知道。"

这个时候，门响了，进来一个人，看了看他们俩，直接走到那个人旁边的椅子上坐下。那个人急忙站起来，拿起报纸，放到了书架上，童丰收注意到，那支中华铅笔终于完全地显露在他的视线中，他看清楚了，是一支 HB 的中华铅笔。那个人给后来的人倒了一杯水，自己也坐下来，先是对后进来那个年岁稍大的人解释说："刚才我们聊了一些无关紧要的事。"然后端正了一下自己的坐姿，换了一副面孔，严肃地对童丰收说："好吧，我们开始吧。你先讲讲这次抢修事故的过程吧，死了一个人，谁也交不了差。请注意，不要遗漏任何细节。不要推卸责任。"

童丰收下意识地又扭头看了看火炬，他觉得火炬开始移动，离他越来越远。

2015 年 6 月 5 日第一稿
2015 年 7 月 9 日第二稿

看不见风景的房间

一九七六年，七岁的我离开母亲，跟着父亲来到了 H 市。母亲当时在我们公社的学校里教书，我不知道为什么非要离开母亲而跟着父亲，我也不知道为什么母亲不跟着我们一起生活。对于父亲生活的那座城市我早就心向往之了，所以当父亲拉着我的手钻进一辆破旧的长途汽车时，我的心像是蜡烛光前的小飞蛾。我一点也没有注意到母亲的悲伤。

父亲在那座令人好奇的城市里拥有一间只有八平方米的顶层楼房。那是一栋三层楼，红色的外观，尖顶，带阁楼。靠近墙的一角有一张双人床，床上方的天花板上有一个约四十厘米的方孔通向阁楼，大人是钻不进去的，他们只能伸手往里面放点轻便的东西。基本上来说，那个尖尖的阁楼只是一个简易的储藏室。我一来到父亲家就喜欢上了阁楼。那一方孔之后的、黑黑的空间对我有着无法想象的吸引力。促使我后来依恋上阁楼的还有另外一个原因，那就是我们住的房间每天都沉浸在黑暗之中。我和父亲回到他的小屋的那天起，阳光就再也没有光临过。父亲把衣服脱掉，在厨房里找了几片木头，翻箱倒柜拽出一把生锈的锤子，叮叮当当响了一阵之后，那扇本来就不大的窗子就被钉得死死的，透不进半点阳光。从那天起，父亲和我就天天生活在黑夜之中，父亲天天抱着个酒瓶子，烂醉如泥，眼睛通红，头发像是杂乱的草。七岁的我多想看看这座大城市的风景呀，但是风景却被父亲无情地阻隔在了外面。有一天我趁着父亲喝得不省人事时，踩在一把椅子上，偷偷地钻了进去。

对于瘦小的我来说，那小小的方孔并不是什么阻碍。我听到被木条撑起的楼板吱吱地响了几下。里面黑乎乎的，只有墙根处透进来一丝阳光，那是一个小小的加着木条的窗户。被我惊醒的灰尘在细微的光线中惊慌地四散奔逃。我像田鼠终于找到了自己的田地一样兴奋。顺着阁楼上的支撑天花板的木条，我披着尘土，小心地向有光亮的地方爬过去。在爬行过程中我还得应付父亲的臭鞋子烂袜子。透出光亮的那扇小窗太小，斜斜的木条过于繁密，而且又是向上倾斜的，所以我根本无法看到外面的风景。这让我很失望，我接着往回爬。方孔附近是一堵墙，用手摸得到。墙的中间有一个和我们天花板上大小相仿的小方孔。我把头伸进去，感觉到有凉凉的风灌到脖子里。而且我还听到有女人的声音像是蚊子似的在黑暗里飞舞。好奇心是我探险历程中的一驾马车，它载着我驶向了别人的生活中。

原来，阁楼是一条通道，可以通向顶层的每一家，而每一家都和我们一样，有一个可以连接上下的小孔。我趴着那个小孔看到了紧挨着人家的房间里的一切。我听到的女人的声音就是从那里传出来的，现在，当我的小脸贴在硬硬的木条之上，当我的眼睛告诉我，下面的那些人是和我以前的生活中完全不同的一些人时，我的心跳得像是在和谁赛跑。是的，下面这间房子里有三个十几岁的姑娘，她们长得差不多，大概是姐妹，她们在叽叽喳喳地说着什么。她们比我见过的女孩子穿得都漂亮，所以我就多看了两眼，更重要的是我听到在她们嘈杂的声音里有我爸的名字。最先说出我爸吴建国的是那个年岁最大的，她有一条长长的辫子一直垂到屁股上。她一说话长发就随着身体敲打一下屁股。她说："我敢肯定是吴建国干的。"

比她小一两岁的女孩说："你怎么这么肯定。说不定是天天放学跟着你的那个马屁精呢。"

大女孩眼疾手快，狠狠地打了她一掌。挨打的女孩也不示弱，用脚踢了大的一脚。两个人扭作一团，声音更加刺耳。我最不爱看的就是打架，尤其是女孩子打架更让我觉得心里酸酸的。我正打算接着往前爬，就看到最小的那个女孩走上前对已经滚在地上的两个女孩说："我猜，大概，可能，也许，就是吴建国干的。"

两个女孩停止了扭打站起来，大的说，我就说是他干的，少数服从多数吧。

挨打的女孩还嘴硬，她说："我越想越不对劲，王建国是个醉鬼，他连站都站不稳，他还有劲偷我们衣服呀。"

我爸偷她们衣服，我怎么不知道，我爸家里的衣服都在柜子里堆着，散发着油腻味道，要是她有女孩子的衣服，我们家的空气会好很多的。

大的说："你还别不相信，你想想，他老婆几年都不在他身边，你说他想不想……"她欲言又止，"反正给你们说了你们也不懂，再大点你们自然就明白了。"

挨打的女孩说："你才比我大两岁，别把你当成大人一样。"

她们说来说去，原来她们家这一阵老丢衣服，她们晾在楼道里的衣服莫名其妙地就消失了，她们的母亲在楼道里骂过也无济于事，她们讨论的就是谁是那幕后的黑手。最后她们在别别扭扭之中达成了统一的意见，那就是，少女们的衣服是我父亲偷的。她们的理由只有大姐的那半句话，我并不大明白。我想，她们铁定是冤枉了我父亲，我想替我父亲辩解一下，可突然意识到自己所处的位置，赶紧缩回了头。

我在爬向下一家的黑暗中思想偷偷地开了小差，关于我陌生的父亲，我现在还不是在乱猜疑中与他生活在一起的吗。

第三间房子的小孔搭着一块玻璃，乌蒙蒙的。玻璃挺沉，没法移动，我蘸着唾沫擦了好一会儿才看清里面，正对着是一张床。床上的床单花里胡哨的，看着有些眼晕。床上有两个人正在打架。一男一女，两个人都没有穿衣服。男的是一光头，光头上还有一个大大的青痣。男的骑在女的身上。我听到女的痛苦地在叫着。我已经说过我最不爱看的就是人家打架。一听到挨打的人哼哼唧唧的我心里头就发麻。于是便继续向前爬。阁楼里太黑，有穿堂风在我的头上轻轻地飘过，像是我妈的手，弄得我痒痒的。接下来的一间后来成了最令我牵肠挂肚的。而那一天我在

211

阁楼里的爬行也在那里画了个大大的句号。

　　和我们家一样，稍稍移动一块木板，露出一条缝，小孔的下方正对着一张床，一张单人床，床上面的布置比上一家的要素雅许多，看上去就比较爽目。床上躺着一个女的，大约也就十七八岁。姑娘穿着一身黑衣。姑娘躺在床上一动也不动，眼睛闭着，长长的头发散乱在枕头上。我觉得没多大劲，刚想离开时，感到像是有一道闪光飞上来，砸在我的额头上。我觉得自己的脑袋里当当地响了两下。姑娘突然睁开了眼睛，她眼睛里的光芒寒冷无比。我觉得她是在看着我，她像是发现了我。我就没敢移动身体，我害怕爬行的声音引起她的注意。我一阵慌乱。我的目光从小孔掉下去，正好掉到她的眼睛那儿，她的眼睛边不知什么时候有了几滴眼泪。姑娘开口说话了，她说："你说我要不要去死？"

　　我更加紧张了，因为房间是紧闭着的，她会对谁说话？我吗？我屏住了呼吸。她接着说："那我怎么死呢？"

　　她的脸对着天花板，一定是死的想法让她感到了难过，眼泪在她的脸上像是河。她说："我从楼上跳下去。不行，说不定摔不死，腿断了，我爸妈和哥哥更加伤心了。我的病已经给他们带来了无尽的麻烦。不行。跳楼绝对不行的。"

　　她为什么要死呢，她很好看呀，好看的姑娘是不应该死的呀。跟我妈一个单位的漂亮姑娘黄美芸天天唱歌，我们镇上那些鸟都不怎么叫了。这个姑娘为什么不去唱唱歌，而想死呢。

　　姑娘后来叹了口气，说："我还是用自己的头巾上吊吧。书上说，在床头上就能把自己吊死。"姑娘转头看了看床头的铁栏杆，泪如雨下。姑娘捂着自己的嘴，她是不想哭出声了。

　　我想，也许外面屋子里有人呢。过了好大一会儿姑娘才止住了自己的悲伤，她的脸还冲着天花板，她又张口了："你说我死不死。我要是不死，我父母和我哥会天天看着我心里受煎熬，天天痛苦万分，虽然他们表面上是那么平静，我知道他们心里在想什么。我要是死了，他们都能够早点解脱呀。你说我死不死。你说呀。"

她可能是说累了，她歇了歇。我还是没敢动。我吓得手心里冒汗。她又说："你要是不同意我死，你就给我点暗示，什么暗示呢？……好吧，你就给我一点光明的火焰吧。"

突然响起的敲门声吓坏了天花板阻隔的两个人。我的脚动了动，肯定是发出了响声，但是更加慌乱的是床上躺着的那个姑娘。她急忙找出纸来擦脸上的泪水，她似乎没有听到上面的动静。她从床上下去，想去开门，又折返到床边，抬头看着天花板，说："五天，我只等你五天呀。"她打开门，叫了一声妈，一个苍老的女人的声音说："小蔓，吃药。"浓浓的药味幽幽地飘上来，像是夜晚遇到的鬼火。

我已经没有心思再继续我的冒险。我折回家，父亲搂着酒瓶子睡得正香。我在我们那间只有八平方米的房子里翻了个底朝天也没有看到一件女孩的衣服。只有我妈的一件长袖白衬衣和一条裤衩。

第二天父亲清醒的时候领着我去串门，算是让我都认识他们。住在我们隔壁的是一家六口人，姓徐，他家的男主人老徐是个拉平板车的，他的身上总是布满白色的面粉。我看到的那三姐妹名叫徐辉、徐琳和徐静。再过去一家是小两口。女的丰满，男人的精瘦。下一个我们并没有进到屋里去。他们家的女主人站在门口摸了摸我的头，然后塞给我一块草药，她说那叫甘草，含在嘴里甜甜的。父亲告诉我，他们家的女儿得了病，老也治不好。得病的女儿以前学习非常好，前途无量。她的名字叫胡晓蔓。下一家的门紧闭着，父亲也是过门而不入。父亲把嘴附在我耳边说，这个人不好。至于为什么不好，父亲没说。第六家是一对中年夫妻。父亲管那女人叫曾大夫。曾大夫把我搂在怀里，亲昵地问寒问暖，我好像是她失散多年的儿子似的。虽然曾大夫是医生，可是她身上一点药味都没有，我倒是闻到了甜甜的茉莉花香。从他们家出来，父亲小声嘟囔了一句，想孩子都想疯了。最后一家是一家三口。男主人姓王，和父亲在一个单位工作，他们家的儿子大概有十六七岁，父亲让我叫他哥哥。被我叫作哥哥的王连海不屑地玩着他手中的钢笔。我们走完这一趟，父亲就觉得心口里憋得慌，他掏出五毛钱，让我去给他打酒。

打酒的地方在街角的燎原商店。我抱着空酒瓶子乐颠颠地去打酒。打完酒回来，在楼下徐辉拦住了我的去路。我想绕过去，可是她抓住了我的脖领子。她伸开她的手，手里面是一大块山楂面。我一看到山楂面嘴角就流口水。徐辉问我想不想吃。我点点头。

徐辉暗示我说，你要想吃就得听我的话。你家里有没有女人的衣服。

我太想吃那块山楂面了，我说："有啊，有啊。"

徐辉眉开眼笑："你去给我拿过来，我只想看一眼，我不要你家的衣服。我看一眼就让你吃山楂面好不好。"

我一蹦一跳地跑回家，酒交到父亲手中。我装作若无其事的样子玩着。父亲一会儿就有些醉了。我趁此机会急忙找出我妈的那件衬衫和裤衩，卷了几卷，抱在怀里向外面跑。刚走出屋门就被徐辉抓住了胳膊，她把我拉到她们家的小厨房里，我一看，徐家的三姐妹都在里边呢，她们盯着我怀里的东西。我把妈妈的衣服交给徐辉，等着山楂面。可是徐辉好像忘了这码事似的，她手忙脚乱地展开那两件衣服。三个人挤在一起，叽叽喳喳了几句她们就把目光都枪似的对准了我。徐辉还把我妈的衣服往我怀里塞。她说："这衣服我们不稀罕看。"

我说："山楂面。"

徐辉说："你休想，我们想看的是我们能穿的衣服。你看看，这哪是我们能穿的衣服。"

她们把我往外推。我受了气，只能默默地流泪。我坐在屋子里，一边流泪一边想着酸酸的山楂面。

又一天到来时，我的心情仍然不好，被徐辉骗了，屋子里又幽暗无比，父亲躺在床上呼呼大睡。伤心的我抬头看到了天花板上通向另一个世界的小孔。

爬过徐辉家时我没有停留，我生她的气了，我不想再看到她。她明明说好了看一眼女人衣服就给我山楂面的，却不认账。小两口家没有人。胡晓蔓还是躺在床上自言自语，她说："只有三天了，如果你不给我些光明的火焰，我就告别爱我的父母和哥哥了。你倒是说话呀。"

我总觉得她含泪的目光是在盯着我看，她看得我有些羞涩，于是我匆匆地爬向下一家。

父亲说他不好的那间屋子里有人，一个三十来岁的年轻人。搭在那小孔之上的木板黑黢黢的，像是在煤火上烤了几十年。我的手上、额头上全是煤灰。年轻人在屋子里还戴着一顶军帽。屋子的当中有一个火盆，火盆里有燃烧的煤球。令我瞠目结舌的是戴军帽的年轻人站在火盆前，一遍遍地用手往外夹通红的煤球。我就不相信，红通通的煤球是凉的。火盆旁边还放着一个洗脸盆，盆里盛满了水。夹几个煤球，戴军帽的人就把手伸到水盆里待一会儿。煤球被夹出来然后再放回去。这样的动作戴军帽的人不厌其烦地做着，很无聊。不过，让我佩服的是他的动作倒是麻利，比我以前养的那只猫偷鱼的速度还快。

阁楼里空气污浊，我的鼻子里灌满了灰尘，要不是听到了异样的哭声，我就打退堂鼓，想回去了。我顺着哭声向前继续爬，我觉得像是洞中的蛇。哭声来自曾大夫家。曾大夫家隔开房间和阁楼的是一块薄薄的铁板，还用一块干净的红布包着。医生就是和别人不一样。我挪开布包着的铁板，哭声便大一些。曾大夫怀里果真抱着一个婴儿。父亲说他们没有孩子。难道这一天工夫她就生了个小孩出来。曾大夫的丈夫手里拿着一个奶瓶，往婴儿嘴里塞，可婴儿说什么也不吃。急得两口子汗流满面，团团转。要不是我捂住了自己的嘴，就要笑出声了。

更让我感到可笑的是他们说话的声调压得很低，像是两个接头的特务。他们越是想掩饰谈话的内容我越是想听清楚，所在这次我把挡板缝推得大大的。我不小心还制造了一点声音，好在那个婴儿的哭声遮掩了一切。我可以放心地听他们的窃窃私语。渐渐地我听明白了，他们谈论的是这个让他们手足无措的婴儿，原来这不是他们的孩子。我说他们也不可能在一天之内就生出一个小孩来。孩子是曾大夫在医院的走廊里捡到的。曾大夫断定是哪个大姑娘生的，偷偷地扔在那里的。曾大夫的丈夫是区政府的一个小官，虽然他迫切地想要一个孩子，可是他看上去有些忧心忡忡。他说："这样不好吧，万一孩子的父母找来怎么办，别人问我们我们怎么说呢。"

曾大夫刚要张口说话，就听到了敲门声。敲门的是隔壁王家的老婆。那女人长得膀大腰圆，浓眉重彩。曾大夫慌张地把孩子塞到丈夫的怀里，让他躲到里屋。然后整理了一下乱乱的衣服和头发，走过去开门。王家的老婆左看看右看看，才开口说要借一个顶针，她说她家的顶针不知道滚到哪个角落里了。曾大夫说她家里没有顶针，她从来不用顶针的。王家老婆哼哼哈哈地并不立即离开，她突然说："我好像听到你家里有孩子哭。"

在里屋的曾大夫的丈夫仿佛是为配合王家老婆这句话似的，他再也没法挡住孩子的哭声。哭声穿墙而入。王家老婆吵吵道："我说什么来，我是听见孩子哭了吗，老王还不相信。"她说着就要进里屋。

曾大夫满脸铁青，她大声喊道："老刘，出来让王阿姨看看孩子。"

曾大夫的丈夫抱着孩子出来，看了一眼曾大夫，满脸羞愧。孩子的脸红红的，显是刚才被捂的时间太久了。

王家老婆跨前一步说："让我看看这孩子，这是谁的孩子，这么招人喜欢。"

曾大夫急忙说："是我乡下妹妹的孩子，她孩子多，就把这孩子放我们这儿带几天。"

他们说的话我有些昏昏欲睡，便继续向前爬，这是离我家最远的。小孔对着的是里间屋子，我看到的是一张桌子，一把椅子，一个坐在椅子上的大哥哥，那个叫王连海的中学生。他趴在桌子上学习。我最讨厌的就是学习，看到这情景我便想打道回府。可是突然我的眼睛被什么东西闪了一下，亮晶晶的，挺刺眼的。我定睛观看，王连海手里不知何时多了一些东西，发出炫目的光亮。那一团东西好像是姑娘的衣服，内衣什么的，白白的，红红的，粉粉的。那团衣服在他的手里卷来卷去，被揉得像是一团纸，在我惊奇的目光中，瘦瘦的中学生的举动很令我费解，他还把衣服贴到脸上，捂到鼻子上深深地嗅着。我以前只见过狗有这样的爱好。所以我内心里很是看他不起。但是他手里那团女人的衣服突然间在我的心里勾起了一股酸水，口水不自觉地流了下来。徐辉姐妹仨不是想看看女人的衣服吗，那样的衣服好像正好适合她们穿呢，心里的阴霾一扫而光。我顿时知道了自己下一步该干什么了。

我兴冲冲地往回爬时，因为高兴便又一一重温了属于我的风景。曾大夫正在把自己瘪瘪的乳房给婴儿当毛巾擦脸，奇怪的是婴儿倒是停止了哭泣，不知是曾大夫的乳房起了作用还是哭累了。戴军帽的年轻人还在重复着一样的动作，煤球像是一个宝贝似的。胡晓蔓在哭，是那种不发出声音的哭泣。她没有躺在床上，而是斜依在床头，脚着地，头发散乱地裹着铁床头。她的两只手里卷着一条黑色而柔软的纱巾，她不停地把纱巾捆到床头上，试着把头伸进去，每伸进去一次她都会拼命地捂着嘴，不让哭泣发出声来，然后看看天花板说一声："还有三天呀。"看着她翻来覆去地重复一样的动作，我的喜悦不知为什么就有点像是长了毛，涩涩地。

时光在一股酸酸的空气中慢慢地掀动，我似乎听到了它沉重的呼吸声。时光是个吃多了山楂面的老人，肯定没错。那一天我在王连海家的阁楼里趴着都睡着了，即使睡着了，我的手里也是紧紧地握着一根长竹竿，但是我一直没有机会用上长竹竿，因为王连海一天都没在家。那空空的房子飘满了我渴望的目光。我的目光都是酸的。好在王连海没有辜负我的等待，我手里握着长长的竹竿再次向下观看时已经是新的一天了。王连海在家，他在写作业。他还没有拿出衣服，衣服不知道放在了哪里。他一直在写作业，我等得心焦，就放下竹竿爬回到曾大夫家阁楼里。我没有听到婴儿的哭声，不知道他们是不是把婴儿送还给她妹妹了。错开挡板的一条缝，我的眼睛顿时睁得大大的。我竟然看到了戴军帽的那家伙。我揉了揉眼，还以为自己在黑暗里待得太久，看花了眼。或者是我以为自己看到的是曾大夫家，却来到了戴军帽的年轻人家阁楼里？可是随即我就推翻了自己的瞎推测。因为我明明看到了曾大夫斜躺在旁边的床上睡着了。婴儿就在她的身边，眼睛也是闭着的。正是午睡的时候。

我以为这个时候只有我没有一丝的困意，原来戴军帽的年轻人比我更加兴奋，他居然跑到别人家来散步了。他用我看到过的那两个手指，正轻轻地从曾大夫口袋里向外夹东西。曾大夫的口袋一定很小很窄，小伙子费了半天的劲还没有夹出来。我都替他着急了就轻轻地咳嗽了一声。我这咳嗽可非同小可，婴儿突然间苏醒放声痛哭起来，戴军帽的小伙子受到了惊吓，撒腿向外跑，军帽飘然落到了地上。曾大夫听到孩子的哭声也惊醒了，她抱起婴儿摇着，低头看到了那顶军帽。

　　那一天我终于如愿以偿，我找到了下手的机会。就是那个中午，那个人人昏昏欲睡的中午。我重新返回到王连海的头顶时，姑娘的衣服像是头巾一样被裹在王连海的脸上。只露着一双眼，那双眼像是狼的，红红的，怪吓人的。突然外间屋响起了王连海母亲尖厉的惊叫。王连海顾不得把女人衣服藏起来，撒腿向外跑，一边跑一边喊："妈，怎么了怎么了？"我听到他妈妈说："我刚才恍恍惚惚地好像看见家里有个人，我一睁眼他就跑出门了，快看看，家里少什么东西没有。"我听到咚咚的奔跑的脚步声，大概是王连海追到外面去看有什么人了。我趁此机会，把竹竿伸下去，竿子的另一头有一枚生锈的钉子，我很轻松地就把姑娘的衣服拿到了手。

　　曾大夫一手抱着孩子一手拿着军帽在沉思冥想。失去军帽的年轻人已经回到家里，惊魂未定，正疯狂而且更加快速地把煤球往外夹。小两口的中午一如既往，我真为他们害臊，打架就打架吧，为什么还把衣服脱光。胡晓蔓凄惨地说："只剩一天了。"那条纱巾已经被固定在床头，看来她已经打定了主意。纱巾晃来晃去的，让我的兴奋大打折扣。徐辉姐妹三脑袋挨着脑袋还在琢磨她们丢失衣服的下落。我父亲喝得酩酊大醉，早就摊着身子不省人事了。我看到他身旁有一盒火柴，是泊头火柴，火柴盒上的图案我还是头一次见到，我就随手塞到了兜里。

　　我抱着姑娘家的衣服乐颠颠地去敲徐辉家的门。

　　徐辉打开一条缝伸出脑袋，问我干什么。我说："我想吃山楂面。"

　　徐辉摇摇头说："不行，你没有我们的衣服，你就不能吃山楂面。"

我兴奋的脸上有些发烫，我举起那团衣服说："我有。"

徐辉的眼睛立即就亮了。她的眼睛发亮时就很好看。比我妈单位那个唱歌的阿姨还漂亮。她一把就夺过了我手里的衣服，然后就跑了进去，一会儿她们姐妹仨一起走出来。她们把我逼到她们家窄小的厨房里，徐辉一边把一块山楂面塞到我手里一边恶狠狠地说："我就知道是你爸干的。"

我急着把山楂面往嘴里塞，抽空说了声："不是，不是我爸。"声音小小的，也不知道她们听到没有。

那天下午父亲被一个耳光给扇醒了。父亲捂着脸，他的脸一定疼，他的目光也一定不太清晰，因为徐辉她妈就站在他面前，他还问人家是谁。徐辉的母亲二话没说又给了父亲一耳光。父亲毫无还手之力，他晕头转向地还不知道发生了什么。徐辉的母亲打了两个耳光，骂了两句臭流氓，看了我一眼，对我说："长大了别学你爸。"我唯恐她看到我的山楂面，我把握着山楂面的手藏到了身后。徐辉母亲脚步响亮地走了，父亲摸了摸自己红肿的脸，自言自语道："原来是做梦。"倒下又睡了。

我不舍得一下子就把得来的山楂面吃光，我看了看东倒西歪的父亲，看了看黑乎乎的屋子，这并不是一个让我慢慢地品尝山楂面的好地方。我的头抬起来，我知道我想去哪儿吃了。

我爬上阁楼。阁楼是我自由的空间，是完全属于我自己的。山楂面在那里吃着别有一番味道。我没想到自己选择的竟然就在胡晓蔓的头顶，我听到了她的自言自语。我把脸贴在楼板上，眼睛向下观看。胡晓蔓正在做最后的告别，她说："这是我生命最后的时刻了，五天你都不给我一点希望，你是在另一个世界等着我呀，你不用等了，我来了。"

我六神无主，我可见过人死时是多么地可怕，我怕我做噩梦，便在身上乱摸着，突然我摸到了火柴。我划了整整十根火柴才划着，我把它扔下去时，我仿佛看到有一团烈火隔在了我和死神之间，我不用害怕做噩梦了。

胡晓蔓家着了火，住在三楼的所有人都来救火。胡晓蔓没有死。别人把她从火里救出来时还听到她在笑。她的笑声从屋子里透过天花板传到我的耳朵里，我觉得她笑得挺开心，她终于知道，她说的那个"你"是不希望她死的。在救火的人流里我看到戴军帽小伙子此刻是个没戴帽子，在混乱之中，他终于把手伸到了别人的口袋里。王连海的眼睛紧紧盯在徐辉的身上。救火的人流里没有我父亲，他还在醉着。

胡晓蔓后来一直快活地和病魔做着斗争，她的脸有烧过的痕迹，但是这并不影响她对生命的渴望，直到十年之后，她才被耗尽最后的一丝生命之火。医生们都说她能活那么长时间是个奇迹。

若干天之后，我从我们家的小孔看到了我的母亲。和母亲分别的时间并不长，我看到母亲瘦了，母亲跪在父亲的面前，脸上全是泪水。母亲喋喋不休地请求父亲的原谅，但是父亲只顾着喝酒却一句话也没有说。最后母亲从地上站起来，放下一包东西，走了。

那天晚上，父亲破天荒地没有喝酒，他说要带我去看电影，是个令人胆战心惊的电影叫《画皮》。徐辉看了，每天在家里讲里面的故事吓唬她的妹妹。电影院离家很远，父亲一推自行车，就感觉到后胎没气了，父亲纳闷道："我得罪了谁，天天扎我的自行车。我是今天下午刚刚补的。"没有办法，那天晚上父亲就是骑着他那辆后胎没气的自行车带着我去看电影的。父亲倒没什么，他的座是软的，苦了坐在后座上的我，我的屁股被颠成了十八瓣。不知是因为我的屁股疼痛还是因为电影太过恐怖，我看着看着就哭了。我伸手紧紧抓住了父亲的手，我感觉到，父亲的手也是湿的。

可以移动的村庄

　　拉布镇共有五百二十一人，某一年的夏天，这些人分成了两派。让他们的意志产生分歧的是对一个人的信任度。魔术师老 K，那个自鸣得意的魔术师，他突然发现自己的力量有多强大，而不仅仅局限在舞台上。有二百六十人把信任的一票投给了魔术师，还有二百六十人投了反对票，只有一人因为身在外地而无法表明自己的意愿。数字只表明了两种截然相反的态度，还远没有到敌对的程度。

　　在赞成者之中，起码他们愿意相信魔术师老 K 的能力。有一个场景会在大家的脑子里不断闪现，在那个场景的中心有一个简易的木台子，魔术师老 K 就站在台子上，风不大，简易的木台子还有些摇晃，魔术师的身体也跟随着摇晃，这更增加了他的魔力。台子上有一个大大的黑色的木箱子，老 K 让一个漂亮的姑娘钻进箱子里，短短的几分钟之内，那个姑娘就跑到了大家的身后，站在他们背后的房顶上唱歌了。一想到这个场景，大家的心里就涌出了莫名的兴奋与激动，在村子的每个角落，都能听到大家不厌其烦地议论。

　　"一个姑娘，明明看见她钻进了箱子里，怎么就能跑到房顶上呢？"

　　"他能把一沓纸变成一沓钱。"

　　"鸽子，我们从来没有看到过那么多的鸽子。它们结伴在村子里飞过，像是给村子打了一把伞。鸽子都是从他的袖子里飞出来的。"

　　"还有一次，他把我们家的烟囱变没了，第二天一大早，我老婆做

221

早饭，没把我老婆呛死，我才看到烟囱重新回来了。"

"我们都看到过他的魔术。不是吗？纸变成了钱，鸽子从遥远的地方聚到一起，烟囱消失了一夜重新回到了房顶。什么能让我们相信，眼睛，只有我们的眼睛。我们看到了，我们就相信。快回家吧，还等什么。我们准备好，和村子一起飞走吧。"

有的人，甚至开始讨论起村庄移动时会有什么样的感受，会不会晕，要不要吃些晕车药；孩子怎么办，要把他们绑到树上吗？孩子轻，会不会在飞行的过程中落到河里；钱财呢，最好揣在身上。

最早让大家想到魔术师老 K 的是弥漫在村子里的恐慌。一些猪和羊在莫名其妙地死亡，树木开始枯萎，更为严峻的是，有两个孩子，陈冬与陈天宇，已经高烧一周，他们的身体像炭一样热。陈冬与陈天宇两个孩子的父亲，焦虑使两个人聚在一起，把一个令人伤悲的夜晚熬过之后，两个人忧心忡忡地对外宣布：村子已经处在极度危险之中。

陈龙大、陈隶青就是两个孩子的父亲，他们的忧虑并不是空穴来风。只要抬头向西张望，就能看到那个冒着黑烟的高大烟囱。空气泛着酸臭的味道，树上落满一层层的褐色灰尘，井里打出来的水像是牲口的尿……陈龙大义愤填膺地说，我们回忆一下，我们喝清水是哪一天的事，我们呼吸清新空气是哪一天的事，我们的庄稼绿油油的情景是哪一天的事？

环绕着村落的烟囱和日夜作响的机器声早就打乱了村子的宁静。陈隶青说，村子已经失去了本来的面貌，我们的村庄正在流血，我们的孩子正在死亡的边缘挣扎，我们与其坐以待毙，不如去改变现状。

两个人找到了魔术师老 K。

魔术师老 K 刚刚从台子上下来，他的衣服上还残留着鸽子的羽毛。在他们说话期间，老 K 的鸽子正从村子上空飞过。

两个人的想法使魔术师老 K 有些跃跃欲试。"大动作，大想法，大视野，"老 K 的眼睛放光，"我只有一个条件，你们要绝对地信任我，支持我，不能有任何的私心杂念。"

那之后的魔术师暂时告别了游走于乡村间的卖艺生涯，在村子西部荒凉的山丘上，老K把自己隐藏在一个深深的院落中，开始为这个伟大的梦想去努力。陈龙大的院子，如今属于魔术师老K，被密密匝匝的干树枝遮掩着，阳光只能胆怯地探进去，把院落的一角照亮。

反对者，他们并不反对魔术师的魔术，他们也是老K忠实的观众，毕竟老K的到来，会给他们平淡乏味的生活增添一些喧哗与快乐。他们也不是怕村庄的移动会产生眩晕的现象，同样，他们也没有在村庄周围的工厂里有什么切身的利益，他们习惯了逆来顺受，习惯了事物的必然发展，不管是向好的还是坏的一面发展。乡村医生陈佐言就是他们的代表，他的态度也代表了反对者的心声："我们不想离开我们世代居住的地方。我们姑且相信了老K的谎言，我们不去散播《皇帝的新装》的故事，我们的村庄移动到了一个山清水秀的地方，我们似乎回到了以前的生活环境之中，猪和羊不再死亡，他们的孩子起死回生。但是，谁又能保证，这一切不会再来？"

争论从一开始就存在着。当村庄就要移动的消息散播开来之后，一部分人兴奋异常的同时，另外一部分人也陷入了深深的忧虑当中。支持者希望老K早点下手，反对者则担心那一天是世界的末日。支持者在设想着村庄移动时的感觉，悬空甚至会有些飘浮。而反对者却把那当成是天方夜谭，他们说，我们感觉到的东西更加可靠。

村子在混乱的状态下迎接着黎明与黄昏。为了让争论早一天有个结果，在陈龙大、陈隶青与陈佐言的倡议下，进行了第一轮的投票。投票的结果旗鼓相当，未分胜负。

陈龙大、陈隶青他们不甘心这个平局的结果，他们原以为这个美好的方案抛出时，会得到一致地响应。现在这个结果很令他们伤心，他们的夜晚彻夜难宁。他们抱着自己重病的孩子，造访了陈佐言先生。他们的对话是悲愤与淡泊间的交锋。

陈佐言先生看到两个人走进来就知道这次对话意味着什么，所以他抢先开口："你们说服不了我，也说服不了那些不想走的人。"

两个人铁青着脸，他们把孩子放在陈佐言先生的眼皮底下，陈龙大说："如果这两个孩子叫你爹，你心里会怎么想？"

陈佐言先生应对自如："他们也是我的孩子。我也很伤心，我们不是铁石心肠，但是事情并不像你们想象得那么简单，你们这是逃避。"

三个人的对话毫无结果，陈佐言先生甚至建议他们把孩子留在他那里，他就不用天天跑到他们家里去给孩子治病。

有的人把自己家死去的猪和羊抬到了陈佐言先生家，那些无故死去的猪和羊，慢慢地在他的院子里变质腐烂，从陈佐言先生家里飘出来的刺鼻的臭味更加浓重，但是他们看到的那个乡村医生，他的生活如故，没有丝毫变化。

后来，有一个传言开始在支持者中传播：陈佐言医生与那些冒烟的工厂有着千丝万缕的联系，他会定期从工厂得到一部分的回报。因为有人看到，陈佐言医生经常出入村子附近的一家工厂，他从工厂里出来时，工厂老板亲自送出门外，而且把一个大大的包裹递到他的手上。传言在支持者中风一样地刮过，他们既痛恨又兴奋，痛恨是因为他们对医生的品行产生了怀疑，兴奋是因为他们抓到了对方的破绽与把柄。

不仅如此，悲愤让支持者的思想更敏锐。那些反对者，都被冠以既得利益者的头衔，他们每一个人似乎都与那些工厂有着某种暧昧的关系。

"我们想想看，那些反对村庄移动的人，他们家的房屋比我们居住的更加高大，更加富丽堂皇，他们沐浴到的阳光比我们的房屋更加充足；同样，他们的衣着，比我们的更加华丽。"

"还有一点，他们家的猪仍然在猪圈里活泼地吃着食，他们家的羊仍然无忧无虑地吃着草，况且，他们家的孩子，比我们的孩子更健康，更苗壮。"

"他们是有预谋的，他们和那些工厂是同伙。"

传言点燃了大家的愤怒。有人建议，让反对者们居住到他们低矮潮湿的房子里，让反对者的猪和羊与他们的猪和羊混合在一起，让反对者的孩子也和他们的孩子接受同等的教育，享有同等的营养水平。甚至，有更加激进的人悄悄地说，把反对者干掉。

医生最早嗅出了这股传言所带来的危险。某个清晨，他主动公示了自己从工厂里拿回来的东西，那是一株说不上挺拔也说不上枯萎的兰花。他说那家工厂有一个工人摔坏了腿，他每天都去给他治疗。腿治好了，他没有要求得到任何的报偿，只是想得到那株兰花。医生说他在做一个试验，他想看看兰花能够抵御什么样的外界环境。

陆续有人开始效仿医生的做法，反对者们纷纷亮出了自己的家底，他们说，他们的房屋高大是因为他们勤劳工作的缘故，与村子周围的工厂毫无瓜葛。在反对者当中，也有猪和羊在悄悄地死亡，并不是大家传说中的活泼和快乐。他们重新挖开了掩埋猪和羊死尸的土，让大家看到了真相。他们的孩子也一样失去了往日的光泽。

传言似乎在一一地被击破。

医生和他的支持者在蒙受不白之冤后有了深刻的教训，他们彷徨过，烦恼过，经过认真地反思，他们决定不能坐以待毙。

医生说："魔术师是个骗子。村庄，我们世代居住的村庄，它从几百年前就存在着，它和大地一起生长，与河流一起流淌，这是固定不变的，它从来没有离开过这里。我们怎么能够相信一件子虚乌有的事情，怎么能相信一个乡村魔术师。"医生对人们说这些话时，他的手里拿着一本散发着一股奇特味道的书籍，医生说，那是一本叫作《皇帝的新装》的书，是一个居住在遥远的西方的蓝眼睛男人写的，医生说了那个蓝眼睛男人的名字，但是没有人记得住。医生把那本书翻得噼啪乱响，仿佛，那里面有砸向魔术师老K的石头。

"许多年前，有一位皇帝，为了穿得漂亮，不惜把所有的钱花掉。他既不关心他的军队，也不喜欢看戏，他也不喜欢乘着马车逛公园——除非是为炫耀一下他的新衣服。他每天每个钟头要换一套新衣服。人们提到他总是说：皇上在更衣室里。"有一天，他的京城来了两个骗子，自称是织工，说能织出人间最美丽的布。这种布不仅色彩和图案都分外美丽，而且缝出来的衣服还有一种奇怪的特性：任何不称职的或者愚蠢得

225

不可救药的人，都看不见这衣服……"医生读着那本书，眼睛里竟然溢出了泪花。

大家听得十分入神，他们自然联想到了魔术师老K。他们听到"骗子摆出织布机，装作在工作的样子"时，不禁群情激愤，他们喊道："去找那个骗子。去找那个骗子。"此时，他们头脑里的老K，正在虚无的织布机上忙活着，老K的那些带给他们乐趣和快乐的小把戏，早就被反对者们忘在了脑后。

他们浩浩荡荡地开往魔术师的小院。

魔术师老K的院子早就成了一个神圣的地方。支持者一方闻风而动，他们提前赶到了老K的院子，把神圣的院子围得水泄不通。双方对峙着，气氛十分凝重，没有冲突，没有交锋，一直到太阳落山，有人喊道，"×××家的猪又死了两头。"大家才分头散去。

《皇帝的新装》，一个陌生而遥远的西方老头的童话书，在短短的几天之内已经成为拉布镇最为抢手的一件东西。反对者把它奉为反戈一击的宝典；而支持者却在偷偷地收集此书，然后把它付之一炬。医生已经联系到了印刷厂，他们正在日夜兼程，以满足拉布镇那些如饥似渴的人们的需要。村子里，日夜都能听到人们的诵书声，以及热烈的讨论声。

书中这样写道："他们（两个骗子）急迫地请求发给他们一些最细的生丝和最好的金子。他们把这些东西都装进自己的腰包，只在那两架空空的织布机上忙忙碌碌，直到深夜。"

"这是第一条，"医生说，"也最能够体现出这件事情是多么荒唐。魔术师老K不过是个玩玩小把戏的江湖艺人，他的能力没有他自己想象的那么大。他根本没有能力把村子从这一地移动到别处。他需要的只是你们的无知和钱财。"

医生的判断是基于一个常识，谁都知道，鸽子能从这里飞到远方，但是村子不能。而魔术师之所以敢于去尝试，是因为他的贫穷以及居无定所，或者仅仅是因为他喜欢欺骗。为了印证他们的观点，他们对于魔术师的身份与品行进行了秘密搜寻，魔术师的真实姓名无从考证，没有人知道他的历史，也没有人能够找到他的任何污点。有人说："这个人有多可怕。我们连他的真实姓名都无法获取，他就像是飘在空中的云，看得见却摸不到。"

但是，在村子里，被赋予重大使命的魔术师的一举一动都在他们的掌握之中。首先，他的空中楼阁是建立在二百六十人的信任基础之上，其次，他效仿了《皇帝的新装》中的那个骗子，躲在幽闭院落中的老K向支持者们传递着一个个信息，而那些信息让反对者欢欣鼓舞。

信息一：魔术师老K要求支持者提供一卷足足有一公里长半公里宽的白布。村子里的织布女工们都聚集在陈果家宽大的院子里，正日夜兼程不辞辛劳地加紧工作。穿梭的声音悦耳动听，成了所有人美妙的小夜曲。（疑点：他要用这些布匹去开一家制衣厂吗？）

信息二：一些木材。都是已经成材的圆木，被人从自家的果园里，从自家的山林里移向魔术师向阳的山坡上。（疑点：他要成为棺材铺的老板吗？）

信息三：飞禽的羽毛。不能用死去的猪和羊的毛鱼目混珠。（疑点：羽毛能做什么？能带着村子飞走吗？）

信息四：绳子。

信息五：每个家庭里一件代表性的物品，金子、珍珠、桌子、笤帚、照片、瓦片、尘土……

……

也有一些信息令反对者疑惑不解：

比如：一些想法，对新的村庄的地址的想法，大家可以展开想象的翅膀，尽情地去描绘，既可以把它写在纸上，也可以画在纸上，如果不会写也不会画就把它珍藏在心里。一些回忆，对美好事情的回忆，美好的过去，美好的故事，美好的家园。……

陈龙大献出了祖辈留下来的一片山坡以及山坡上的一处房产，魔术师老K如今就躲在里面，为村庄的移动做最无用的准备（在反对者来看是这样的）。陈隶青，卖掉了自己的家，把得到的钱财交给了魔术师，人们都看到了陈隶青一家露宿街头的景象。他们，已经把自己的命运，完全地交到了魔术师老 K 的手上。

医生陈佐言为此有一番苦口婆心的劝谏，忧虑使医生的脸色铁青，他说："你的大门已经不再为我打开。你的儿子需要我的医治，你不能为了那些莫须有的前景而耽误了儿子的病情。你会后悔一辈子的。"

陈龙大："对你，就像对我们所处的环境，我早就不抱有任何希望了。"

"你不能让他就这么无辜地死去。"

"他不会死。他会在新的村庄得到新生。"

"你的盲目自信毁灭的不仅仅是你的孩子，而是一个村子。"医生的耐心显然是有限度的，他的肩上挎着行医的包，医生愤怒地指责陈龙大，说他破坏了一个正常的秩序，一个正常发展的秩序。医生说："你相信一个骗子的魔术吗？"

陈龙大郑重地说："不，我相信改变。"

医生最终没有说服陈龙大，没有能够进入陈家，为他的儿子继续治病。医生天生的责任感使他感到了悲愤，他的耳边仿佛回荡着陈龙大儿子无助的哭泣声。

医生告诫那些反对者："他就像个疯子，不管不顾了。"

同样，陈隶青的反应也让医生感到失望。他们一家要忍受夏天的暴雨、闪电、雷击，当然还有蚊虫的叮咬，但是医生看到的陈隶青却非常乐观，在他心里，已经开始计算村庄移动的日子了。他说："这是个令人痛心无比的村庄，它已经无药可救了，在我的心里，它早就死了，一个家，不过是它身上的一片枯萎的叶子，被风一吹，就掉到地上，不知飘到什么地方。"

陈隶青把全部的心思都交给了魔术师老 K，村子里，经常能看到他忙碌的身影，在织布女工们工作的场所，在乡间的大道上，在山腰上，在每家每户的大门前。他就像是魔术师的化身。他说的话，做的事，都与魔术师无异。即使他儿子的死也未能使他改弦易辙。

陈隶青三岁的儿子终于等不到村庄移动的那一天了，他的死只是让陈隶青在悲伤之中稍做停留，便匆匆地擦干眼泪，更加积极地投入村庄的移动大业之中了，他表情严肃地告诉人们："我儿子，是个英雄，他是用他自己的死来唤醒那些还在蒙昧状态中的人们，他的死是值得的，是无比光荣的。我为他感到骄傲和自豪。"

实际上，陈隶青儿子的死讯像风一样很快就吹进了每个人的耳朵里。它给人们的心里投下了非常复杂的影子，悲伤、愤怒、哀叹、指责、侥幸、解脱……一个直观的现实是非常明显的，支持村庄移动的队伍中失去了一员，在这种悲伤的环境下，反对者的声音已经降到了尽可能的低，他们在悄悄地议论，也许，关于村庄的命运需要第二次投票？这个观点只是在反对者之间悄悄地流传，他们细小的声音把心照亮。

但是发生了另外一个意外，让反对者停下了脚步。在陈隶青儿子死去的第二天早上，医生的老婆却突然告别了人世。医生陈佐言的老婆身体健康，从来没听说她有什么头疼脑热。头一天，人们还看到她来到陈隶青儿子的尸体前，为那个小小的生命来送行，人们注意到，她还摸了陈隶青儿子的额头。就是这个小小的动作，现在让人们回想起来，有一些耐人寻味，这是支持者的想法，他们似乎找到了另外一个更加有力的证据，瘟疫已经开始流行，医生的老婆不过是摸了一下他的额头，她的死显然与陈隶青的儿子有关，她被传染了……

之所以有这样的揣测，是因为医生的老婆确实死得不明不白。但是当反对者冷静下来，他们得到了另外令人毛骨悚然的结论：有人已经感觉到了天平会向不利的方向倾斜，所以他们利用了黑暗的掩护，悄悄地解决了医生的老婆。"随便一个，我们当中的任何一个都有可能成为对象，碰巧是医生的老婆罢了。"他们比画着说。

在很短的时间里，对抗的情绪在增强，死亡的阴影在村子里徘徊。空气里似乎都能够嗅到死亡的味道，每个人都有不同的感受，有人说死亡的味道是苦涩的，也有人说有些酸，还有人说有些冬天的冰冷，也有人说甚至有一点点的梨的香气……不管哪一种感受，都无法改变一个现实，那就是不断地有人走向生命的终点，仿佛他们都是约定好了似的，一个反对者逝去了，必定会有一个支持者同时受到了死神的召唤。

村子变得空空荡荡，恐惧在迅速地蔓延，没有人能够预测到下一个受到死神眷顾的是不是自己。走在村子的街道上，脚步声能够响彻每一个人的心底。狗停止了吠叫，鸡躲进了鸡舍。那是一个人人自危的季节，连那些静止的树木、花草仿佛都隐藏着危险。即使如此，关于村庄移动的争论仍然在继续着，没有人愿意阻止分歧的进一步扩大。反对者习惯死亡，就像他们习惯了一切正在发生的事情一样。支持者更坚定了飞离故土的信心。

反对者用《皇帝的新装》中那个孩子来讥讽痴迷于村庄移动的人们，他们把自己比作那个能看透真相的孩子。"事实就是事实，谁也无法改变，不管你们用什么办法。"医生这样说，"魔术？真是可笑而滑稽。"

而支持者则斥责他们是用亲人或者自己的生命来冒险。"为什么不去寻求改变呢？为什么要等待死亡呢？为什么不让自己的心灵得到宽慰呢？为什么要用麻木对待一切呢？"他们一连串的疑问似乎更像是在安慰自己恐惧与受伤的心。

那个默默工作的魔术师也一直没有出现在人们的视线中，但他的工作效率却是有目共睹。人们看到，在村子西部荒凉的山坡上，一个庞大的台子已经接近完工，而织布女工们也有了停下来去端详那个木台子的机会，因为魔术师所需的布匹已经堆积成山。有人看到，陈隶青，一个失去儿子的悲伤却依旧执着的男人，会在努力地向那座布山之上攀登。但是看到的那些人说，他从来没有攀上去过。布堆成的山，绵软而光滑，他总是爬了一点就滚落下来。也有人说，那不过是某些别有用心的人的造谣生事，他怎么可能去爬那无用的布山呢，他有更重要的事情，他总是冲锋在前，仿佛，他就是魔术师的影子，那个美好的憧憬，那个可以看得到的村庄，都从他无私的忙碌中体现出来了。人们说，当村庄移动到新的环境后，第一个用脚去探触新鲜土地的那个人必定是陈隶青。

随着魔术师老K的舞台日渐成形，关于村庄移动的日期正在步步逼近。而永无休止的争论让这个日期有着某种风雨飘摇的不确定感。双方都已经精疲力竭，都感到了无望。支持者已经彻底对村庄的现状失去了耐心，在他们眼里，村庄就像是个腐败透顶的梨，除了恐惧、悲伤，他们还失眠、恶心、反胃、色盲……反对者却感到了更大的恐惧，他们可以耻笑那个空中楼阁，可是他们不能接受村子里到处散播的关于世界末日的气氛，那种气氛打乱了他们正常的生活秩序，它让那些以前几乎忽略不计的东西四处飘荡：恶臭、猜疑、质问、打探……

于是，医生提出了举行新一轮投票的建议。他对陈龙大、陈隶青说："我们都累了。我们付出的代价已经足够大了，再没有力气去争论、猜疑，我们需要一个直截了当的结果。如果随了你们的愿，我们宁愿相信，那个魔术师有着超能量，他能把我们的村庄移动到一个鸟语花香的地方。但是首先，我们需要投票。"

投票，看来是势在必行。

投票前夕的夜晚拉布镇充满了急躁不安的气氛。有人在计算，有人在颤抖，有人在兴奋，有人在沮丧，月光普照的街道之中空旷而寂寥，蚊虫忙碌飞奔的影子投在街道上。有一个人在这个时候突然悄悄回到了拉布镇，即使如此，他的身影一踏上村庄的土地就被人发现了。这个人叫陈龙昌，就是他，长期地游离于村子之外。关于他在遥远的南方做些什么，他为什么总是与这个村子若即若离，他基本的人品如何，他突然的不期而至意味着什么，在人们看来，似乎都不重要，他们更关心陈龙昌作为拉布镇的一员，他会把信任的一票投给哪一方。

陈龙昌却不想成为大家瞩目的焦点。他偷偷潜回村子，本来是想躲避仇人的追杀的，他以为夜深人静的村子正在酣睡，会十分安全，他完全没有想到，他一进村，大家的眼睛就把街道照亮了。短短的半天时间里，陈龙昌的耳朵就被大家的争吵声音灌满了，那些声音像是沙子一样沉甸甸的。更让他害怕的是，他似乎感觉到了仇人的脚步正在一点点地逼近。为了躲避那些声音的干扰，更是为了去会会魔术师老K，在他自私的内心，他觉得他们的争吵毫无意义，而他的生命对于他只有一次，他要好好地珍惜，他想问问魔术师，如何才能让他从仇人的视线中彻底消失。为了不辜负大家的信任，他找到了一个冠冕堂皇的理由，他对大家说："魔术师老 K，他的真实想法是什么，并没有人去追究。是什么驱动他放弃了四处漂泊的生活，甘心情愿地为我们的生活去考虑，为我们的未来去思想？我们的村子好或者不好，对于他这个外乡人有什么意义？他有没有自己的私欲？有没有崇高的理想？你们都问过他吗？"他的话让所有人哑口无言，他们的思想出现了短暂的空虚，他们目送着陈龙昌走进了魔术师老 K 的院子。

　　没有人知道在魔术师神秘的院子里发生了什么。没有人知道，在那个令人惊悸的夏日午后，在大家热切的期盼中，陈龙昌到底对魔术师说了什么，或者他没有说什么。他们突然意识到，这是村庄移动的消息公布以来，第一个能够近距离地接触魔术师的人，就算是陈隶青，魔术师最忠实的代表，也只是隔墙听音。为什么他一直隐藏在神秘的面纱之后？为什么他要让争论无边际地蔓延？就在大家矛盾的猜测中，他们听到了有人惊呼："火！"是的，魔术师的院子突然燃起了熊熊大火，大火很快就把大家的眼睛都烤得溢满了泪水。他们还没有完全弄明白发生了什么事，就看到从滚滚的火焰中冲出来一个人，那个人披着魔术师的黑色大氅，戴着魔术师的眼镜，他的头发还冒着烟，他边跑边含混不清地说："疯了，他完全疯了。"他奔跑的速度太快，大家还没看清他的模样，他就在浓烟的包裹下，快速地消失了。也许大家当时的注意力并不在那个人身上，他们面对大火起初有些惊慌失措，随后就做出了本能的反应，不管是反对者还是支持者，他们一律投入灭火的队伍中了。那是个蔚为壮观的场景，西山坡上，大火几乎吞噬了所有人心中的梦想与忧虑，他们奔跑着，喊叫着，扑打着，他们忘却了他们的争论与对峙，忘记了移动与坚守，忘记了悲伤与不快，他们在火中扭曲的身影更像是一个人，一个思想统一的人。

　　大火烧毁了一切，魔术师老 K 的院落，魔术师老 K 为村庄移动搭建起来的台子，西山坡成了灰烬的海洋。被人们寄予厚望的庞大的台子已经烧焦，变形的木头争相展示着狰狞的面容。村庄的移动随着魔术师的消失也暂告一个段落，关于魔术师的去向后来成了拉布镇的一个谜，有人说那个投票的日子，在魔术师幽敞的院落里，陈龙昌向魔术师提出了无理的要求，他希望魔术师能够施展魔法，让他从人们的视线中消失。陈龙昌的忧伤很可能感染了魔术师，所以当他用尽毕生的精力去满足陈龙昌的愿望时，发生了意外，陈龙昌成了一个彻底的与世长辞的人，魔术师畏罪潜逃，并且用一场大火掩盖了他的罪行。这个说法在很长的时间里得到了拉布镇居民支持者的认可。

但是在反对村庄移动的人们当中，另一种说法更加可信。在他们的头脑里，魔术师是个出尔反尔、信念全无的家伙，他才不在乎你的生活，你的环境，他只是为了钱而存在。当陈龙昌指出了他的真实的目的后，他穷凶极恶，杀掉了陈龙昌，逃之夭夭。

有人说后来在异乡看到过魔术师，他的表演已经大打折扣，经常被人们扔鞋子。还有人说，魔术师就是陈龙昌，那天，他杀掉了魔术师，以后就装扮成魔术师，走乡串村。

"他从仇人的视线中消失了。我们呢？我们的生活并没有一丝一毫的改变呀。"陈隶青说。

制　　造

夏季的无法忘怀是由于少女曾明的如期临盆。在这个村庄，石头都在流汗。可小伙子们却挤在曾明家的窗下，心灵震颤地谛听着一个生命的诞生。

这是在夜晚。

从小伙子们紧攥的拳头中淌下的汗水据说肥沃了一小片土地，曾明的父亲后来凑巧在那儿栽种上茄子，不仅年年丰收，且个大如西瓜。不知是不是真的。

但是有一点无法否定，那就是愤怒的迅速蔓延。愤怒的到来出其不意。长期以来被曾明的美丽牢牢吸引的目光如今暗淡了，偶尔的回忆仍旧是温馨的，曾明的翠绿色碎花小褂，乌黑的小辫以及无可挑剔的盈盈小步。

接下来的一天被蒙上了一层琢磨不透的兴奋和忧郁的色彩。起源是从青年民办教师何仁的门前开始的。

青年民办教师何仁走出屋门时，目光惺忪迷蒙。夏天的清晨清新短暂，明丽的阳光和何仁一样，轻飘飘地挂在树枝上。一夜的蛙鸣搅得他睡眠不足，他感到一下子到来的宁静反而有些奇异。青年何仁下意识揉揉眼睛，这时候有些意外发生了。

一道疾如闪电的凉风掠过他的耳际，停落在身后的门框上。何仁猛回头，诧异的目光停留在一把明晃晃的水果刀上。水果刀显然是经过再三磨制过的，冷森森的刀芒力透他的全身。

与任何人无冤无仇的何仁顿时被一层冷汗包裹得严丝合缝。何仁再回头，学校的操场上只有一只肮脏的小草鸡在觅食。

在何仁门口发生的一切就是这样结束的。而后何仁就夹着书本给初中一年级去上课。但是他呆若木鸡的表情及那把水果刀立即被村里人演绎成一桩情杀事件。

"何老师是你家女婿？"人们在大街上拦住匆匆赶路的曾明的爹。

以老实巴交出名的曾老汉憨厚而含蓄地笑笑，便侧身而过。

这些都在刺激着村里人兴奋的心情。他们相视而笑，奔走相告。同时，许多年轻人都想效仿早晨那位失败的英雄，他们磨刀霍霍。

其实，成熟的想法早已在人们的脑海中形成。逝去的那些铁的景象足以令人信服。

比如：当春天来临之际，青年民办教师何仁正在他的屋子中不断接待着曾明的来访。何仁是个初中教师兼医生，他被人们广泛接受是由于医术的高明。何仁一手持粉笔一手把脉的场景被渐渐地神秘化了。他秉承祖业，而且在祖祖辈辈的行医史上成为发扬光大的代表。在四里八乡，何仁的名字可以和当年抗击日寇的杨魁看齐。作为一个民间医生，在家中接待漂亮的早孕少女就顺理成章了。

春天里，阳光是和清澈的流水一样的。即使在黄昏，也可以把它当作石子飞落中的一道阴影。

在通往村北学校的土路上，曾明款款而行。她的表情坦然。时时会有年轻人从她身边一闪而过，路边麦地中嫩绿的麦苗也会动人地战栗几下。

后来被人们传为口碑的场景其实是有出入的。

何仁并没有把脸贴在曾明的肚子上，他只是用手轻轻地碰了一下，曾明喜欢穿翠绿色的上衣，这次也不例外，她坐在何仁的床沿上，何仁在十步之外的桌子上批改学生的作业。这跟往常的情景没什么两样。后来发生的事情有点稍稍偏离，但对于一个医生和一个孕妇来说，也并没有什么出格。

其实过程是这样的。

曾明或许是由于害羞的原因，因为她的动作有些迟缓，不怎么从容。后来她就走到何仁身旁。

"有啥问题？"何仁转过身问。很长时间以来，曾明都以看书了解胎儿的生长及营养为名，和何仁度过了许多金黄色的夜晚。这给孤独的何仁心中多少带来些安慰和快意。他在无意之中享受着这种快意。

曾明的面容呈现着绯红，那肯定与夕阳无关。此时此刻，曾明脸上还有一丝脆弱的妩媚。后来，在人们闪烁其词的问题中，曾明就一直保持这种表情。

曾明把年轻的手放在肚子上，而后掀起了翠绿色上衣和里面的粉红色的内衣，她的动作麻利不留任何思考的余地，这样直接的方式令二十六岁的何仁有些眩晕。

血一样的夕阳稠密地流动在曾明光洁而隆起的肚皮上。曾明看着何仁，她说：你能听听里面有什么动静吗？

何仁想起身拿听诊器。

曾明坚决说：不，用耳朵听。

久经医场的何仁本应该无所顾忌，但不知怎么他就感到脚底下有悬空的感觉，是这种感觉使他拒绝了曾明的请求。后来，当他站在曾明初生的男婴面前时，他又重现了这种感觉。

十八岁的肚子年轻却溢满无端的成熟，许久以来的疑问一直使年轻的何仁无法开口。正是这种葛藤般的想法使他堕入了无法言喻的故事当中。

何仁难堪地笑笑，这是他所能做的一切，他说：我摸摸就行了，这样我可以知道胎儿是否正常。

他的手在光滑的肚子上轻轻滑过。

此时，夕阳的血液融合了一切：手以及即将瓜熟蒂落的肚子。

静谧。

……

曾明父亲的出现使这一美好的场面有了些折扣。

第二次接触也应该算作轻描淡写，跟后来人们传说中的脸皮贴肚皮的景象大相径庭。何仁认认真真地应付第二次接触，迅疾的手掌划到肚子中央时，他感到夕阳的色彩有了变化。视线中汪汪的夕阳被一抹淡淡的阴影所代替。他的手停顿下来。出现在门口的曾明爹正好目睹了这一切。

诚实憨厚是曾老汉的天性。即使在整个事件发生的过程当中，他也始终保持着这种美德。他的缄默和讨好的笑容得到了广泛的赞誉，即使在人们对上述场面进行大肆渲染时，曾老汉也从未点头或者摇头。他是个不赖的老汉。

现在，曾老汉使劲往前挪挪步子，吭哧了老半天才说出一句话：明儿个，到家里吃饭吧。说完，曾老汉就夺门而出。

何仁几乎在村子里每家吃过饭，因为他们不是他学生的家长就是他的病人。曾老汉的邀请并不出乎意料，曾老汉的儿子铁臭就在何仁的班上，另外一个事实是：曾老汉是上面那个场面的唯一见证人。

青年民办教师何仁上完下午第二节课，照理要迎来一些病人的光临。但是曾明儿子降生的这天下午的气氛与往日不同。

许多人拥到他的门前，微笑地与他打招呼。他们善良和红润的面孔令何仁疑惑不解。

他们异口同声地向何仁传递一个信息：你已经成为一个孩子的父亲。

这个下午，手足无措的何仁没能为一个病人看病，他只有拥着满脑的疑惑和忐忑度过这个热烈而危机四伏的夜晚。

灰色的夕阳，断了弦的乐曲。

与此同时，善良的曾老汉正四处奔走，游说那些磨刀霍霍的年轻人。这是个不同寻常的下午。以往，人们很少看见曾老汉走东串西，如今，他衰老的背影在每一条巷子闪过。不同类型的年轻人手持寒光闪闪的水果刀，无法忘怀地盯视着曾老汉花白的胡子。

据说，曾老汉最后是以刀子和鲜花完成他的心愿的。

有人在黄昏结束前来通知何仁，曾老汉砍掉了一个手指来维护你

237

的名誉。

何仁感觉到冰冷的鲜花艳丽地缓缓滚过他的视线，刺眼、饱满，很有现实感。

也许在这个黄昏以及随之而来的夜晚稍稍增添了一些温暖的安全感。漂亮的十八岁少女曾明躺在一堆红色被单之中，还未从生产的虚弱中解脱出来。她面颊含春，神态憔悴，头顶虚汗。她在期待，如同父亲用蓝布包扎的手指一样，她在平静期待何仁的如期而至。

何仁知道自己不能总是在房子中折磨自己的思想，他打开门，走出去。这时，正是新的一天开始。

何仁对遇到的第一个人说：我要看看孩子。而后他用微笑面对每个人的问候和祝贺，当然也有内心仍然对曾明刻骨铭心、情有独钟的年轻人的无奈的蔑视。他想，那也许是曾明父亲牺牲一个手指的缘故吧。

在路上，令人瞩目的青年教师何仁想用一种洒脱来表现自己，表现的方法可以用向大家微笑来完成。当然他还想到了少年们追逐曾明的情景。夏天，或者秋天，他站在绿色、红色和金黄色之外，观察一个女孩和许多男孩互相追逐的场景。那种意境是含糊不清的不能简单地归为绚丽的幻觉或者梦想。内向、不善言辞的何仁用观看表明一切。

即使是站在曾明的孩子面前，他也是用观看来表达自己的。

憔悴的曾明即使是在产后也仍然有着不可抵抗的魅力，她嘴角微启，眼波跃动。产后的手臂光洁如初地暗示孩子的存在，只有一天的生命在的臂弯里像个红红的虫子。

夏天朴素的阳光沐浴着他们。

何仁的动作以及语言的表达都显得过于僵硬。

我来看看孩子。他说。

曾明笑而不答。

他们说，孩子是我的。

曾明笑而不答。

你知道，不是我的。

曾明笑而不答。初升的太阳照在她的嘴唇上,像只轻盈的兔子般飘摇。

几个月前,当青年何仁第一次直面少女曾明时,看到的也是这种令人心旌摇荡的表情。那时,年轻的何仁一度产生过片刻旖旎的幻想。

靓丽的曾明无法忽视何仁存在的由来已久,在年轻人群的背后,这个忧郁医生的身影若隐若现,同他显赫的名字相反的是,他的身影是虚幻的。曾明感到了何仁的与众不同,因此,当夜色阑珊时曾明会想到某种归结的情调,她想那应该叫作家。

和所有的患者一样,曾明自然地坐到何仁对面。惊奇的是何仁,活灵活现的姑娘会有什么病?这样的疑惑使他在面带微笑的曾明面前有些失态。

我来看病,曾明说。

整个过程是简单而杂乱的,医术高明的何仁头一次对自己的能力产生了怀疑。

你真的有两个月没来了?

曾明笑而不答。

要不,你到县医院检查检查。我说不准,你是不是……

我不去。我信你。曾明的笑颜始终没有退去。这使何仁感到屋子里有些湿漉漉的味道。

可你还没有成家?何仁的话语有些急促。

曾明笑而不答。

你怎么办?

曾明笑而不答。

现在,当何仁站在曾明母子面前,想起自己曾经问曾明怎么办时的情景,不禁笑出了声。

曾明也笑了。她说,我不是故意的。

何仁没有说话,他在端详曾明身边的婴儿。

你其实是喜欢我的。曾明说。曾明的眼睛还是晶莹透彻,神韵非凡。无边的诱惑力犹如在夏天的水中。何仁知道那些夜晚自己确实是幸福的。

美丽动人的曾明时常借故跑到他的屋中。坐在他的床上，与他两米之外心不在焉地看些医学书。坐在桌后的何仁每每能感到一缕缕柔和眼神会拂面而来。但仅此而已，当乡村停电时，曾明就踩着皎洁的月光回家。何仁想，她应该算个学生。他默认了这种环境的存在。没有提出异议。这时，他想这是不是一种感情的偏差呢？因为曾明日益隆起的肚子是无法容他思考的。

何仁说，我不知道。

我爹正在准备我的嫁妆。曾明盯着他的脸，他可是个非常好的人，你知道，许多人想为难你。

我知道。何仁忽然觉得虚脱了许多，他的话显得有气无力。他说。我会还给你的。

这天的中午，正当曾明喜气洋洋等待何仁的到来时，年轻的何仁已经走上了一条相反的路途。曾明与此同时收到了有人送来的一个鲜血淋淋的中指。捎信的学生说，这是何仁老师的。

从此，闻名四里八乡的何仁老师兼医生就销声匿迹了。

几年以后，在南方的大城市里打工的曾明碰到了无法判别的难题，于是她按同伴的指引，来到一个人的家中，主人是个非常著名的占卜专家。

我不知道该怎么办，有两个人要娶我，他们都很有钱，一个在广州，一个在澳洲，你给我看看，选择哪一个更好。

你无法选择，确切地说是我无法选择。主人把一只缺少中指的手掌放在曾明平摊的细嫩手掌上。

曾明惊奇地抬头。

躲避真的毫无意义。主人说。

说完，两个人相视而笑。

不错，那个人正是何仁。